KB260210

까자끄 사람들

톨스토이 지음 / 안정범 옮김

소담출판사

안정범

한성대 국문과를 졸업한 후 모스크바 뿌쉬낀 대학에서 문학 석사학위를 받았다. 저서로는 『러시아 생활 가이드(류필하와 공저, 동아일보사)』가 있고, 역서로는 『나는 당신을 사랑했습니다(러시아 시선집, 소담)』, 『소녀와 죽음 (고리끼 단편집, 소담)』『첫사랑(투르게네프 선집)』『도난당한 꿈(마리니나, 중앙M&B)』『낯선 들판에서의 유희(마리니나, 문학세계사)』『까쉬딴까(체홉 단편)』『꼬차고기 가라사대(러시아 전래동화, 뿌쉬낀)』 등이 있다.

BESTSELLER WORLDBOOK 66

까자끄 사람들

펴낸날 | 1998년 2월 5일 초판 1쇄
       2000년 5월 30일 중판 1쇄
       2003년 7월 15일 중판 3쇄
지은이 | 레프 니꼴라예비치 톨스토이
옮긴이 | 안정범
펴낸이 | 이태권
펴낸곳 | 소담출판사
       서울시 성북구 성북동 178-2 (우)136-020
       전화 | 745-8566~7 팩스 | 747-3238
       e-mail | sodam@dreamsodam.co.kr
       등록번호 | 제2-42호(1979년 11월 14일)

ISBN 89-7381-387-0 03890

● 책 가격은 뒤표지에 있습니다.

www.dreamsodam.co.kr

КАЗАКИ

Лев Николаевич Толстой

| 일러두기 |

1. 러시아 인의 이름은 이름+부칭+성으로 이루어진다. 『까자끄 사람들』의 경우 주인공의 이름
은 드미뜨리(이름)+안드레예비치(부칭)+올레닌(성)이다. 이 경우 주인공의 이름은 다음과 같이
불린다.
    1)올레닌 : 제3자적 입장의 호칭.
    2)드미뜨리 안드레예비치 : 예를 갖춘 호칭.
    3)미쨔(드미뜨리의 애칭) : 가까운 사이의 호칭.
이렇게 러시아 인들의 이름은 생활 속에서 그리고 작품 속에서 타인들을 칭할 때 다양한 형태
를 취한다. 결국 누군가를 어떻게 부르느냐에 따라 상호간의 관계가 드러나게 된다.

2. 본문 중 주인공의 부칭을 '안드레예비치' 혹은 '안드레이치' 로 표기한 부분이 있다. 소설 속
에서 이러한 표기는 드문 일이지만, 그것은 발음상의 문제로 '안드레예비치' 는 문어체, 즉 서
술체의 문장에서 사용되고, '안드레이치' 는 구어체, 즉 대화체 문장 속에서 사용된다.

3. 톨스토이의 『까자끄 사람들』의 번역은 모스크바의 〈예술문학〉 출판사에서 1972년, 12권으
로 발간한 『레프 니꼴라예비치 톨스토이』 제3권을 사용했다.

4. 본문 내 인명, 지명 등의 표기는 러시아 어 발음 규칙에 따랐다.

|차 례|

"나는 마치 산이나 하늘의 아름다움을 사랑하듯
그녀를 사랑했으며, 사랑하지 않을 수 없었다.
그것은 그녀가 산이나 **하늘**처럼 그렇게 아름다웠기 때문이었다……."

1. 모스크바의

모든 것이 고요해졌다. 가끔씩, 아주 가끔씩 겨울녘의 거리를 따라 마차 바퀴 삐걱거리는 소리가 들려올 뿐이다. 창문마다 새어나오던 불빛도 이미 사라졌고, 거리의 가로등도 꺼졌다. 교회당으로부터 아침을 알리는 종소리가 잠든 도시 아래로 은은히 울려퍼진다. 거리마다 황량함이 가득하다. 이따금 밤 마차가 눈 쌓인 길 위를 지나며 바퀴로 눈을 반죽하듯 모래 속으로 밀어넣어 자국을 남긴다. 그렇게 마차는 다음 모퉁이로 자리를 옮겨 승객을 기다리며 졸기 시작한다. 교회당 안으로 한 노파가 들어서고, 듬성듬성 세워둔 양초들이 균형을 잃고 붉게 타오르며 성상의 황금빛 가장자리를 비추고 있다. 노동자들은 이미 긴 겨울밤을 보내고 일어나 일터로 나간다.

그러나 귀족들은 아직도 한밤중이다.

음식점 쉐발리예의 어느 덧창문 밑으로 규정을 어긴 불빛이

새어나온다. 현관 앞에는 사륜 마차, 썰매, 전세 마차가 뒤엉켜
있다. 우편 마차인 삼두 마차도 그것들 틈에 끼어 있다. 문지기
는 집 모퉁이에 몸을 숨겨 움츠린 몸을 감싸고 있다.

'무슨 쓸데없는 말들을 저렇게 지껄이고 있는 거야?' 깡마른
몰골의 하인은 문간방에 앉아 이렇게 생각한다.

'제기랄 놈의 당직 근무!'

불빛이 새어나오는 옆방에서 밤참을 먹고 있는 세 젊은이의
목소리가 들려온다. 그들은 밤참으로 먹고 난 음식과 포도주 병
이 널려 있는 식탁 주위에 앉아 있다. 한 사람은 작은 키에 말
쑥한 차림을 한 마르고 못생긴 청년으로, 선하고 피곤한 눈길로
먼 길을 떠나는 친구를 바라보고 있다. 다른 한 사람은 키가 큰
청년으로 빈 병이 널브러진 식탁 바로 곁에 누워 시계 태엽을
만지작거리고 있다. 새 반코트 차림의 세 번째 청년은, 방안을
오락가락하며 가끔씩 걸음을 멈추고는 굵고 힘센 손으로 편도
(扁挑)를 쪼갠 후 바지에 손을 문질렀다. 그는 눈과 얼굴이 벌겋
게 달아올라 있었는데 웬일인지 미소를 띠고 있었다. 제스처를
섞어가며 열띤 어조로 이야기하고 있으면서도 자신이 하려고
했던 말이 얼른 생각나지 않는 모양이었다. 그리고 가슴에서 끓
어오르는 벅찬 감정들이 머리 속에서 빙빙 맴돌기만 할 뿐 쉽게
입 밖으로 나오지 않는 듯했다. 그는 계속 웃고 있었다.

"이제 모든 것을 말할 수 있어!" 먼 길을 떠나는 청년이 말했
다.

"나는 변명을 하려는 게 아니고, 적어도 내가 내 자신을 이해
하는 것처럼 너도 나를 이해해 주길 바랄 뿐이야. 아니 그렇게
는 못하더라도 이 일이 어떻게 된 것인지는 똑바로 알아야 한다
고 생각해. 너는 내가 그 여자에게 잘못했다고 말하겠지만 말

야."

"그럼, 잘못했지." 키 작고 못생긴 청년이 매우 선량하고 피곤한 눈길로 친구를 바라보며 말했다.

"나도 알아, 니가 왜 그렇게 말하는지." 먼 길을 떠나는 친구가 말했다.

"타인에게 사랑받는 사람은, 네 생각대로라면 타인을 사랑하는 사람과 똑같은 행복을 누리는 사람이야. 그리고 만일 그 행복을 한번 얻게 된다면 그것으로 한평생 충분하단 얘기고."

"물론, 대단히 만족스럽지. 오 내 사랑!" 작고 못생긴 친구는 눈을 떴다 감았다 하며 확신하듯 말했다.

"그러나 도대체 왜 자신은 타인을 사랑하지 못하는가!" 먼길을 떠나는 친구가 생각에 잠긴 채, 동정 어린 눈으로 친구를 바라보며 말했다.

"왜 사랑하지 못하는 걸까? 사랑을 느끼지 못해서일까? 사랑을 받는다는 건… 불행, 곧 불행이야. 자신이 받는 것과 같은 사랑을 상대방에게 줄 수 없기 때문에 죄를 짓는 듯한 느낌이 드는 것, 그건 바로 불행한 일이지. 오, 하느님!" 그는 손을 내저었다.

"만일 이런 일을 현명하게 처리했다면 좋았으련만, 모든 것이 반대로, 우리 의견과는 무관하게 진행된다는 게 문제야. 마치 내가 상대방의 느낌을 도둑질한 것처럼 돼버리고 말거든. 너도 그렇게 생각할 거야. 설령 그렇지 않다 해도 결국 그렇게 생각하게 될 거야. 니가 믿든 믿지 않든, 나는 지금까지 저질러온 온갖 어리석고 쓸데없는 행동 가운데서도 후회하지 않고 후회할 수도 없는 일이 한 가지 있어. 그건 바로 나는 처음부터 끝까지 나 자신에 대해서나 그녀에 대해서 한 번도 거짓말을 한

적이 없다는 거야. 한때 나는 드디어 내가 사랑에 빠지고 말았
구나 생각했지. 그리고 그 다음 나는 그것이 무의식적인 거짓임
을 깨달았고……. 그래서 이렇게 사랑을 해서는 안 되겠다는 마
음으로 더 이상 그 사랑을 진전시키지 않았던 거야. 그런데 그
녀의 사랑은 깊어져만 갔지. 그러나 과연, 그녀가 나를 사랑하
는 것처럼 내가 그녀를 사랑하지 않았다고 해서 내게 죄가 있는
것일까? 그때 나는 어떻게 해야 했을까?"

"그래, 하지만 이제 다 지난 일이야!" 졸음을 쫓기 위해 담배
를 피워 물며 친구가 말했다.

"그러나 단 한 가지, 너는 지금껏 사랑을 해보지도 못했고,
사랑이 뭔지도 몰라."

그때 반코트 차림의 친구는 다시 무슨 말인가를 하려고 머리
를 감싸쥐었다. 그러나 그는 하고 싶었던 말을 입 밖에 내지는
않았다.

"사랑해 보지 못했다구! 그래, 사실이야. 난 사랑을 해보지
못했어. 하지만 내게도 사랑하고픈 욕망이 있어. 이보다 더 강
렬한 욕망은 없을 거야! 그래, 자꾸 말을 반복하는 것 같지만,
과연 그런 사랑이 존재할까? 항상 끊임없이 존재하는 그런 사랑
말야. 그래, 이제 와서 이런 말을 한들 무슨 소용이 있겠어! 혼
란… 나는 지금껏 혼란스런 생활을 해왔어. 그러나 지금은 너의
말처럼 모든 것이 다 지나간 일이지. 나는 지금 나의 내부에서
새로운 삶이 시작되고 있음을 느껴."

"그 새로운 삶 속에서 너는 또다시 혼란에 빠져들게 될 거
야." 소파에 누워 시계 태엽을 만지작거리던 친구가 말했다. 그
러나 먼 길을 떠나는 친구는 그 말을 듣지 못했다.

"막상 떠나려니 희비가 교차하는구만." 먼 길을 떠나는 친구

가 말을 이었다.

"무엇 때문에 슬프냐고? 그건 나도 모르겠어."

먼 길을 떠나는 친구는 다른 친구들이 흥미없어 한다는 사실을 전혀 의식하지 않은 채, 자신의 이야기에 취한 듯 주절주절 늘어놓기 시작했다. 자고로 인간은 정신적 환희의 순간에 에고이스트가 되는 법이다. 바로 그런 순간, 그에게는 자신보다 멋지고, 흥미로운 일은 세상에 존재하지 않는 것이다.

"드미뜨리 안드레이치, 마부가 더 이상 기다릴 수 없답니다!" 모피 외투에 목도리를 두른 젊은 하인이 들어와 보고했다.

"12시 경에 마차를 대령했는데, 벌써 4시예요."

드미뜨리 안드레예비치는 자신의 하인 바뉴샤를 바라보았다. 그는 하인의 목에 감긴 목도리, 펠트제의 장화, 그리고 잠이 덜 깬 얼굴에서 자신을 부르는 새로운 생활-노동과 궁핍 그리고 일로 가득 찬 삶의 목소리를 듣고 있었다.

"자, 이제 정말 이별이구나!" 그는 채워지지 않는 단추를 더듬더듬하며 말했다.

마부한테 다시 술값이나 집어주면 되지 않겠느냐는 친구들의 권유를 뿌리치며 그는 모자를 쓰고 방 한가운데에 섰다. 그들은 작별의 입맞춤을 한 번, 또 한 번 나누었고, 잠시 멈춰 선 뒤 다시 세 번째 입맞춤을 나누었다. 먼 길을 떠나는 반코트 차림의 드미뜨리 안드레예비치는 식탁 위에 놓인 샴페인을 마신 다음, 작은 키의 못생긴 친구의 손을 잡고 얼굴을 붉혔다.

"아무래도 이 말은 해주고 떠나는 게 좋을 것 같아……. 너에겐 솔직해야 하고, 또 솔직할 수 있어. 너는 진정한 친구니까 말이야……. 어때, 너 그 여자를 사랑하지? 나는 늘 그것에 대해 생각했었어……. 그렇지?"

"그래." 더욱 상냥한 미소를 지으며 친구가 대답했다.

"그럼 혹시…,"

"죄송합니다만, 촛불을 꺼야 할 시간이 이미 지났습니다요." 잠에 취한 얼굴의 사환이, 그들의 마지막 대화를 듣고, '왜 이분들은 늘 똑같은 소리만 되풀이할까' 라고 생각하며 이렇게 말했다.

"계산은 어느 분 앞으로 달아둘까요? 나리 앞으로 할까요?" 그는 미리 점찍어 두었던 키 큰 친구를 향해 이렇게 덧붙였다.

"내 앞으로 달아두게." 키 큰 친구가 말했다.

"얼만가?"

"26루블(역주. 러시아의 화폐 단위. 1루블은 100까베이까. 26루블은 큰 돈이다)입니다."

키 큰 친구는 한순간 무언가를 생각해 보고는, 말없이 계산서를 호주머니에 집어넣었다.

다른 두 친구는 여전히 자신들의 이야기를 계속하고 있었다.

"잘 가게. 너는 정말 좋은 친구야!" 온화한 눈길로 작은 키의 못생긴 친구가 말했다.

두 친구의 눈에는 눈물이 고였다. 그들은 현관 계단으로 나왔다.

"아, 참!" 먼 길을 떠나는 친구는 얼굴을 붉히며 키 큰 친구를 향해 말했다.

"쉐발리예의 계산은 니가 해줘. 그리고 나중에 나한테 알려주고."

"그래, 그러지." 키 큰 친구가 장갑을 끼며 말했다.

"정말 나는 니가 부러워!" 세 친구가 현관 앞 계단에 나왔을 때, 키 큰 친구는 문득 이렇게 덧붙였다.

먼 길을 떠나는 친구는 썰매에 올라앉아 코트로 몸을 감싸며 이렇게 말했다.

"그럼 나와 함께 가세!" 그리고 나서 그는 키 큰 친구에게 자리를 내주려는 듯 한쪽으로 옮겨 앉는 시늉을 했다. 그러나 그의 목소리는 떨고 있었다.

배웅하는 친구가 말했다.

"잘 가, 미쨔(역주. 드미뜨리의 애칭. 러시아 인의 이름은 가까운 사이에서 애칭으로 불린다)! 신의 은총이 함께하길……." 그는 오직 친구가 빨리 떠나기만을 바라고 있었으므로 인사말조차 맺지 못했다.

그들은 잠시 말이 없었다. 그때 누군가 다시 말했다.

"잘 가."

"출발!" 누군가가 또다시 외쳤다. 마부는 말을 몰기 시작했다.

"예리자르, 마차를 가져와!" 배웅을 하던 친구 중 하나가 소리 쳤다.

전세 마차들과 사륜 마차가 움직이기 시작했고, 마부들이 혀를 차거나 고삐를 당기기도 했다. 얼어붙은 듯한 사륜 마차가 삐걱거리며 눈 위를 미끄러져 나갔다.

"올레닌(역주. 러시아 인의 이름은 이름+부칭+성으로 이루어진다. 올레닌은 주인공의 성. '드미뜨리 안드레예비치 올레닌'이 주인공의 정식 이름)은 좋은 친구야." 배웅을 하던 친구 중 한 명이 말했다.

"그런데 무엇 때문에 사관 생도가 되려고 까프까즈로 떠나는 걸까? 나 같으면 월급 50까뻬이까(역주. 러시아의 최소 화폐 단위) 받는 그런 곳으로는 안 갈 거야. 그건 그렇고, 너 내일 클럽에 점심식사하러 갈 거야?"

"갈게."

그리고 먼 길을 떠나는 친구를 배웅한 그들은 각자 마차를 타고 집으로 돌아갔다.

올레닌에게는 입고 있는 외투가 따뜻할 뿐만 아니라, 덥게 느껴질 정도였다. 그는 썰매에 깊숙이 앉아 있었고, 갈기를 곤두세운 세 필의 말이 끄는 삼두 마차는 그의 옷깃을 무너뜨리며 낯선 집들이 늘어선 어두운 거리에서 거리로 달려나갔다. 올레닌은 자신처럼 먼 길을 떠나는 사람들만이 이런 길을 마차로 달릴 것이라 생각했다. 주위는 어둠과 적막에 휩싸여 있었으나, 그의 마음은 지난날의 추억과 사랑, 연민 그리고 가슴을 짓누르는 감미로운 눈물로 가득 차 있었다……

2. '사랑한다!

정말 사랑한다! 참으로 좋은 친구들! 정말 좋다!' 그는 마음 속으로 이렇게 되뇌었고, 울고 싶은 충동을 느꼈다. 그러나 그는 왜 울고 싶은 것일까? 누가 좋은 친구들이란 말인가? 누굴 진심으로 사랑한단 말인가? 그는 좋은 사람을 알지 못했다. 그는 이따금 길가의 집들을 바라보며 왜 저러한 이상한 모양새를 하고 있는지 의아해 했다. 그리고 한편으로는 자신과 무관한 마부와 바뉴샤가 이처럼 자신과 가까이 앉아, 언 고삐를 당기며 돌진하고 있는 말들의 힘에 함께 흔들리고 있다는 사실에 새삼 놀라기도 했다. 그리고는 다시 이렇게 속으로 중얼거렸다.

'좋은 친구들, 나는 그들을 사랑한다.'

그리고 한번은 소리 내어 이렇게 말했다.

"그만하면 충분해! 탁월해!" 그는 누구를 향해 이렇게 말했는지 스스로 놀라며 자신에게 물었다.

'내가 정말 취한 거야, 뭐야?'

사실 그는 포도주 2병을 비웠지만, 그가 이러한 기분에 휩싸인 것은 술 때문만은 아니었다. 그가 떠나오기 전 친구들의 부끄러운 듯한, 무심코 내뱉는 듯한 우정 어린 말들이 되살아났던 것이다. 이별의 악수, 다정한 눈길, 침묵, 목소리 그리고 그가 이미 썰매에 올랐을 때 외치던 친구들의 음성이 되살아났다.

"잘가, 미쨔!"

그리고 대담할 만큼 솔직했던 자신의 태도도 생각났다. 이런 모든 것은 그에게 감동적인 의미로 다가왔다. 그가 길을 떠나기 전, 갑자기 친구들이나 친척들, 그리고 그에게 무관심하던 사람들, 그와 사이가 좋지 않았던 이들까지도 모두 약속이라도 한 듯 그를 좋아하기 시작했고, 참회와 죽음을 앞둔 사람처럼 그를 너그럽게 대했다.

'아마 까프까즈에서 돌아오지 못할지도 모르겠군.' 그는 이렇게 생각했다. 그러자 그는 자신이 친구들 뿐만 아니라 누군가를 사랑하는 것같은 느낌이 들었다. 또 한편으로는 자신이 애처롭게 느껴지기도 했다. 그러나 무의식 중에 중얼거린 무의미한 말들을 억제할 수 없었을 만큼 그의 마음을 한차원 부드럽게 높여준 것은, 친구들에 대한 사랑도 아니었고, 여자에 관한 사랑 또한 아니었다(그는 아직 한 번도 사랑을 해본 적이 없었다). 그것은 자신에 대한 정열적이고 희망에 가득 찬, 모든 것을 향한 젊은 사랑, 그것이었으며 그의 마음속에 있는 훌륭한 것(그는 지금 자기 내부의 모든 것을 훌륭하다고 생각하고 있다)에 대한 사랑이었다. 바로 이것이 그에게 눈물을 흘리게 했고, 일관성없는 말들을 중얼거리게 했던 것이다.

올레닌은 어디에서도 학교를 졸업한 일이 없었고, 그 어느 곳에서도 직장을 다녀본 적이 없는 젊은이로(단지 어느 관청에 이름만 올려놓은 상태), 부모에게 물려받은 유산의 절반을 탕진했을 뿐, 스물넷의 지금껏 삶의 목표도, 무엇 하나 직접 처리한 일도 없는 사람이었다. 그는 모스크바의 사교계에서 '영계'로 불리는 인물이었다.

열여덟 살 때 부모를 잃은 올레닌은 1890년대 러시아 젊은이들이 누릴 수 있던 자유를 만끽하고 있었다. 그에게는 그 어떤 육체적, 정신적 구속도 존재하지 않았다. 그는 무엇이든 할 수 있었고, 그에게 필요한 것은 아무 것도 없었으며 그 무엇도 그를 구속하지 못했다. 그에게는 가족도, 조국도, 신앙도, 부족함도 없었다. 그는 아무 것도 믿지 않았고, 그 무엇도 인정하지 않았다. 그는 아무 것도 인정하지 않았으나, 우울하고 매사에 권태를 느끼는 이론적인 젊은이가 아니라, 오히려 항상 무슨 일에든 열중하는 편이었다. 그는 스스로 자신에게 사랑이 없었다고 결론 지었지만, 젊고 예쁜 여자를 만날 때면 언제나 넋을 잃곤 했다. 그는 이미 오래전부터 명예나 칭호 따위가 무의미한 것이라는 걸 잘 알고 있었으나, 무도회장에서 쎄르게이 공작이 다가와 친절하게 말을 걸 때면 무의식중에 만족감을 느끼지 않을 수 없었다. 그리고 그가 무슨 일에든 열중하는 체질이었다고는 했지만, 그것은 단지 그 대상이 자신을 구속하지 않을 경우에만 그러했다. 그는 어떤 유혹에 빠져들 경우에도 노동과 투쟁, 일상의 사소한 신경 쓰임같은 것을 느낄 때면, 본능적으로 그러한 감정이나 일에서 재빨리 물러서 자신의 자유를 회복하기 위해 노력했다. 그는 사교계의 생활, 관청 근무, 재산의 경영, 한때 자신의 운명을 건 음악은 물론 스스로 부정했던 여자에 대한 사랑에서조차 모든 것을 이런 식으로 시작했던 것이다.

그는 인간이 평생 단 한 번밖에 가질 수 없는 이 젊음의 힘(지혜
나 마음, 교양의 힘이 아니라 인간으로서 자신이 원하는 사람이 되기
위한, 더 나아가 세계를 자신의 뜻대로 만들 수 있게 하기 위하여 인간
에게 오직 단 한 번 주어지는 반복될 수 없는 힘)을 예술에 바칠 것
인지, 학문에 바칠 것인지, 여자를 향한 사랑에 바칠 것인지,
아니면 실제적인 일에 바칠 것인지에 대해 깊게 생각해본 적이
없었다. 사실 세상에는 이러한 힘의 폭발을 경험하지 못한 채,
맨 처음의 굴레를 쓰고 죽는 날까지 그 굴레 속에서 성실히 일
하는 사람들도 존재한다. 그러나 올레닌은 젊음이라는 전능한
신의 존재를 자신의 내부에서 깊이 인식하고 있었다. 하나의 희
망, 하나의 신념에 스스로를 변화시키는 이 능력을, 의욕과 행
동의 원천인 이 힘을, 무엇을 위함인지 무슨 까닭인지를 모르는
끝없는 심연 속으로 곤두박질하며 뛰어들 수 있는 이 힘을 그는
너무도 강하게 인식하고 있었던 것이다. 그는 자신의 내부에 이
힘을 인식함으로써 그것을 자랑스럽게 여겼고, 무의식중에 행
복을 누리고 있었다. 올레닌이 지금껏 오직 자신만을 사랑했던,
아니 사랑하지 않을 수 없었던 이유는, 그가 오직 자신에게서만
훌륭한 것을 기대했기 때문이며 지금껏 자신에게 환멸을 느껴
본 적이 없었기 때문이었다. 따라서 모스크바를 떠나고 있는 지
금도 그는 젊음에 넘치는 행복에 젖어 있었다. 그것은 젊은 사
람이 과거에 저지른 자신의 실수를 인정하며(모든 것이 예기치 않
았던 일이었고, 무의미한 것이었으며, 과거엔 훌륭한 삶을 원치 않았
으나 지금 모스크바를 떠남과 동시에 새로운 삶이 시작되었으므로 앞
으로는 그러한 실수를 범하거나 후회하지 않을 것이며 미래에는 오직
행복만이 자신을 기다리고 있을 것이다) 스스로를 위로할 때와 같
은 심정이었다. 먼 길을 떠날 때 보통 겪게 되는 일이지만, 처

음 두서너 역을 통과할 때만 해도 상상은 여전히 자신의 출발지
를 맴돌게 되고, 여행중 첫 아침을 맞게 되면 그러한 상상은 갑
자기 목적지로 날아가 그곳에 미래의 저택을 짓기 시작한다. 이
같은 현상이 올레닌에게도 일어났다.

　시내를 벗어나자 눈 덮인 벌판이 눈앞에 펼쳐졌다. 그러자 그
는 이 벌판에 혼자 있다는 사실이 더없이 만족스러워 외투로 몸
을 감싸고는 썰매에 깊숙이 앉아 평온한 마음으로 졸기 시작했
다. 친구들과의 이별이 그를 감동시켰기 때문인지 모스크바에
서 보낸 겨울의 일들이 되살아나며 지난날의 영상이 희미한 상
념과 힐난을 뚫고 하나둘 떠오르기 시작했다. 그는 그를 배웅해
준 친구와 그때 그들의 이야기의 대상이 되었던 여자와 그 친구
의 관계를 회상했다. 그녀는 부자였다.

　'그 여자가 나를 사랑한다는 사실을 알면서 어떻게 그 녀석은
그녀를 사랑할 수 있었을까? 이렇게 생각하자 갑자기 그에게
불길한 예감이 스쳐갔다.

　'생각해 보면, 인간에게는 부정적인 요소가 상당히 많아. 그
런데 나는 왜 지금껏 진심으로 사랑해 보지 못했을까? 한편으
론 이러한 의문이 일기 시작했다.

　'모두들 내가 사랑해 보지 못한 인간이라고 말하고 있다. 그
렇다면 난 정신적 불구자인 것일까?

　그리고 그는 자신이 몰두했던 일들을 회상하기 시작했다. 그
는 처음으로 사교계에 나갔던 때와 친구의 여동생을 사귀던 일
을 떠올렸다.

　그는 그녀와 램프를 밝힌 탁자에 마주앉아 저녁을 보낸 적이
있었고, 그때 램프는 뜨개질하는 그녀의 가느다란 손가락과 갸
름하고 예쁜 얼굴의 아래 부분을 비추고 있었다. 그는 '쥐프쥐

프 꾸릴까(역주. 불이 붙은 나무 조각을 '꺼지기 전에 살아라! 살아라!' 라고 소리 치며 손에서 손으로 넘기는 불돌리기 놀이)' 처럼 그칠 줄 모르던 그녀와의 대화와 서로 어색해 했던 일 그리고 이러한 마음의 긴장을 못마땅하게 생각했던 일 등을 떠올렸다. 그때 누군가의 목소리가 줄곧 '이건 아니야, 이건 아니야' 라고 속삭이고 있었고, 결국 정말 그게 아니었다. 그 다음 생각나는 것은 무도회에서 Д(역주. 성(姓)의 이니셜. 러시아 어 알파벳 〈데〉)라는 아름다운 여자와 마주르까를 춘 일이었다.

'그날 밤 나는 사랑에 빠져 있었고, 얼마나 행복해 했던가! 그리고 다음날 아침 눈을 떴을 때, 아직도 마음이 자유롭다는 걸 깨닫고 얼마나 괴로워하며 실망했던가! 어째서 사랑은 나를 찾아오지 않는 것이며, 내 손과 발을 묶어주지 않는단 말인가?' 그는 생각했다.

'아니, 아니야. 사랑은 존재하지 않아! 나에게나 두브로빈에게 그리고 귀족단장(貴族團長)에게 별을 좋아한다고 말한 이웃 여지주 역시 그게 아니었던 거야.'

그리고 이번에는 자신의 시골 영지를 관리하던 일이 생각났지만, 그 추억 속에서도 기쁜 마음으로 회상할 만한 것은 하나도 없었다.

'내 여행에 관해 그들은 얼마 동안이나 이야기할까?' 이번엔 이런 의문이 그의 머리를 스쳤다. 그런데 과연 그들이란 누구를 가리키는 말인가? 그는 그들이 누구인지를 알지 못했고, 곧 다른 생각이 떠올라 얼굴을 찡그리며 괴상한 소리를 지르고 말았다. 재단사인 까뻴 씨에게 재단비로 줘야 할 678루블이 생각났던 것이다. 재단사에게 1년만 더 기다려 달라고 말하던 자신의 모습과 그러자 그의 얼굴에 드러난 의혹과 체념의 표정이 눈앞에 선명하게 떠올랐다.

'오, 세상에, 세상에!' 그는 눈을 찡그리며 이 참을 수 없는 상념을 쫓으려 이렇게 중얼거렸다.

'어쨌든 그녀는 나를 사랑했어.' 그는 친구와 헤어질 때 얘기했던 그녀를 떠올렸다.

'그래, 내가 만일 그 여자와 결혼했다면 남에게 빚지는 일은 없었을 거야. 그런데 지금 나는 바실리예프에게 빚을 지고 있으니.'

이런 생각을 하자 이번에는 그녀의 집에서 마차를 달려 곧장 클럽으로 가 바실리예프 씨와 도박을 하던 마지막 날 저녁의 일이 떠올랐고, 도박을 한 번만 더 하자고 애원하자 그가 차갑게 거절하던 장면이 눈앞에 펼쳐졌다.

'제기랄, 1년만 절약하면 갚을 수 있겠지…….'

그러나 이러한 자신감에도 불구하고, 그는 다시 갚아야 할 빚의 총액과 기한 그리고 예상되는 지불 기일을 계산하기 시작했다.

'아, 참! 음식점 쉐발리예와 모렐에도 외상값이 있지.' 이 생각이 떠오르자 빚을 지게 된 그날 밤 일이 떠올랐다. 그것은 뻬쩨르부르그에서 온 사람들(시종무관(侍從武官) 싸쉬까 Б(베)와 공작 Д(데), 그리고 몹시 거드름을 피우던 노인 등)이 주선한 집시들까지 불러들인 호화로운 주연(酒宴)이었다.

'왜 그 신사들은 그렇게 뻐긴 걸까?' 그는 생각했다.

'그들은 왜 그런 독특한 그룹을 만들고, 그 그룹의 일원이 되는 것이 다른 사람들에게 대단히 영광스런 일이라고 생각하는 것일까? 그들이 시종무관이기 때문일까? 그러나 그들이 다른 사람들을 바보나 비열한 인간들로 생각하고 있다는 것은 소름 끼치는 일이야! 그때 나는 그들에게 그들과 조금도 친해지고 싶지 않다는 태도를 보였었다. 한편으로 생각해보면 그때 내가 부대장이며 시종무관인 싸쉬까 Б(베)와 같은 인물과 말을 놓고 애기하는 걸 안드레이(역주. 올레닌의 하인 바뉴샤)가 봤다면 굉장히 놀랐을 것도 같다. 그래, 그리고 그날 밤 나보다 더 많이 마신 사람은 없었어. 나는 집시에게 새로운 노래를 가르쳐주었고, 그러자 모두들 내 노래에 귀를 기울였었지. 비록 내가 어리석은 짓을 많이 했었지만 나는 멋진 젊은이였어.' 그는 생각했다.

올레닌은 세 번째 역에서 아침을 맞았다. 그는 차를 충분히 마셨고, 바뉴샤와 함께 보따리와 트렁크를 옮겨 싣고, 무엇이 어디에 있는지(돈은 어디에 얼마나 있고, 거주증과 역마권 그리고 통행증은 어디에 두었는지)를 확실히 기억한 다음 보따리 사이에 자리를 잡고 앉았다. 그는 모든 것이 실질적으로 정리된 것같은 한결 유쾌한 기분이 들었고, 그러자 자신을 기다리는 장기간의 여행도 소품처럼 느껴졌다.

그는 아침부터 낮까지 수학적인 계산 속에 묻혀 지냈다. 몇 베르스따(역주. 미터법 시행 이전의 러시아의 거리 단위로 1베르스따는 1.067 킬로미터)를 지나왔고, 다음 역까지는 얼마나 남았으며, 첫 번째 도시까지는 얼마나 걸리고, 점심과 차를 마시는 시간 그리고 스따브로뽈까지는 얼마나 남았는지, 지금까지 온 거리는 긴 여정의 몇 분의 몇이나 되는지 등과 한편으로는 지금 가지고 있는 돈이 얼마이며, 앞으로 얼마가 남게 될지, 빚을 청산하려면 얼마가 필요한지, 그리고 수입의 얼마를 한 달 생활비로 쓸 것인가를 하나하나 계산해 보았다. 저녁에 차를 마신 후, 그는 스따브로뽈까지는 여정의 7분의 1이 남았으며, 빚을 전부 갚으려면 7개월 동안 절약하며 살아야 하고, 빚의 총합은 재산의 8분의 1이 된다는 것을 계산해 냈다. 모든 계산이 끝나자 그는 비로소 마음을 놓고 외투로 몸을 감싼 채 썰매에 깊숙이 앉아 다시 졸기 시작했다.

그의 상상은 이제 미래를 향해, 까프까즈를 향해 달리고 있었다. 미래에 대한 그의 모든 공상은 모두 아말라뜨-베끄나 체르께스 인들, 산과 절벽, 무서운 급류 그리고 그 외 갖가지 위험과 결부된 것들이었다. 그것들은 모두 안개에 쌓인 것처럼 희미했으나 명예가 그를 유혹하고 죽음이 그를 위협하는 흥미로운 미래 속으로 빠져들어갔다.

…비범한 용기와 모든 이들이 놀랄 만한 힘을 소유한 그는 산사람들(역주. 체첸 인을 의미함)을 죽이고 정복하는 한편, 자신이 산사람이 되어 러시아 인들과 싸워 자기 민족의 독립을 수호하기도 한다. 이러한 광경이 머리 속에 펼쳐지자 이번에는 모스크바의 낯익은 얼굴들이 등장한다. 싸쉬까 Б(베)도 그곳에 나타나 때로는 러시아 인들과, 때로는 산사람들과 그에게 대항한다. 그리고 웬일인지 재단사 까뺄 씨까지 승리자의 의식에 가세한다. 비록 이러한 공상은 지난날의 모욕과 약점과 실수를 연상시키지만 이제는 유쾌한 추억에 불과하다. 그곳-산중턱과 급류, 체르께스 인들 그리고 많은 위험 속에서는 예전의 과오가 반복되지 않을 것이 명확하기 때문이다. 이미 지난날의 모든 과오를 자신에게 참회한 이상, 모든 것은 정리된 셈이다. 그리고 또 하나의 가장 소중한 공상은 젊은이들의 주된 관심 분야인데 그것은 바로 여자에 관한 공상이다. 그 여자는 길게 땋은 머리칼과 부드럽고 깊은 눈에 날씬한 몸매를 가진 체르께스 여자 노예로

산과 산 사이에 등장한다. 그의 눈앞에 산중의 오두막이 나타나고, 그 문앞에서 그녀는 먼지와 피 그리고 승리의 영광에 싸여 피로한 몸을 이끌고 돌아오는 그를 기다리고 있다. 그에게는 그녀의 키스, 그녀의 어깨, 그녀의 달콤한 목소리, 그녀의 온화한 모습이 바로 눈앞에 있는 것처럼 느껴진다. 그녀는 아름답지만 교양이 없고 거친 야생마 같다. 긴 겨울 밤, 그는 그녀를 가르치기 시작한다. 그녀는 영특하고 이해력이 뛰어나며 타고난 풍부한 재능으로 필요한 지식을 금세 터득한다. 도대체 어떻게? 그녀는 매우 빠르게 언어를 익혀 프랑스 문학 작품을 읽고, 그것을 이해할 수 있게 된다. 예를 들어 〈노틀담 드 빠리(역주. 빠리 성모 대사원)〉같은 작품은 분명 그녀의 마음을 사로잡을 것이다. 그녀는 프랑스 어로 말할 수도 있다. 응접실에서 그녀는 최상류층 귀부인보다도 우아한 위엄을 지닐 수 있다. 그녀는 자연스럽고 열정적으로 노래 부를 줄 안다.

'아, 이게 무슨 부질없는 생각이란 말인가!' 그는 스스로에게 중얼거렸다. 그때 썰매가 어느 역엔가 도착했고, 그는 다른 썰매로 갈아타며 마부에게 술값을 건넸다. 그리고는 곧 중단했던 공상을 다시 시작해 체르께스 여자와 승리의 영광, 러시아로의 귀환, 시종무관 그리고 매혹적인 아내 등을 머리 속에 그리기 시작했다.

'그러나 사랑이란 존재하지 않아!' 그는 스스로에게 말했다.

'명예란 부질없어. 그런데 678루블은?… 그러나 정복한 땅이 내게 평생을 쓰고도 남을 부를 제공한다면? 그렇지만 이런 부를 혼자 이용하는 건 좋지 않을 거야. 분배가 필요해. 누구에게 줄까? 먼저 678루블은 까뻴 씨에게 주고, 그 다음은 두고보지 뭐……'

그러자 혼란스러운 환영이 상념을 뒤덮어버렸고, 바뉴샤의 목소리와 움직임이 중단된 느낌이 건강하고 젊은 꿈을 잠시 방해했지만 그는 몽롱한 상태에서 새로운 역에 도착해 썰매를 갈아타고 계속해서 길을 떠났다.

다음날 아침도 마찬가지였다. 똑같은 역, 똑같은 차, 전과 다름없이 움직이는 말들의 엉덩이, 전날과 같은 바뉴샤와의 짧은 대화, 저녁이면 역시 전날과 같은 흐릿한 공상과 선잠 그리고 밤새 계속되는 피로하고 건강한 젊은 꿈…….

3. 올레닌이

러시아 중심으로부터 멀어질수록 그의 추억도 멀어져갔고, 까프까즈와 가까워질수록 그의 마음은 더욱 가벼워져갔다.

'한번 떠나온 이상 다시는 돌아가지도, 사교계에 모습을 드러내지도 않으리라.' 그는 가끔 이런 생각을 했다.

'그러나 내가 이 근처에서 보는 사람들은… 그런 사람들이 아니다. 그들 중 누구도 나를 알지 못하고, 내가 드나들던 모스크바의 사교계에 누구도 영원히 드나들 수 없을 것이기에 나의 과거에 대해 알 수 있는 사람은 없다. 게다가 사교계에 드나들던 사람들 중 그 누구도 내가 이 사람들 속에서 무슨 짓을 하며 사는지 알 수 없을 것이다.'

그러자 그는, 그가 모스크바의 아는 사람들과 동일하게 부르지 않는 사람들, 여행길에서 만난 투박하기만 한 사람들 사이에서 자신의 모든 과거로부터 해방된 것같은 새로운 느낌에 사로

잡혔다. 그리고 그들이 거칠고 투박할수록, 문명의 때가 적으면 적을수록, 그는 자신이 한층 더 자유로운 몸이라는 것을 느꼈다. 다만 그가 꼭 통과해야만 했던 스따브로뽈이 그를 우울하게 했을 뿐이었다. 가게의 간판들, 특히 프랑스 어로 쓰여진 간판들, 사륜 마차에 앉아 있는 귀부인들, 광장에 대기하고 있는 마차들, 산책길과 외투 차림에 모자를 쓴 신사, 산책길을 걸으며 마차를 바라보는 신사-이러한 모든 것이 그의 마음을 아프게 했다.

'어쩌면 저 사람들은 내가 아는 사람들 중 누군가를 알지도 모른다.'

이런 생각이 들자 다시 클럽, 재단사, 카드놀이, 사교계 등이 떠올랐다. 그러나 스따브로뽈을 지나쳐 야생적이고 아름답고 도전적인 것들을 보게 되자 그의 여행은 다시 만족스러워졌다. 올레닌의 마음은 점점 더 들떠왔다. 그에게는 모든 까자끄 사람들과 마부들, 그리고 역참지기들이 계급이나 관등(官等)에 관계없이 허심탄회한 마음으로 말을 하거나 농담을 주고받을 수 있는 소박한 사람들로 느껴졌다. 그들은 모두 올레닌이 무조건 좋아하는 스타일의 사람들이었고 또한 그들도 모두 친절하게 그를 대해 주었다.

돈 강 유역 까자끄 부대들의 주둔지에서는 썰매를 마차로 바꿔 탔지만 스따브로뽈을 지난 다음부터는 날씨가 따뜻해, 올레닌은 외투를 걸치지 않고 여행을 계속할 수 있었다. 이미 완연한 봄이었다. 올레닌에게는 전혀 예기치 못했던 즐거운 봄이었다. 이제는 밤이 되면 역을 벗어날 수도 없었고, 초저녁에도 위험하다고들 했다. 바뉴샤는 약간 겁을 내기 시작했고, 역마차에는 장전된 소총이 배치되었다. 올레닌은 한결 더 유쾌해졌다.

어느 역에서 역참지기는 얼마 전 길에서 무서운 살인사건이 일어났다는 얘기를 들었다고 했다. 무장한 사람들이 눈에 띄기 시작했다.

'자, 이제 어딘가에서 살인이 시작됐어!'

올레닌은 이렇게 중얼거리며 사람들에게 말로만 들어왔던 눈 덮인 산의 모습을 초조하게 기다렸다. 초저녁 무렵, 나가이(역주. 까프까즈 등지에 사는 따따르 족) 인 마부가 멀리 구름 덮인 산을 채찍으로 한번 가리킨 일이 있었다. 올레닌은 호기심 어린 눈으로 그쪽을 응시하기 시작했으나 때마침 날씨가 흐려 구름이 산을 반쯤 가리고 있어서 무언가 흐릿하고 희고 뭉글뭉글한 것만 보일 뿐, 그처럼 많이 읽고 들어 온 산의 빼어난 자태는 조금도 발견할 수 없었다. 그래서 그는 산이란, 구름과 똑같은 모습을 하고 있는 것이라서, 지금껏 그가 들어 온 눈 덮인 산의 자태는 결국 바하의 음악이나 그가 믿지 않는 여자에 대한 사랑처럼 허구에 지나지 않는 것이라고 생각했다. 그리하여 그는 산에 대해 더 이상 기대하지 않기로 했다.

이튿날 이른 아침, 그는 마차 안에서 신선한 느낌에 잠을 깼고, 무심코 오른쪽을 응시했다. 맑게 개인 아침이었다. 그는 자신으로부터 20여 걸음 떨어진 곳에서 무언가를 발견했는데 그것은 맑고 흰빛을 띤 엄청나게 큰 물체로 먼 하늘을 배경 삼아 뚜렷한 선을 드러내고 있었다. 그리고 그가 자신과 산, 하늘과의 거리를 가늠하게 되고, 그 산이 얼마나 큰 것인가를 깨닫게 되었을 때, 그리고 그 산의 형언할 수 없는 아름다움을 느끼게 되었을 때, 그는 엄청난 충격을 받고 말았다. 그는 정신을 차리기 위해 몸을 추스렸다. 그러나 산들은 조금도 변함이 없었다.

"저게 뭔가? 도대체 저게 뭔가?" 그는 마부에게 물었다.

"산입니다." 나가이 인은 아무렇지도 않게 대답했다.

"저도 아까부터 보고 있었어요." 바뉴샤가 말했다.

"정말 굉장해요! 집에서는 누구도 믿지 않을 겁니다."

평평한 길을 따라 질주하는 삼두 마차 위에서 산들을 보노라면, 그것들은 떠오르는 아침 햇살을 받아 봉우리를 붉게 물들인 채 지평선 위를 달리는 것처럼 보였다. 맨 처음 산들은 올레닌에게 단지 놀라움의 대상이었으나, 잠시 후에는 그를 기쁘게 해주는 대상이 되었다. 그리고 다시 얼마 후, 다른 산들의 뒤쪽이 아닌, 넓은 초원 끝에서 불쑥 솟아올라 멀리 줄달음 치는 눈 덮인 산을 바라보고 있는 그는 그 산의 아름다움을 더욱 깊게 음미하기 시작했고, 산을 느낄 수 있게 되었다. 이 순간부터 그가 보고 생각하고 느끼는 것 모두가 그에게는 새롭고 장엄하고 당당한 산의 특성을 지니게 되었다. 모스크바의 모든 추억도, 수치심과 후회도 그리고 까프까즈에 대한 부질없는 공상도 모두 사라지고 더 이상 되살아나지 않았다.

'자, 이제 시작이야.'

어떤 장엄한 목소리가 그에게 이렇게 말하는 듯했다. 그리고 그가 가고 있는 길도, 멀리 보이는 쩨레끄 강(역주. 북 까프까즈의 강. 카스피 해로 흐른다)의 윤곽도, 역들과 사람들도 이제는 더이상 그에게 있어 예사로운 것이 아니었다. 하늘을 보면… 산이 생각난다. 자기 자신과 바뉴샤를 보면… 다시 산이 생각난다. 저기 말을 탄 두 명의 까자끄 인이 지나가고, 그들의 등에 커버를 씌운 총이 규칙적으로 흔들리고, 말들이 밤색과 회색 다리를 뒤섞듯 달린다. 그러나 다시 생각나는 산들… 쩨레끄 강 건너편 두메 마을에서 연기가 피어오르는 것이 보이고… 그러나 다시금 산들이… 태양이 갈대숲 사이로 보이는 쩨레끄 강물에 반짝이고… 그러나 산들이… 역에서 아르바(역주. 바퀴가 둘 달린 짐마차)가 나오고, 여자들이 오가고, 아름다운 여자들, 젊다… 그러나 다시 산들이… 아브레끄(역주. 제정시대 까프까즈 공략 당시의 산악 빨치산. 이들이 후에 까프까즈의 산적이 되었다)들이 초원을 이리저리 뛰어다니고, 나는 마차를 타고 간다. 그들이 두렵지 않다. 내게는 총이 있고, 힘이 있고, 젊음이 있지 않은가… 그러나 다시 떠오르는 산…….

4. 약 80베르스따

길이의 그레벤 까자끄 마을로 불리는 쩨레끄 강변 일대는 그 지형이나 주민들이 똑같은 성격을 지니고 있었다. 까자끄 사람들과 산악지대 사람들을 갈라놓은 쩨레끄 강은, 흙탕물이 흐르는 급류지만 이 근처에 다다르면 강의 폭이 넓어 물의 흐름이 완만해진다. 강물은 갈대숲의 우측 기슭에 끊임없이 잿빛 모래를 날라 오기도 하고, 수백 년 묵은 참나무, 썩어가는 플라타너스, 아직 어린 나무들이 뒤섞인 높지 않은 낭떠러지를 형성하고 있는 좌측 기슭을 씻어내리며 흐르고 있다. 강 우측 기슭에는 평화로우나 아직도 위험한 두메 마을이 자리 잡고 있고, 좌측 기슭에는 강에서 반 베르스따 가량 거리를 두고 7,8베르스따 간격으로 까자끄 사람들의 마을이 위치해 있었다. 예전에는 이 마을 대부분이 강가 바로 곁에 위치하고 있었으나, 쩨레끄 강 물줄기가 해마다 산에서 북쪽으로 이동해 마을 어귀를 씻어내려 지금은 단지 잡초가 무성한 집터와 과수원, 검정 딸기와 야생 포도 넝쿨이 뒤엉킨 보리수, 배나무, 포플러 등이 보일 뿐이었다. 그곳에는 이미 누구도 살고 있지 않았다. 다만 그런 곳을 좋아하는 사슴, 늑대, 토끼, 꿩같은 동물들의 발자국만 눈에 띄었다. 마을과 마을 사이는 대포를 쏠 수 있게 숲을 베어낸 도로로 이어져 있었다. 그 도로를 따라 까자끄 사람들의 초병선(哨兵線)들이 배치되고, 초병선과 초병선 사이에는 보초들이 망을 보는 망루가 서 있다. 넓이 삼백 싸젠(역주. 미터법 이전의 러시아의 길이 단위. 3아르신. 약 2.134미터) 정도의 좁은 삼림지대가 까자끄 사람들의 비옥한 땅인 것이다. 그곳으로부터 북쪽으로 나가이 사막과 모즈도끄 사막이 시작되고, 그것이 멀리 북쪽으로 뻗어 신만이 알고 있는 땅 뜨루흐멘, 아스뜨라한, 끼르스끼-까이싸츠끼 초원과 맞닿는다. 남쪽에는 쩨레끄 강 너머로 대(大) 체취냐 산, 까취깔르이꼽스끼 산맥, 흑산 산맥 그리고 이름 모를 산맥이 있고, 마지막으로 아직 한 번도 사람의 발길이 닿은 적이 없는 멀리 보이는 눈 덮인 산이 있다. 여기 각종 식물이 왕성하게 자라는 비옥한 삼림지대에는 옛날부터 그레벤 까자끄라 불리는 용감하고 아름답고 부유한 구교도 러시아 인들이 살고 있었다.

　멀고 먼 옛날, 그들의 조상인 구교도인들은 러시아를 탈출해 쩨레끄 강 건너 삼림지대인 대(大) 체취냐 산의 첫 번째 능선인 그레벤에 정착했다. 원래 이곳에는 체첸 인들이 살고 있었고, 이주해 온 까자끄 사람들은 그들 원주민들과 더불어 살며 동화되어 산사람들의 풍속, 생활양식, 습관 등을 받아들이게 되었다. 그러나 그들은 러시아 어와 신앙만은 잃지 않고 지켜왔다.

　까자끄 사람들 사이에서는 지금까지 생생하게 전해 내려오는 전설이 있다. 그것은 이반 그로지느이 황제가 쩨레끄에 행차했을 때, 그레벤의 우두머리 격인 노인들을 불렀고, 그들에게 강 건너 쪽 땅을 하사한 다음 화목한 삶을 가르쳐주었으며, 국적이나 개종(改宗)을 강요하지 않겠노라 약속했다고 하는 내용이다. 그리하여 오늘날까지도 까자끄 사람들은 체첸 인과 친족 관계를 유지하며 자유를 사랑하고, 무위도식과 약탈, 전쟁을 좋아하는 성향이 남아 있다. 러시아의 까자끄 사람들에 대한 영향은, 선거에 간섭한다든가, 종(鐘)을 떼낸다든가, 군대를 주둔시키거나 그 지역을 통과시킨다든가 하는 불리한 측면에서만 작용한다.

까자끄 사람들은 자신들의 형제를 살해한 산악지대의 유격병(遊擊兵)보다 자신들의 마을을 지켜주기 위해 주둔해 자신들의 농가를 담배불로 그을은 러시아 병사를 더 증오한다. 그들은 자신들의 적인 산악지대 사람들을 존경하고, 러시아 병사들을 자신들의 박해자로 규정하고 경멸한다. 사실 까자끄 사람들은 러시아 남자들을 이방인이나, 천하고 미개한 존재로밖에 보지 않는다. 그러나 그들은 러시아 인의 전형을 그들이 경멸의 의미로 양털 모자공이라 부르는 소(小) 러시아 인(역주. 지금의 우끄라이나 인) 행상이나 이주민들에게서 보는 것이었다. 그들 복장의 멋은 체르께스 인들을 모방하는 데 있다. 좋은 무기는 산악지대 사람들에게 구할 수 있고, 훌륭한 말도 그들에게서 사들인다. 또 때로는 그들에게 도둑 맞기도 한다. 용감한 까자끄의 젊은이들은 따따르 어의 지식을 자랑 삼아 그들의 형제들과도 따따르 어로 말하기도 한다. 그럼에도 불구하고 이 그리스도교 민족은, 미개한 회교도들과 러시아 병사들에 둘러싸여 지구의 변두리에 묻혀 살면서도 자신들이야말로 가장 발전된 민족이라 여겨, 까자끄 인만을 인간답다고 규정하고 그 밖의 민족들은 경멸의 눈길로 바라보고 있었다.

까자끄 남자들은 대부분의 시간을 초병선과 원정과 사냥과 고기잡이로 보낸다. 그들은 대부분 집에서는 일하지 않는다. 또한 마을에 머무는 일도 드물지만, 그럴 때면 으레 즐길 뿐이다. 까자끄 남자들에게는 모두 자신들의 술이 있는데 음주는 그들에게 있어 공통된 경향이라기보다는 음주를 하지 않으면 변절자로 낙인 찍힐 만큼 하나의 의식인 것이다.

까자끄 남자들은 여자를 자신의 부의 도구로 간주하여 처녀적에는 마음대로 놀 수 있게 하지만, 마누라가 되는 순간부터는 한평생 복종과 노동이라는 동양적 윤리를 강요하여 자신을 위해 일하도록 한다. 따라서 여자들은 남자들의 이러한 견해로 외견상 남자들에게 복종적으로 보이지만 사실은 육체적으로나 정신적으로 매우 발달해 있어, 가정 생활에서는 대부분의 동양의 나라에서와 마찬가지로 서양의 나라들과는 비교가 안 될 만큼 강력한 영향력을 행사한다. 사회 생활을 멀리하고 남자들처럼 힘든 일에 익숙해짐으로써 여자들은 가정 생활에서 더욱 큰 힘을 가질 수 있게 된 것이다. 까자끄 남자들은 다른 사람 앞에서 마누라에게 다정한 말이나 실없는 얘기를 건네는 것을 무례하다고 여기지만, 단둘이 마주 앉게 되면 무의식중에 마누라의 우월성을 느끼게 된다. 집 전체, 모든 재산, 수확한 모든 농산물이 그녀의 노동에 의한 것이고, 그녀의 힘으로 관리되고 있는 것이다.

그들은 비록 노동이란, 까자끄 남자들에게는 수치스런 것으로, 나가이 인 일꾼이나 여자들에게 적합한 것이라 확신하지만, 자신이 이용하고 자신의 소유라 부르는 모든 것이 그러한 노동의 산물이며, 자신의 노예나 다름없다고 생각하는 어머니나 마

누라가 자신이 이용하는 모든 것을 빼앗을 권리를 지니고 있다
는 사실을 어렴풋이 느끼고 있다. 뿐만 아니라, 항상 남자들처
럼 힘든 노동과 집안 돌보기로 그레벤의 여자들은 독립적이고
남성적인 특성을 띠게 되었고, 육체적인 힘과 건전한 사고력,
결단성 있는 성격을 더욱 발달시키게 되었다.

여자들은 남자들보다 힘이 세고 총명하며 정신적으로 성숙할
뿐 아니라 외모도 훨씬 아름답다. 그레벤 여자들의 아름다움은
체르께스 인 얼굴의 가장 순수한 유형과 북방 여자들의 굵고 억
센 체격과 어우러져 놀랄 만큼 빼어나다. 까자끄 여자들은 따따
르 식 블라우스와 베쉬메뜨(역주. 단추가 없는 겉옷으로 일반적으
로 솜을 둔다) 그리고 추뱌끼(역주. 굽 없는 슬리퍼)를 신는 양식이
체르께스 인의 의복 양식과 같지만, 머리에는 러시아 식으로 스
카프를 두른다. 의복과 집 안 장식에 있어서 멋과 청결, 우아함
은 그들의 생활 방식과 필연적인 관계를 갖고 있다. 남자들과의
관계에 있어서 여자들, 특히 처녀들은 완전한 자유를 만끽한다.
노보믈린스까야 까자끄 마을은 그레벤 까자끄의 발상지로 평가
되고 있다. 그곳에는 다른 어느 마을보다도 그레벤 족의 풍습이
많이 남아 있었고, 그 마을의 여자들은 까프까즈 전체에서도 아
름답기로 유명했다. 까자끄의 생활 양식은 포도밭과 과수원, 수
박과 함께 재배하는 참외와 호박, 고기잡이, 사냥, 옥수수와 수
수 재배 그리고 전리품으로 이루어져 있다.

노보믈린스까야 마을은 쩨레끄 강에서 3베르스따 가량 떨어
진 곳에 위치해 있으며 강과 마을은 무성한 숲으로 나뉘어져 있
다. 마을을 통과하는 도로의 한쪽 옆으로는 강이 있고, 다른 한
쪽에는 푸른 포도밭과 과수원이 펼쳐져 있으며, 저 멀리에는 하
얀 파도가 부서지는 해변 위로 나가이 초원이 눈에 들어온다.

마을은 흙제방과 가시덤불 울타리로 둘러싸여 있다. 마을을 출입하는 사람들은 높은 기둥 위에 억세풀을 덮은 조그만 지붕이 있는 문을 통과하게 되고, 그 문 가까이 나무 포가(砲架) 위에는 언젠가 까자끄 사람들이 적을 격퇴하기 위해 세워 둔, 백 년 동안 한 번도 발사된 적이 없는 낡은 대포가 몰골 사납게 서 있었다. 문 옆에는 제복 차림에 칼을 차고 총을 든 까자끄가 보초를 설 때도 있고, 서지 않을 때도 있으며, 장교가 문을 통과할 때 경례를 붙이기도 하고, 붙이지 않기도 한다.

문의 지붕 밑에는 흰 판자 위에 검정 물감으로 다음과 같이 쓰여져 있다. 가구수 266. 남자 897. 여자 1012. 까자끄 사람들의 집은 지상에서 1아르신 이상 되는 기둥 위에 서 있고, 높은 지붕 위엔 갈대가 말끔하게 덮여 있다. 모든 집들은 비록 새집은 아니지만 모두 반듯하고 깨끗하게 정돈되어 있고, 현관 앞에는 제각기 모양이 다른 높다란 층계가 붙어 있으며, 집들은 충분한 간격으로 넓은 길과 골목길 사이를 끼고 그림처럼 산재해 있다. 많은 집들의 밝고 큰 창문 앞이나 채소밭 뒤에는 집들보다 더 높이 솟은 검푸른 포플러, 흰꽃과 부드러운 잎이 무성한 아카시아, 노란 얼굴을 뻔뻔스러울 만큼 반짝이고 있는 해바라기, 호리병박과 포도넝쿨이 뻗어 오르고 있다. 넓은 광장에는 옷감, 씨앗, 콩 등의 꼬투리 그리고 양념을 넣은 당밀과자를 늘어놓은 구멍 가게가 세 개 있고, 높은 울타리 너머에는 한 줄로 늘어서 있는 포플러 고목 사이로 다른 어느 집보다 길고 높으며 양쪽으로 여닫는 창문이 달린 연대장의 집이 보인다.

마을의 거리는 평상시, 특히 여름에는 항상 인적이 뜸하다. 까자끄 사내들은 초병선이나 원정에 나가고, 노인들은 사냥이나 고기잡이를 하거나 아니면 처녀들과 과수원이나 채소밭에

나간다. 다만 아주 늙은 노인네들과 어린아이들 그리고 환자들
만이 집에 남아 있을 뿐이다.

5. 그것은

까프까즈가 아니면 볼 수 없는 특별한 저녁 풍경이었다. 태양은 산 너머로 몸을 숨겼지만, 아직 어둡지는 않았다. 저녁 노을이 하늘의 3분의 1을 차지했고, 그 붉은빛을 배경으로 희고 윤기없는 거대한 산봉우리들이 뚜렷이 드러났다. 공기는 희박했고, 움직임이 없었으며 그 어떤 소리도 낼 수 있었다. 몇 베르스따에 걸친 긴 그림자가 산에서부터 초원까지 드리워져 있었다. 사막도, 강 건너도, 길도 모두가 텅 비어 있었다. 만일 아주 가끔씩 어디선가 말을 탄 사람의 모습이 나타나면, 초병선의 까자끄 사람들과 산악지대의 체첸 인들은 놀라움과 호기심에 찬 눈으로 말을 탄 사람을 응시하며 인물의 정체를 규명하려 애쓴다. 해가 지면 사람들은 서로에게 겁을 먹고 앞다투어 집으로 돌아가고, 다만 짐승들과 새들만이 인간을 두려워하지 않고, 이 텅 빈 공간을 자유롭게 활보한다. 과수원에서 덩굴을 묶던 까자끄 여자들도 해가 완전히 지기 전에 즐거운 수다와 함께 집으로 걸음을 재촉한다. 그러면 과수원도 주변 일대와 마찬가지로 텅 비게 된다. 그러나 마을은 바로 이때, 가장 활기 차다. 마을 사람들은 도보로, 혹은 말을 타거나, 삐걱거리는 이륜 마차를 타고 마을로 돌아온다. 루바쉬까(역주. 모직물이 아닌 품이 넓은 러시아식 상의)를 허리춤에 끼워넣은 처녀들은 마른 나뭇가지를 들고, 즐겁게 수다를 떨며 초원에서 묻어 온 먼지와 모기떼에 싸여 마을로 몰려드는 가축을 맞으러 출입문 쪽으로 달려간다. 배불리 풀을 뜯은 암소와 암물소가 길을 따라 흩어지면, 꽃무늬가 수놓인 베쉬메뜨 차림의 까자끄 여자들이 빠른 걸음으로 그 사이를 왔다 갔다한다. 여자들의 날카로운 말소리와 유쾌한 웃음소리, 그리고 고함소리가 가축의 울음소리에 섞여 들린다. 저쪽에서는 초병선에서 휴가를 간청해 돌아온 무장한 까자끄 인 하나가 말을 탄 채 창가로 다가가 몸을 구부려 창문을 노크한다. 그러자 창문이 열리면서 젊고 아름다운 까자끄 처녀가 얼굴을 드러내더니 웃음을 머금은 부드러운 목소리를 들려주기 시작한다. 또 한쪽에서는 광대뼈가 튀어나온 초라한 몰골의 나가이 인 하인이, 초원에서 억새를 실어온 짐마차를 까자끄 일등 대위 집의 넓고 깨끗한 뜰 안으로 몰고 들어가 머리를 흔드는 황소의 멍에를 벗겨내며 주인과 따따르 어로 얘기하고 있다. 큰길을 점령하다시피 차지하고 있는 물 웅덩이 옆, 마을 사람들이 몇 해째 길 가의 울타리로 바짝 붙어 어렵게 지나가는 그곳을 등에 장작다발을 짊어진 맨발의 까자끄 여자가 루바쉬까를 높이 걷어 올린 채 지나가고 있고, 집으로 돌아오던 까자끄 사냥꾼이 그 모양새를 보고 농담 삼아 소리 친다.

"어이, 창피한 줄도 모르는 여자! 옷자락 좀 더 걷어 올리시지.” 그가 이렇게 외치며 총을 겨누는 시늉을 하자, 여자는 옷자락을 놓으며 장작 다발을 떨어뜨린다. 바지를 걷어 올리고 허연 털가슴을 드러낸 늙은 까자끄가 아직도 싱싱하게 뛰는 은빛 물고기가 든 투망을 메고 집으로 돌아오는 길에 지름길로 가기 위해 이웃집 울타리 틈으로 빠져나가다 나뭇가지에 걸린 겉옷 자락을 당기고 있다. 저쪽에서는 웬 마누라가 잘 마른 큰 나뭇가지를 끌고가고 있고, 길 모퉁이에서는 도끼질하는 소리가 들려온다. 바닥이 평평한 길에서는 어느 곳에서나 까자끄 아이들이 팽이를 돌리고 있다. 길을 돌아가지 않기 위해 아낙네들이 울타리를 넘고 있다. 그리고 굴뚝마다 마른 소똥을 태우는 냄새가 섞인 연기가 피어 오르기 시작한다. 집집마다 마당에는 밤의 정적을 앞두고 한층 분주히 움직이는 소리가 들려온다.

학교 선생님이며 까자끄 군의 소위 아내인 울리뜨까 할머니도, 다른 할머니들처럼 자기 집 마당의 대문으로 나섰고, 딸 마리얀까(역주. 마리야나의 애칭)가 길을 따라 몰고 오는 가축을 기다리고 있다. 그녀가 사립문을 활짝 열기도 전에 큰 덩치의 암물소가 모기떼에 싸여 고함을 지르며 문을 밀치듯 들어온다. 그 뒤로 배불리 풀을 뜯은 암소들이 커다란 눈으로 주인을 응시한 채, 꼬리로 양쪽 옆구리를 번갈아 치며 어슬렁어슬렁 들어온다. 균형 잡힌 몸매의 아름다운 마리얀까는 대문을 들어서자 나뭇가지를 내던지고 사립문을 닫은 다음 재빨리 발을 움직여 가축들을 몰아넣는다.

“신발 벗어, 악마같은 지지배야.” 어머니가 소리 친다.

“신발 다 닳잖아!”

마리야나는 악마같은 지지배라는 말에 화를 내는 기색도 없이, 오히려 그것을 자신이 귀여워서 하는 말로 받아들이듯 그저 즐겁게 일을 계속한다. 마리야나의 얼굴은 머리에 두른 스카프로 가려져 있고, 장미 무늬의 루바쉬까와 초록빛 베쉬메뜨 차림이다. 그녀가 살찐 가축들의 뒤를 따라 외양간의 차양 밑으로 모습을 감춰 버리자 물소를 달래는 부드러운 목소리만이 들려온다.

"얌전히 있어야지! 어어, 너! 그래, 너! 그렇지, 사모님!…"

얼마 후 처녀는 할머니와 함께 외양간에서 헛간(원주. 까자끄인들은 이곳을 낮고 차가운 사각형 통나무 별채라 부르고, 우유제품을 끓이거나 보관하는 장소로 사용하기도 한다)으로 향한다. 그들의 손에는 커다란 우유 항아리가 하나씩 들려 있다―오늘 짜낸 우유가 든 항아리다. 이윽고 점토질을 구워 만든 별채의 굴뚝에서는 말린 소똥을 때는 연기가 솟아오른다. 우유로 크림을 만드는 것이다. 처녀가 불을 지피는 사이 노파는 문쪽으로 나온다. 황혼이 이미 마을을 뒤덮었다. 공기는 온통 채소와 가축 그리고 매캐한 말린 소똥 연기로 가득하다. 사립문 앞과 길거리에는 걸레 조각에 불을 붙여 든 아낙네들이 여기저기 뛰어다니고 있다. 마당에서는 뱃속이 편안해진 가축들의 숨소리와 되새김질 소리가 들려오고, 마당과 골목길에서는 여자들과 아이들이 서로를 부르는 소리가 들려온다. 평상시에는 술취한 남자의 목소리가 들리는 일은 극히 드물다.

큰 키에 사내같은 몰골의 늙은 까자끄 여자 하나가 맞은편 집 마당에서 울리뜨까 할머니 집으로 불을 얻으러 온다. 그녀의 손에는 걸레 조각이 들려 있다.

"그래, 할머니는 다 정리하셨나요?" 그녀가 묻는다.

"딸애가 끓이고 있지요. 알리(역주. 회교도 사이의 높임말), 불이 필요하신 모양이지요?" 울리뜨까 할머니는 남에게 봉사할 수 있게 된 것이 기쁘다는 듯 묻는다.

두 까자끄 여인은 집으로 들어간다. 작은 물건을 다루는 데 익숙치 못해 떨고 있는 투박한 손으로, 까프까즈에서는 귀한 물건으로 여기는 성냥갑을 연다. 건넛집에서 온 사내같이 생긴 노파는 수다를 떨려는 듯 계단 위에 자리를 잡고 앉는다.

"그래 바깥 어른은 학교에 계시나요?" 건넛집 여자가 묻는다.

"매일 아이들을 가르치고 있지요. 명절에 오겠다고 전갈이 왔더구만요." 소위의 아내가 대답한다.

"똑똑한 사람은 무슨 일이건 할 수 있는 법이지요."

"그러믄요, 할 수 있구 말구요."

"우리 루까샤(역주. 루까쉬까의 애칭)는 초병선에 있는데, 좀처럼 집에 보내주지 않는구만요." 건넛집 여자는 소위의 아내가 그것에 대해 이미 알고 있음에도 불구하고 얘기를 꺼낸다. 그녀는 얼마 전에 징집되어 간 자신의 아들 루까쉬까에 대한 얘기를 하고 싶었던 것이다. 그녀는 자신의 아들이 소위의 딸인 마리야나와 결혼하기를 간절히 원하고 있다.

"그럼 초병선에서 근무하고 있나요?"

"그래요. 명절에 다녀가고는 오지 않는구만요. 요전번에 포무쉬낀을 통해 작업복을 보내줬지요. 상관들한테 칭찬받으며 아무 탈없이 잘 있다는구만요. 초병선에서는 다시 아브레끄(역주. 제정시대 까프까즈 공략 당시의 산악 빨치산)를 수색하고 있다는구만요. 그렇지만 우리 루까쉬까는 별 탈없이 즐겁게 지내나봐요."

"정말 다행이구만요." 소위의 아내가 말한다.

"아무튼 그애는 한마디로 우르반이라니까요."

언젠가 루까쉬까는 물에 떠내려가는 아이를 구출한 적이 있었고, 그 용기를 칭찬하는 의미로 우르반이라는 별명을 얻게 되었다. 소위의 아내는 루까쉬까 어머니에게 듣기 좋은 말을 한마디쯤 해줘야겠다는 마음에 그 별명을 끄집어낸 것이다.

"하느님 덕분이지요. 아들이 장하고 훌륭하다고 칭찬이 자자해요." 루까쉬까 어머니가 말을 이어간다.

"다만, 그애가 장가만 간다면 얼어 죽어도 여한이 없을 것 같네요."

"마을에 처녀가 한둘인가요, 뭐?" 능청스런 소위의 아내는 마디 굵은 손가락으로 성냥갑 뚜껑을 닫으려 애쓰며 말한다.

"많지요. 많구 말구요." 루까쉬까 어머니는 그런 뜻이 아니라는 듯 고개를 내젓는다.

"그렇지만 댁의 따님같은, 마리야누쉬까(역주. 마리야나의 애칭)같은 처자는 연대를 통틀어도 눈을 씻고 찾을래야 찾을 수 없지요."

소위의 아내는 루까쉬까 어머니의 속셈을 알고 있었으므로, 루까쉬까가 훌륭한 까자끄라고 여기고는 있었지만, 될 수 있으면 이 이야기를 피하려 했다. 그것은 첫째, 자신은 소위의 아내이며 부자인 반면, 루까쉬까는 일개 까자끄의 아들일 뿐이며, 지금은 편모슬하였던 것이다. 둘째, 그녀는 딸과 빨리 헤어지는 것을 원치 않았다. 그리고 가장 큰 이유는 남들에 대한 체면 때문이었다.

"그야 마리야누쉬까가 좀더 자라서 혼기가 차면 그때 두고볼 일이지요." 그녀는 하고픈 말을 자제하듯 겸손하게 말한다.

"중신아비를 보내지요. 보내구 말구요. 과수원 일이 끝나면 내 정식으로 인사를 옵지요." 루까쉬까 어머니는 계속 말을 잇는다.

“댁의 일리야 바실리예비치께도 인사를 오겠어요.”

“일리야는 뭣 하게요!” 소위의 아내는 오만스럽게 말한다.

“나랑 얘기하는 게 나아요. 하지만 무슨 일이고 때가 있는 법이지요.”

루까쉬까 어머니는 소위 아내의 엄한 얼굴을 보자 더 이상 말하는 것이 좋지 않겠다고 판단하고 성냥으로 걸레 조각에 불을 붙여 일어서며 말한다.

“잊지 마세요. 제가 드린 말씀은 꼭 기억해 주셔야 해요. 이만 갑니다. 불을 지펴야지요.” 그녀는 이렇게 덧붙여 말한다.

불이 붙은 걸레 조각을 손을 앞으로 뻗은 채 흔들며 길을 건너던 중, 그녀는 자신에게 인사를 하는 마리야나를 만났다.

‘여왕같은 처자야, 일도 잘하구.’ 그녀는 아름다운 마리야나를 보며 이렇게 생각한다.

‘더 클 데가 어디 있다는 게야! 시집 갈 때가 된 거야. 아무렴, 우리 루까쉬까한테 시집 오는 게 제일이지, 암!’

울리뜨까 할머니는 걱정스런 마음이 되어 문지방에 꼼짝 않고 앉아, 딸이 부르러 올 때까지 골똘히 생각에 잠긴다.

6. 마을

사내들은 원정지나 초병선, 즉 까자끄 사람들이 초소라 부르는 곳에서 생활한다. 마을에서 두 노인네의 화제의 대상이었던 우르반, 즉 루까쉬까는 초저녁에 니주네 쁘라또츠끼 초소의 망루에 서 있었다. 니주네 쁘라또츠끼 초소는 바로 쩨레끄 강변에 위치하고 있다. 그는 망루 난간에 팔꿈치를 괴고 서서 눈을 가늘게 뜨고, 멀리 쩨레끄 강 너머를 보기도 하고 밑에 있는 까자끄 동료들을 내려다보기도 하고 또 가끔은 그들과 이야기를 나누기도 했다. 태양은 이미 뭉게구름 위로 하얗게 솟아오른 산봉우리에 접근하고 있었다. 구름은 산기슭에 물결 치며 점점 더 어두운 그림자를 드리우고 있었다. 공기는 저녁의 투명함으로 충만되어갔다. 깊은 원시림으로부터 신선함이 퍼져왔지만, 초소 근방은 아직도 후덥지근했다. 까자끄들의 이야기 소리는 더욱 선명하게 울렸고, 한참 동안 공중에서 맴돌았다. 쩨레끄 강의 갈색 급류는 유유히 흐르는 그 엄청난 수량으로 움직이지 않는 양쪽 강기슭 사이에 한층 뚜렷한 모습을 드러내고 있었다. 그러나 강물이 점점 줄어드는 시기였으므로 강기슭이나 얕은 여울에는 습한 모래가 암갈색을 띠고 있었다. 초병선 정면의 건너편 강변은 황량한 곳으로 단지 낮고 끝없는 무성한 갈대밭만이 산까지 이어져 있었다. 그러나 약간 옆으로 눈을 돌리면 나지막한 해변 위에 점토로 만든 흙집이나 평평한 지붕들, 그리고 깔대기 모양의 굴뚝이 있는 체첸 인들의 두메 마을을 볼 수 있다. 망루 위의 날카로운 까자끄의 눈은 평화로운 마을의 저녁 연기 사이로 멀리서도 눈에 띄는 붉고 푸른 옷차림의 체첸 여자들을 쫓고 있었다.

까자끄 사람들은 항상 따따르 방면에서 강을 건너거나 기습하는 아브레끄(역주. 빨치산)를 예상만 하고 있을 뿐이었다. 특히 5월에는 쩨레끄 강변의 숲이 무성하게 우거져 도보자의 통행이 힘들게 되는 반면, 강물이 줄어.여울을 따라 강을 건널 수도 있었다. 그리고 이틀 전 연대장의 까자끄 전령이, 정찰병의 보고에 의하면 8명 가량의 빨치산들이 쩨레끄 강의 도하를 기도하고 있으니 각별히 주의하라는 전갈을 전했음에도 불구하고, 초병선에서는 특별경계를 실시하지 않고 있었다. 까자끄들은 마치 집에서처럼 말에 안장도 채우지 않았고, 무기도 소지하지 않은 채, 누군가는 물고기를 잡기도 하고, 누군가는 술을 퍼마시기도 하고 또 누군가는 사냥을 하기도 했다. 다만 당직사관의 말만 안장이 얹힌 채 앞다리 두 개와 뒷다리 하나를 묶은 줄을 끌며 숲 근처 아카시아 나무를 따라 어슬렁거렸고, 까자끄 보초만이 체르께스까(역주. 깃이 없는 긴 상의) 차림에 총을 들고 칼을 차고 있었다. 유달리 등이 길고 손과 발이 짧은 큰 키의 깡마른 까자끄 하사는 가슴을 풀어헤친 베쉬메뜨 차림으로 막사의 토담 위에 앉아 상관다운 거드름 피는 표정으로 눈을 감고, 양손을 번갈아가며 머리를 괴고 있었다. 검은 수염이 희끗희끗 덥수룩하게 자란 중년의 까자끄는 허리띠를 맨 검은 루바쉬까 차림으로 누워 소용돌이 치며 흐르는 단조로운 쩨레끄 강 물결을 물끄러미 바라보고 있었다. 다른 까자끄들도 옷을 반쯤 벗어던진 채, 더위에 기진맥진해 하며 누군가는 속옷을 빨기도 하고, 누군가는 말의 굴레를 잡고 있고, 또 누군가는 강가의 뜨거운 모래 위에 누워 노래를 흥얼거리고 있었다. 깡마른 얼굴이 햇볕에 검게 탄 까자끄 한 사람은 술에 취해 두 시간 전에는 그늘에 있었지만 지금은 석양이 뜨겁게 내리쬐는 막사 뒤에 죽은 사람처럼 사지를 쭉 펴고 누워 있었다.

망루 위에 서 있는 루까쉬까는, 큰 키에 어머니를 닮은 잘 생긴 얼굴의 스무 살 가량 되는 청년이었다. 그의 얼굴과 몸은, 아직도 다듬어지지 않은 젊음을 엿볼 수 있음에도 불구하고, 육체적으로나 정신적으로 왕성한 힘이 넘쳐 흐르고 있었다. 그는 군대에 소집되어 온 지 얼마 되지는 않았지만, 여유있는 얼굴 표정이나 침착한 태도로 볼 때 이미 손색없는 까자끄의 일원이 되어 있었다. 그는 무기를 항상 지니고 다니는 사람들이 풍기는 호전적이며 약간은 거만한 자세가 몸에 배게 되었고, 또한 자신의 진정한 가치를 인식하고 있었다. 그는 군데군데 찢어진 루바쉬까 차림에, 모자를 체첸 인처럼 삐딱하게 걸치고 있었다. 각반은 무릎 밑으로 흘러내려와 있었다. 그의 복장은 훌륭한 편은 아니었지만 체첸 인 용사를 모방한 까자끄 특유의 멋을 드러내며 몸에 잘 어울리고 있었다. 진정한 용사들은 항상 품이 넓고 해진 옷을 아무렇게나 걸치는 법이었다. 다만 훌륭하게 갖춰야 하는 것이 있다면 그것은 무기 하나뿐인 것이다. 그러나 그 해진 옷차림이나 무기를 착용하고 혁대를 매고 몸에 맞추는 데에도 아무나 흉내 낼 수 없는 용사만의 독특한 멋이 있어 까자끄 사람들이나 산사람들에게는 그것이 이내 눈에 띄는 법이다. 루까쉬까는 이러한 용사의 면모를 지니고 있었다. 양손을 칼자루 위에 얹고, 눈을 가늘게 뜬 채 그는 멀리 체첸 인의 마을을 응시하고 있었다. 그의 외모는 하나하나 뜯어보면 그리 잘난 것은 아니었지만, 그의 당당한 체격과 짙은 눈썹, 똑똑하게 생긴 얼굴을 흘깃 본 사람이라면 누구나 무의식 중에 이렇게 외치게 될 것이다.

'훌륭한 젊은이야!'

"저 마을엔 웬 여자들이 저렇게 떼거지로 몰려 나와 있지?" 그는 하얀 이를 드러내며 날카로운 어조로 혼잣말처럼 중얼거렸다.

밑에서 누워 있던 나자르까는 이내 머리를 들고 대꾸했다.

"아마 물을 길러 가는 걸 거야."

"총을 쏴서 겁을 줘볼까?" 루까쉬까가 웃으며 말했다.

"거기까지 총알이 나가지도 않아."

"나가! 내 총은 저기를 넘어가게 될 거야. 두고 봐! 저것들의 명절날이 되면 내가 기레이-한의 집에 손님으로 가서 부자(역주. 수수로 빚은 따따르 인의 맥주)를 실컷 마시고 올 테니." 루까쉬까는 귀찮게 달려드는 모기떼를 쫓으며 이렇게 말했다.

밀림 속에서 무언가 사각거리는 소리가 나자 까자끄들은 그곳을 주목했다. 얼룩무늬 잡종 사냥개 한 마리가 털 빠진 꼬리를 흔들며 짐승의 발자국을 더듬거리며 초병선 쪽으로 달려 나왔다. 루까쉬까는 그것이 이웃집 사냥꾼 예로쉬까 아저씨의 사냥개라는 것을 알아차렸고, 그 뒤로 밀림을 헤치고 나오는 사냥꾼의 모습을 발견했다.

예로쉬까 아저씨는 새하얗게 센 탐스러운 턱수염과 넓은 어깨와 가슴을 가진 엄청나게 큰 키의 까자끄로, 그의 건장한 몸은 균형이 잘 잡혀 있었다. 그러나 숲속에 있는 그의 모습은 다른 사람과 비교할 수 없어 그리 크지 않게 보였다. 그는 다 해진 윗도리 자락을 바지 속에 찔러넣고, 발에는 노끈으로 통을 묶은 가죽 신발 차림에 머리에는 납작하게 구긴 흰 모자를 쓰고 있었다. 한쪽 어깨에는 꼬브일까(역주. 꿩에 살며시 접근하기 위해 사용하는 사냥도구)와 매를 유혹하는 데 쓰는 도요새와 황조롱이를 넣은 망태를 메고, 다른 쪽 어깨에는 오늘 잡은 살쾡이를 달아 메고, 등뒤의 멜빵에는 탄약과 화약, 빵과 모기를 쫓는 데 쓰는 말꼬리, 칼집이 터진 양날의 단검 그리고 두 마리의 꿩이 매달려 있었다. 등은 온통 피로 더럽혀져 있었다. 초병선 쪽을 바라보며 그는 걸음을 멈추었다.

"이봐, 럄!" 그는 먼 숲속에서 메아리가 들릴 만큼 잘 울리는 저음으로 소리 쳤고, 까자끄들 사이에서 플린따라고 불리는 커다란 총을 어깨에 둘러메며 모자를 치켜들었다.

"잘들 지내셨는가, 여러분! 어이!" 그는 이렇게 힘차고 쾌활한 목소리로 까자끄들에게 소리 쳤다. 그는 큰소리를 내려는 기미도 보이지 않았지만, 그 소리는 강 건너 누군가에게라도 소리치는 것처럼 크게 울렸다.

"잘 지냈어요, 아저씨!"

"다 좋아요!"

여기저기서 까자끄들의 젊고 명랑한 목소리가 대답했다.

"뭐, 별다른 일은 없었나? 얘기 좀 해보게!" 예로쉬까 아저씨는 체르께스까 옷 소매로 붉으스름한 넓적한 얼굴의 땀을 닦으며 소리 쳤다.

"보세요, 아저씨! 저쪽 플라터너스 위에 매가 살고 있어요! 저녁마다 그 위를 맴돌아요." 나자르까는 이렇게 말하며 눈을 깜빡이고 어깨와 다리를 움찔거렸다.

"너, 정말이야!" 노인은 믿지 못하겠다는 듯한 어조로 말했다.

"정말이예요, 아저씨. 아저씨가 망을 보시면 되잖아요." 나자르까는 키득거리며 우겨댔다.

까자끄들은 웃음을 터뜨렸다.

매의 그림자도 보지 못하고 하는 농담이었던 것이다. 초병선의 젊은 까자끄들은 예로쉬까 아저씨가 나타날 때마다 그를 놀려주고 속이는 것이 습관화되어 있었다.

"야, 이 바보같은 놈아! 헛소리 그만둬!" 루까쉬까가 망루에서 나자르까에게 소리 쳤다.

나자르까는 금세 입을 다물었다.

"망을 봐야 한다구? 그럼 어디 한번 지켜볼꺼나." 노인이 이렇게 말하자 모든 까자끄들은 대단히 만족스러워했다.

"그런데 혹 멧돼지는 못 봤는가들?"

"뭐라구요! 멧돼지를 보는 게 어디 쉬운 일인가요!" 심심하던 차에 잘됐다는 듯 기분이 좋아진 하사는 몸을 뒤틀고 두 손으로 긴 등을 긁으며 말했다.

"우린 빨치산을 잡으려는 거지, 멧돼지를 잡으려는 게 아니예요. 그런데 아저씨는 아직 아무 얘기 못 들으셨나요, 네?" 하사는 까닭없이 눈을 가늘게 뜨고, 가지런한 하얀 이를 드러내며 이렇게 덧붙였다.

"빨치산 말인가?" 노인이 대꾸했다.

"아니, 듣지 못했어. 그런데 치히리(역주. 까프까즈 산 포도주의 일종) 있나? 한잔만 주게, 젊은 양반. 피곤해 죽을 지경이야. 정말일세. 조금만 기다려 주게. 내가 신선한 고기를 가져다 줄 테니! 정말이야. 갖다주고 말고. 그러니 한잔 주게." 그는 이렇게 덧붙였다.

"그럼 정말 여기서 망을 보시겠다는 거예요?" 하사는 상대의 말을 듣지 못했다는 듯 엉뚱하게 물었다.

"하루 저녁 지켜볼까 하네." 예로쉬까 아저씨가 대답했다.

"혹시 명절에 쓰라고 하느님께서 무언가 주실지 아나. 내 그럼 자네에게 줌세, 정말이네!"

"아저씨! 이봐요! 아저씨!" 망루 위에서 루까쉬까가 사람들의 이목을 집중시키려는 듯 소리 쳤고, 까자끄들은 일제히 루까쉬까를 쳐다보았다.

"아저씨, 저기 수로 위쪽으로 가봐요. 덩치 큰 놈들이 떼거지로 몰려다녀요. 거짓말이 아니에요. 얼마 전에 우리 동료가 거기서 한 마리 잡았어요. 정말이예요." 그는 등에 멘 총을 치켜들며 이렇게 덧붙였고, 그의 목소리로 보아 그 말이 결코 농담이 아니라는 걸 알 수 있었다.

"오! 루까쉬까 우르반, 여기 있었구나!" 노인이 위를 쳐다보며 말했다.

"그래, 어디서 잡았다구?"

"저를 보지 못했었군요! 하긴 아저씨 눈엔 제가 작게 보일거예요." 루까쉬까가 이렇게 말하며 말을 이었다.

"바로 도랑 옆에서 잡았어요, 아저씨." 그는 진지하게 말하며 머리를 흔들었다.

　"우리는 도랑을 따라 걷고 있었는데, 그놈이 소리를 냈어요. 그런데 내 총은 케이스 속에 들어 있었지 뭐예요. 그래서 일야스까가 그놈을 쐈지요……. 그래요. 내가 그 장소를 보여줄게요. 아저씨 그리 멀지도 않아요. 조금만 기다리세요. 저는 그놈이 다니는 길을 알아요. 모세프 아저씨!" 그는 이렇게 덧붙이고, 하사에게 거의 명령적인 어조로 말했다.

　"교대 시간 됐어요!" 그는 이렇게 말하고, 하사의 지시가 떨어지기도 전에 총을 손에 들고 망루를 내려올 채비를 했다.

　"내려와!" 하사는 주위를 둘러보며 뒤늦은 명령을 내렸다.

　"구르까, 자네 차롄가? 올라가! 그건 그렇고, 아저씨. 이제 루까쉬까 녀석도 약삭빠른 까자끄가 다됐어요." 하사는 노인을 향해 덧붙였다.

　"아저씨를 닮아서 그런지 잠시도 막사에 앉아 있지를 못해요. 요전에도 한 마리 잡아왔더군요."

7. 해는

이미 자취를 감추었고, 밤의 그림자가 숲으로부터 빠르게 밀려들고 있었다. 까자끄들은 초병선 근무를 마치고 저녁을 먹으러 막사에 모여 있었다. 단지 노인만이 매를 기다리며 플라타너스 밑에 앉아 이따금 황조롱이를 묶은 끈을 잡아당기고 있었다. 매는 나무 위에 앉아 있었으나, 황조롱이를 낚아채러 내려오지는 않았다. 루까쉬까는 여유있는 동작으로 덤불 속 꿩의 통로에 올가미를 설치하며 끊임없이 노래를 흥얼거렸다. 큰 키에 커다란 손에도 불구하고 그는 크든 작든 모든 일을 거침없이 처리해냈다.

"야, 루까쉬까!" 가까운 숲속에서 찢어지는 듯한 나자르까의 목소리가 들려왔다.

"다들 저녁 먹으러 갔나봐."

나자르까는 아직 살아 있는 꿩 한 마리를 옆구리에 끼고 덤불을 헤치며 오솔길로 나왔다.

"어, 그래!" 루까쉬까는 노래를 멈추며 대답했다.

"그거 어디서 잡았냐? 내가 놓은 올가미겠지!"

나자르까는 루까쉬까와 동갑으로 그 역시 봄에 군대에 들어왔다. 그는 작고 못생긴 얼굴에 말라깽이로 목소리마저 귀를 찌를 듯이 날카로웠다. 그들은 이웃에서 함께 자란 사이였다. 루까쉬까는 따따르 식으로 풀 위에 앉아 올가미를 만들고 있었다.

"누가 만들어놓은 거지? 아마 니가 만든 거겠지, 뭐."

"구덩이 너머 플라타너스 옆이야? 거기라면 내가 어제 놓은 게 있지!"

루까쉬까는 일어나 잡아온 꿩을 들여다보았다. 그는 겁을 먹은 듯 눈을 깜빡이며 목을 길게 빼고 있는 꿩의 검푸른 머리를 쓰다듬으며 손에 움켜쥐었다.

"오늘 삘랍(역주. 쌀에 고기, 후추 등을 넣은 요리)을 만들자. 니가 이놈을 잡아서 털을 뽑아."

"그런데 우리끼리 먹어 치울까 아니면, 하사한테 갖다 바칠까?"

"그에게는 이것 말고도 먹을 건 충분해."

"난 꿩을 죽이는 게 겁나." 나자르까가 말했다.

"이리 가져와."

루까쉬까는 양날 단검 밑에 꽂았던 장도로 재빨리 꿩의 목을 땄다. 그러자 꿩은 부르르 몸을 떨다가 날개를 펴기 전에 피투성이가 된 채 맥없이 목을 밑으로 떨어뜨렸다.

"봐, 이렇게 하는 거야!" 루까쉬까는 꿩을 내던지며 이렇게 말했다.

나자르까는 꿩을 바라보며 몸을 떨었다.

“그런데 루까쉬까, 그 악마가 우리를 다시 잠복 근무에 내세우려나봐.” 나자르까는 꿩을 집어들며 덧붙였다. 악마란 하사를 지칭하는 말이었다.

“포무쉬긴이 나갈 차례였는데도, 치히리를 가지러 보냈단 말야. 벌써 며칠 밤이냔 말야! 맨날 우리만 나다니잖아.”

루까쉬까는 휘파람을 불며 초병선 쪽으로 향했다.

“이 끈 좀 잡아줘!” 그가 소리 쳤다.

나자르까는 순순히 시키는 대로 했다.

“나 오늘 그 악마한테 말할 거야. 정말로 말할 거야!” 나자르까가 계속했다.

“말하자면, 몸이 피곤해서 못 나간다고 할 거야. 너도 함께 거들어줘라. 니 말이라면 그놈도 들어줄 거야. 도대체 이게 뭐냔 말이야!”

“뭘 그렇게 투덜거려!” 루까쉬까는 무언가 딴 생각을 하고 있었는지 이렇게 말했다.

“쓸데없는 소리야! 마을에서 밤에 쫓겨났다면 화가 날 만도 하지. 마을에서는 좋은 일이 있을 수 있겠지. 그렇지만 거기도 괜찮잖아? 초병선이건 잠복근무건 다 똑같은 거야. 뭘 그런 걸 가지고 그래…….”

“그런데 마을엔 언제 갈 거냐?”

“명절에.”

“구르까가 그러는데 너의 두나이까가 요즘 포무쉬긴 하고 붙어다닌대.” 문득 나자르까가 이렇게 말했다.

“빌어먹을 년!” 루까쉬까는 이렇게 대꾸하며 흰 이를 드러냈지만, 웃는 것은 아니었다.

“그래 너는 내가 그 지지배 아니면 다른 여자를 못 구할 것

같냐?"

"그런데 그루까가 그러는데 그루까가 그 여자 집에 들렀는데 남편은 없고, 포무쉬킨 녀석이 앉아서 만두를 먹고 있더래. 그루까가 잠깐 앉아 있다가 밖으로 나와 창 밑에서 엿듣고 있으려니까 글쎄 그 여자가 이렇게 말하더래. '악마같은 놈! 잘 꺼져 버렸네. 왜 그래, 자기? 만두 좀 더 먹지! 오늘 밤 집에 가지 마.' 그래서 그루까가 창 밑에서 이렇게 말했대. '멋진데!' 라구."

"거짓말 마!"

"정말이야, 신을 걸고 맹세해."

루까쉬까는 잠시 입을 다물었다.

"다른 놈이 생겼다면, 마음대로 하라지 뭐, 여자가 없냐? 그렇잖아도 그 계집애 실증이 났었는데 잘됐네 뭐."

"너도 참 대단한 놈이다!" 나자르까가 말했다.

"그럼, 너 소위네 딸 마리얀까한테 접근해 보지 않을래? 아직 그애한테는 아무도 없는 모양이던데."

루까쉬까는 얼굴을 찡그렸다.

"무슨 마리얀까? 계집애들은 다 똑같은 거야!" 루까쉬까가 말했다.

"그러지 말고 한번 접근해 봐."

"너는 뭘 생각하는 거야? 마을에 그만한 여자애가 한둘이야?"

그리고 루까쉬까는 다시 휘파람을 불기 시작했고, 나뭇잎을 뜯으며 초병선 쪽으로 걸음을 옮겼다. 그는 관목 숲을 지나다 갑자기 멈춰 서 단검 밑의 장검을 뽑아 매끈하게 생긴 나무를 잘랐다.

"꽂을대로 쓰면 되겠다." 이렇게 말하며 그는 나뭇가지를 공중에 휘둘렀다.

　까자끄들은 막사의 문간방 흙바닥에 있는 따따르 식 낮은 탁자에 둘러앉아 저녁을 먹고 있었고, 때마침 잠복근무에 나갈 차례에 대한 말이 오갔다.
　"오늘은 누구 차렙니까?" 까자끄들 중 한 명이 열린 방문 너머로 하사에게 물었다.
　"글쎄, 누가 나가지?" 하사가 대답했다.
　"부르락 아저씨는 집에 갔고, 포무쉬낀도 그렇고." 그는 망설이는 어조로 말을 이었다.
　"자네들이 나가면 어떨까? 자네하고 나자르까하고 말이야." 이렇게 말하며 그는 루까쉬까를 응시했다.
　"예르구쇼프도 함께 갈 걸세. 아마 실컷 잤을 테니까."
　"네놈도 잠이 모자라는 판인데, 그 양반이 어떻게 실컷 자냐, 이 새끼야!" 나자르까가 속삭이듯 말했다.
　까자끄들은 웃음을 터뜨렸다.
　예르구쇼프는 막사 뒤에서 술에 곯아떨어진 바로 그 까자끄였다. 그는 방금 눈을 비비며 문간방에 들이닥쳤던 것이다.
　루까쉬까는 자리에서 일어나 총을 닦고 있었다.
　"그럼 곧 떠나게. 식사들 마치고 떠나게들." 하사가 말했다. 그리고는 동의한다는 의사 표현도 기다리지 않고 문을 닫아버렸고, 까자끄들이 자신의 말을 잘 들어줄 것이라 기대하지도 않는 눈치였다.
　"상부의 명령만 없었다면 나도 내보내고 싶지 않다구. 하지만 중위가 언제 순찰을 돌지도 모르는 일이잖아. 그리고 빨치산 8명이 강을 건넜다는 말도 있구 말야."

"그럼, 나가야지." 예르구쇼프가 말했다.

"규칙엄수! 이럴 때일수록 더욱 잘 지켜야지. 그래서 내가 가겠다는 거야."

루까쉬까는 그 사이, 커다란 꿩고기 한쪽을 두 손으로 입에 갖다댄 채, 그들이 주고받는 이야기에는 전혀 관심이 없다는 듯 하사와 나자르까를 번갈아보며 코웃음을 치고 있었다. 까자끄들이 아직 잠복근무를 나갈 채비를 마치기 전, 밤이 되도록 플라타너스 밑에서 시간만 허비한 예로쉬까 아저씨가 문간방으로 들어섰다.

"여보게들!" 그의 굵은 목소리가 다른 모든 목소리를 제압하며 낮은 천장의 문간방에 울려퍼졌다.

"나도 자네들과 함께 가겠네. 자네들은 체첸 인을 망보고, 나는 멧돼지를 망봄세."

8. 예로쉬까

아저씨와 세 명의 *까자끄*가 펠트 장화를 신고 총을 어깨 뒤에 메고 초병선에서 지정된 잠복 근무지를 향해 쩨레끄 강을 따라 걷기 시작했을 때는 이미 캄캄한 밤이었다. 나자르까는 정말 나오고 싶지 않았으나 루까쉬까가 호통을 치는 바람에 어쩔 수 없이 따라 나섰고, 모두들 원기왕성하게 출발했다. 묵묵히 발걸음을 옮기던 *까자끄*들은 도랑 근처에서 방향을 돌려 갈대 숲 사이의 좁은 길을 따라 쩨레끄 강으로 내려섰다. 강가에는 물에 떠내려온 굵고 검은 통나무가 널려 있었고, 통나무 주위의 갈대는 깨끗이 짓밟혀 있었다.

"여기서 망을 보는 게 어때?" 나자르까가 제의했다.

"여부가 있어!" 루까쉬까가 말했다.

"여기 앉아 있어. 내가 아저씨에게 가르쳐주고 날아올게."

"정말 죽이는 곳인걸. 우리는 그놈들한테 안 보이고, 그놈들은 우리한테 다 보이는 곳이니 말일세.” 예르구쇼프가 말했다.

“자, 그럼 앉아볼까. 잠복 장소로는 그만이군!”

나자르까와 예르구쇼프는 통나무 뒤에 외투를 깔고 앉아 자리를 잡았고, 루까쉬까는 예로쉬까 아저씨와 함께 계속 앞쪽으로 향했다.

“바로 저기예요, 아저씨.” 루까쉬까가 앞서 발소리가 나지 않게 걸으며 말했다.

“멧돼지들이 지나간 곳을 가르쳐드릴게요. 거기는 저밖에 몰라요.”

“그래, 가르쳐줘. 너는 정말 훌륭해, 우르반.” 노인도 작은 목소리로 대답했다.

얼마를 더 간 후, 루까쉬까는 걸음을 멈추고 허리를 굽혀 물웅덩이를 들여다보며 휘파람을 불었다.

“그놈들이 여기로 물을 먹으러 오나봐요. 보이죠?” 그는 새로 난 발자국을 가리키며 겨우 알아들을 수 있게 작은 목소리로 말했다.

“정말 고맙네.” 노인이 말했다.

“아마 그놈들이 몸에 진흙을 바르려고 이 도랑 뒤 구덩이에 드나드는 것같은데.” 노인이 덧붙여 말했다.

“나는 여기서 망을 볼 테니 너는 어서 가거라.”

루까쉬까는 외투를 추커 올리고, 홀로 강을 따라 되돌아가기 시작했고, 재빨리 갈대 밀집 지역을 살피기도 하고, 강기슭을 소용돌이 치며 흘러내려가는 쩨레끄 강을 바라보기도 했다.

‘아마 그놈들도 역시 망을 보고 있을 거야.’ 그는 체첸 인들에 대해 이렇게 생각했다.

그때 갑자기 크게 부스럭거리는 소리와 물소리가 들려왔고,

그는 전율하며 총을 움켜쥐었다. 멧돼지 한 마리가 강기슭에서 숨을 거칠게 몰아쉬며 튀어나와 시커먼 몸뚱이를 한순간 수면 위로 드러내고는 순식간에 갈대 속으로 자취를 감춰버렸다. 루까쉬까는 재빨리 총을 들어 겨냥했으나 방아쇠를 당길 기회를 놓치고 말았다. 멧돼지는 벌써 우거진 숲속으로 사라져버렸다. 억울함이 섞인 침을 내뱉고 그는 계속 걷기 시작했다. 잠복 장소가 다가오자 그는 다시 걸음을 멈추고 가볍게 휘파람을 불었다. 저편에서도 휘파람 소리가 나자 그는 동료들에게 다가갔다.

나자르까는 외투를 뒤집어쓰고 이미 잠들어 있었다. 예르구쇼프는 꿇어앉아 있다가 루까쉬까에게 자리를 내주기 위해 약간 옆으로 옮겨 앉았다.

"앉아 있기가 정말 편하군. 정말 좋은 장소야." 그가 말했다.

"그래, 데려다줬나?"

"가르쳐주고 왔어요." 루까쉬까가 땅에 외투를 깔며 대답했다.

"방금 굉장한 멧돼지 한놈이 물가에서 튀어나왔어요. 그놈이 틀림없어! 아저씨도 바스락거리는 소리 들었죠?"

"들었지, 짐승이 바스락거리는 것같은 소리 말야. 금방 짐승이라는 걸 알았지. 그래서 나는 이렇게 생각했다네. 루까쉬까란 놈이 짐승을 놀라 달아나게 했구나 하고 말야." 예르구쇼프는 외투로 몸을 감싸며 말했다.

"나는 이제 자야겠네." 그는 덧붙여 말했다.

"닭이 울고 나면 나를 깨우게. 규칙을 지켜야 하니까. 내가 한잠 자고 나면 그땐 자네가 자게. 내가 지켜볼 테니까."

"그래요, 고마워요. 그렇지만 자고 싶지 않아요." 루까쉬까가 대답했다.

어둡고 따뜻한 바람 한점 없는 밤이었다. 한쪽 지평선 위에서만 별이 반짝이고 있을 뿐, 다른 쪽 하늘의 대부분은 산줄기로부터 커다란 구름 덩어리로 뒤덮여 있었다. 검은 구름은 한편으로는 산봉우리들과 어우러지고, 다른 한편으로는 별들이 솟은 깊은 밤하늘에 구불구불한 윤곽을 또렷이 드러내며 바람이 없는데도 천천히 계속 움직이고 있었다. 까자끄의 정면에는 쩨레끄 강과 강 건너 먼 곳이 바라보일 뿐, 그의 배후와 측면 쪽은 갈대밭이 빙 둘러 벽을 이루고 있었다. 갈대는 이따금 까닭없이 서로 잎을 비비며 흔들거리기 시작했다. 밑에서 보면 흔들리는 갈대의 이파리들은 하늘빛을 배경으로 나뭇가지처럼 보였다. 바로 발 밑 강가에서는 급류가 어지럽게 흘러내리고 있었다. 좀 더 앞쪽으로는 밤빛에 번들거리는 갈색 물더미가 여울과 강기슭 근처에서 단조롭고 잔잔하게 물결 치고 있었다. 그리고 좀더 앞쪽으로는 강물과 강변 그리고 구름 모두가 어둠의 장막 속에 묻혀 있었다. 수면 위에는 검은 그림자가 잇달아 움직이고 있었으나, 어둠에 익숙한 까자끄의 눈은 그것이 상류에서 떠내려온 나무 그루터기라는 것을 알 수 있었다. 다만 이따금 먼 곳에서 번쩍이는 마른 번갯불만이 검은 거울같은 수면 위에 떨어져 건너편 강기슭의 윤곽을 드러내곤 했다. 갈대잎이 사각거리는 소리, 까자끄들의 코 고는 소리, 윙윙거리는 모기 소리, 강물이 소용돌이 치는 소리 등의 단조로운 밤의 음향들을 깨뜨리며 이따금 먼 곳에서 울려오는 소리, 강기슭의 모래가 물에 씻겨 무너져 내리는 소리, 큰 물고기가 물 위로 튀어오르는 소리, 깊은 삼림 속에서 짐승이 나뭇가지를 꺾는 소리가 들려왔다. 한 번은 부엉이가 쩨레끄 강을 따라 정확히 두 박자에 한 번 날개짓을 하며 날아갔다. 까자끄들의 머리 위에 다다르자 부엉이는 숲 쪽으로 방향을 바꾸어 이번에는 한 박자에 한 번씩 날개짓을 하며 외딴 곳에 서 있는 플라타너스 위에 내려앉아 한참 동안을 자리 잡느라 부스럭거렸다. 이러한 예기치 않은 소리들이 들릴 때마다 잠자지 않고 망을 보고 있던 까자끄는 긴장을 늦추지 않은 채 귀를 기울이며 눈을 가늘게 뜨고 천천히 총을 움켜잡곤 했다.

이제 밤도 거의 지나갔다. 시커먼 구름은 서쪽으로 퍼져나가 그 갈갈이 찢긴 가장자리 뒤로부터 별이 빛나는 하늘이 드러나고, 초승달의 모서리 부분이 산 위에 붉은빛을 띠며 빛나기 시작했다. 차츰 냉기가 몸에 스며들기 시작했다. 나자르까는 선잠을 깨 무어라 중얼거리고는 다시 잠들었다. 루까쉬까는 지루함에 자리에서 일어나 칼집에서 장도를 뽑아 잘라온 나뭇가지를 다듬기 시작했다. 체첸 인들은 산속에서 어떻게 살고 있을까, 체첸 앞잡이들은 어떻게 이쪽을 습격할까, 그들이 까자끄들을 두려워하지 않는 이유는 무엇일까, 만일 다른 장소로 그들이 건너오게 된다면 어떻게 할까 등등 그의 머리 속에는 갖가지 상념이 떠오르고 있었다. 그래서 그는 몸을 앞으로 내밀고 강을 둘러보았지만 아무 것도 발견할 수가 없었다. 그가 흐르는 강물과 수줍은 달빛을 받아 겨우 분간할 수 있는 수면과 강 기슭을 바라보면서 그는 체첸 인에 대한 생각을 잊고 오직 동료들을 깨워 마을로 돌아갈 시간만을 기다렸다. 마을 생각을 하자 그는 두나이까, 즉 까자끄들이 사랑하는 여인을 지칭할 때 표현하는 두셴까의 모습이 떠올라 원망스런 마음이 되었다. 아침을 알리는 징후가 시작되었다. 은빛 안개가 수면 위를 하얗게 떠돌기 시작하고, 독수리의 새끼들이 가까운 곳에서 찢어지는 소리를 지르며 날개짓을 하기 시작했다. 마침내 첫닭의 울음소리가 먼 마을 쪽에서 들려오고, 뒤이어 다른 한 마리가 더 길게 소리를 지르자 다른 닭들도 일제히 울어댔다.

'이제 깨울 때가 됐군.' 루까쉬까는 꽂을대를 다 다듬고 나서, 눈꺼풀이 무거워진 것을 느끼며 이렇게 생각했다. 그는 동료들 쪽으로 얼굴을 돌려 어느 것이 누구의 발인지를 분간하려 했다. 그때 갑자기 쩨레끄 강변에서 무언가 '첨벙'하는 물소리를 들은 것 같아 그는 다시 한 번 거꾸로 걸린 낫 모양의 초승달빛을 머금은 산줄기며, 건너편 언덕과 쩨레끄 강, 그리고 이제는 확연히 드러난 나무 그루터기를 유심히 살펴보았다.

순간 그는 쩨레끄 강과 나무 그루터기들이 움직이는 것이 아니라 자신이 움직이는 것같은 착각에 빠져들었다. 그러나 그것은 순간의 일이었다. 그는 다시 자세히 살피기 시작했다. 가지가 달린 커다랗고 시커먼 나무 그루터기 하나가 유달리 그의 주의를 끌었다. 그것은 흔들리지도 않고, 빙글빙글 돌지도 않으면서 어쩐지 이상한 모양으로 강 북판에 떠 있었다. 루까쉬까에게는 그것이 강의 흐름에 따라 흘러내려가지 않고, 쩨레끄의 여울을 향해 강을 가로지르고 있는 것처럼 느껴지기도 했다. 루까쉬까는 목을 길게 빼고 눈을 집중해 그것을 노려보기 시작했다. 그것은 얕은 곳으로 흘러가더니 그곳에서 이상한 모습으로 움직이기 시작했다. 루까쉬까에게는 그 밑으로부터 사람의 손이 하나 나타난 것처럼 보였다.

'좋아, 나 혼자 저 빨치산 놈을 죽여주지!' 이렇게 생각하며 총을 집어든 그는 여유있고 재빠른 동작으로 총 받침대를 세운 다음, 그 위에 총을 얹고 개머리판을 단단히 잡고 공이치기를 뒤로 젖혔다. 그리고는 숨을 죽이고 목표를 응시하며 겨냥하기 시작했다.

‘동료들을 깨우진 않겠어.’ 그는 이렇게 생각했다. 그러나 한 편으로는 심장이 세차게 요동 쳐 그는 잠시 손을 놓고 귀를 기울였다. 나무 그루터기는 갑자기 물속으로 들어갔다 나오더니 다시 이쪽을 향해 물살을 가로지르며 움직이기 시작했다.

‘절대 안 놓친다!’ 그가 이렇게 생각하고 있을 때, 그루터기 앞에서 따따르 인의 머리가 희미한 달빛 아래 떠올랐다. 그는 그 머리통을 향해 조준하기 시작했다. 따따르 인의 머리는 아주 가까이, 바로 총구 끝에 있는 것처럼 보였다. 그는 총 너머로 다시 한 번 살펴보았다.

‘틀림없이 빨치산이다.’ 그는 속으로 쾌재를 부르며 이렇게 생각했고, 순간적으로 무릎을 세우고는 총의 위치를 바로잡아 기다란 총신 끝으로 보이는 목표를 주시하며 까자끄 식으로 어 릴 때부터 습관이 되어버린 주문을 외쳤다.

‘성부와 성자의 이름으로.’

그는 방아쇠를 당겼다. 순간 번개같은 섬광이 번쩍이며 갈대 와 수면 위를 비췄다. 날카롭고 단조로운 총성이 강 위에 울려 퍼져 멀리서 굉음처럼 메아리 쳤다. 그루터기는 조금 전처럼 물 살을 가로지르지 못하고, 물살에 흔들리기도 하고 빙빙 돌기도 하며 밑으로 떠내려갔다.

“총 잘 쥐고 있어!” 예르구쇼프가 자기 총을 더듬거리며 통나 무 뒤에서 몸을 일으켜 이렇게 소리 쳤다.

“조용히 해요, 제기랄!” 루까쉬까는 이를 악물고 그에게 속삭 였다.

“빨치산이야!”

“누굴 쏜 거야?” 나자르까가 물었다.

“루까쉬까, 누굴 쏜 거야?”

루까쉬까는 아무런 대답도 하지 않았다. 그는 총에 탄약을 재며 떠내려가는 그루터기를 응시하고 있었다. 그리 멀지 않은 곳에서 그것은 여울에 걸렸고, 그 밑에서 무언가 커다란 물체가 물에 흔들거리며 나타났다.

"뭘 쏜 거야? 왜 말이 없어?" 까자끄들이 반복해 물었다.

"빨치산! 말했잖아." 루까쉬까가 말했다.

"거짓말하지 마! 알리, 혹시 오발한 거 아냐?"

"빨치산을 죽였어! 저기 내가 쏜 게 안 보여!" 루까쉬까는 벌떡 일어나며 격앙된 목소리로 말했다.

"사람이 헤엄쳐오잖아." 그는 여울 쪽을 가리키며 말했다.

"나는 그를 해치웠어. 이쪽을 보라구."

"거짓말 마!" 예르구쇼프가 눈을 비비며 되풀이해 말했다.

"거짓말이라구? 자, 똑똑히 봐요! 이쪽을 똑바로 보란 말이에요." 루까쉬까는 이렇게 말하며 예르구쇼프의 어깨를 움켜 쥐고는 그가 비명을 지를 만큼 억세게 몸을 들어 돌렸다.

예르구쇼프는 루까쉬까가 가리키는 쪽으로 눈을 돌리다가 사람의 몸뚱이를 발견하자 갑자기 말투를 바꾸었다.

"아니! 틀림없이 다른 놈들도 있을 거야, 틀림없어." 그는 속삭이듯 말하고 서둘러 총을 살펴보기 시작했다.

"저놈은 앞장 서서 건너오던 놈이야. 다른 놈들도 벌써 이 근처에 있거나 아니면 건너편 가까운 곳 어딘가에 있을 거야. 틀림없어."

루까쉬까는 혁대를 풀고 상의를 벗기 시작했다.

"너, 어디 가는 거야, 이 바보야?" 예르구쇼프가 소리 쳤다.

"쓸데 없는 짓 하지 마! 목숨만 낭비할 뿐이야. 정말이야. 총에 맞으면 도망칠 수도 없어. 여기 화약이나 좀 넣어줘. 너한테

있지? 나자르까! 너는 어서 초소에 가서 알려. 그래, 강가로 가
지 말고……. 저놈들에게 당할지도 몰라, 정말이야."

"나더러 혼자 가라구요? 아저씨나 가세요." 나자르까는 화를
내며 말했다.

루까쉬까는 옷을 벗고 강가로 향했다.

"물에 들어가면 안 된다니까!" 예르구쇼프는 총에 화약을 재
며 말했다.

"봐, 저놈은 이제 꼼짝도 못하잖아. 조금 있으면 날이 밝고,
초병선에서 사람들이 올 거야. 나자르까, 빨리 가. 흥, 겁을 먹
었구나! 겁낼 것 없다니까."

"루까쉬까! 이봐, 루까쉬까!" 나자르까가 말했다.

"어떻게 저놈을 죽였는지 말해줘."

루까쉬까는 물에 들어가는 것을 단념했다.

"너하고 아저씨는 빨리 초병선에 가서 알려. 내가 지키고 있
을 테니까. 그리고 척후병을 내보내라고 전해. 만일 놈들이 이
쪽으로 건너왔다면… 잡아버려야지!"

"내 말이 그말이야. 놈들이 도망쳐버린다구." 예르구쇼프는
몸을 일으키며 말했다.

"물론 잡아버려야지요, 반드시."

그리하여 예르구쇼프와 나자르까는 일어서서 성호를 긋고,
함께 초병선 쪽으로 향했으나 강가로 가지 않고, 가시덤불을 헤
치며 숲속 오솔길 쪽으로 향했다.

"이것 봐, 루까쉬까! 조심해. 움직이면 안 돼." 예르구쇼프가
말했다.

"너도 여기서 놈들한테 당할지 몰라. 내 말 명심해."

"어서 가요. 명심할게요." 루까쉬까는 이렇게 말하고 총을 살

펴본 후, 다시 통나무 뒤에 앉았다.

　루까쉬까는 혼자 앉아 여울 쪽을 바라보기도 하고, 까자끄들이 오는지 귀를 기울이기도 했으나, 초병선까지는 거리가 멀어 그는 오랫동안 초조하게 기다려야 했다. 그는 자신이 죽인 놈과 함께 온 빨치산들을 놓치지 않을까 하는 생각만을 하고 있었다. 어제 저녁에 놓친 멧돼지처럼 또다시 빨치산을 놓친다면 분통이 터질 노릇인 것이다. 그는 사람의 모습이 보이지 않나 하는 마음으로 주위를 둘러보기도 하고, 강 건너 기슭을 응시하기도 하며 총 받침대를 고쳐 세우고, 언제든지 발사할 수 있는 준비를 갖추었다. 그에겐 자신이 그들의 손에 죽을지도 모른다는 생각은 애초부터 없었다.

9. 벌써

날이 밝아오기 시작했다. 여울에 걸려 조금씩 흔들리고 있는 체첸 인의 시체도 이제는 선명해졌다. 갑자기 까자끄들로부터 멀지 않는 곳에서 갈대가 사각거리는 소리와 발걸음 소리가 들리며 갈대 잎이 움직이기 시작했다. 까자끄는 두 번째로 노리쇠를 뒤로 젖히고 주문을 외웠다.

'성부와 성자의 이름으로.' 공이치기가 철컥 소리를 내자 발걸음 소리가 멎었다.

"어이, 까자끄들! 이 아저씬 죽이지 마!" 침착하고 굵은 목소리가 들리더니 예로쉬까 아저씨가 갈대밭을 헤치며 그에게 다가왔다.

"하마터면 아저씨를 죽일 뻔했잖아요!" 루까쉬까가 말했다.

"자네, 뭘 쐈는가?" 노인이 물었다.

노인의 쩌렁쩌렁 울리는 목소리는 숲과 강 아래로 울려퍼지며 까자끄를 둘러싸고 있던 밤의 정적과 신비를 한순간에 깨뜨려버렸다. 갑자기 주위가 밝아지며 모든 것이 모습을 드러냈다.

"아저씬 아무 것도 보지 못했나 보군요. 내가 짐승을 한 마리 잡았어요." 루까쉬까는 방아쇠에서 손을 떼고 부자연스러울 만큼 침착한 태도로 일어서며 말했다.

노인은 이제 분명하게 보이는 시체의 허연 등을 눈을 떼지 않고 바라보고 있었다. 시체의 주변에서는 쩨레끄 강물이 잔잔히 물결 치고 있었다.

"등에 그루터기를 짊어지고 헤엄 쳐 왔어요. 내가 그걸 발견해서… 이쪽을 봐요! 자요! 푸른 바지차림에 총도 있고… 보이지 않나요?" 루까쉬까가 말했다.

"왜 안 보이겠냐!" 퉁명스럽게 내뱉은 노인의 얼굴에 왠지 심각하고 엄숙한 빛이 감돌았다.

"유격병을 죽였군." 그는 애석하다는 표정으로 이렇게 말했다.

"내가 여기 이렇게 앉아 있으려니까, 저쪽에 시커먼 물체가 보이지 않겠어요? 그리고 내가 그쪽을 보기 전에, 분명히 사람이 강가로 다가와 뛰어드는 걸 느꼈어요. 얼마나 놀랐다구요! 유독 커다란 그루터기 하나가 움직였는데, 그게 글쎄 강물을 따라 움직이지 않고 물살을 가로질러 오잖아요. 그리고 그 밑에서 사람 머리가 불쑥 나타났어요. 이게 도대체 무슨 일인가 생각하며 몸을 일으켰죠. 갈대 잎 때문에 잘 안 보였거든요. 아무튼 내가 몸을 일으키자 저놈이 소리를 들었는지 얕은 곳으로 헤엄 쳐 한참을 두리번거리며 살피더라고요. 꼭 잡겠다고, 절대 안 놓치겠다고 생각했어요. 하지만 그놈은 이쪽 동정만 살피고 있었어요(나는 숨이 꽉 막히는 것같았어요). 사격 준비를 하고 가만히 기다렸지요. 그런데 그놈은 한참을 그곳에 서 있다가 헤엄치기 시작하는 거예요. 달빛이 비치는 곳까지 다다르자 그제서야 등이 똑똑히 보이더군요. 나는 성부와 성자를 찾았죠. 그리고 연기 사이로 보고 있노라니 그놈이 꿈틀거리더라구요. 착각이었는지도 모르지만 신음소리도 들리는 것같았어요. 하느님 덕분에 한놈 해치웠죠! 그놈은 그루터기와 함께 떠내려가다가 여울에 걸렸고, 일어나려고 기를 썼지만 기운이 없었나봐요. 허우적거리다 푹 꼬꾸라졌어요. 정말 모든 게 훤히 보이더라구요. 저걸 보세요. 꼼짝 않고 있는 걸 보면 죽은 게 틀림없어요. 까자끄들은 지금 초병선에 연락을 하러 갔으니까 다른 놈들도 도망가지 못할 거예요.”

“그렇게 쉽게 잡을 수 있을까?” 노인이 말했다.

“벌써 멀리 도망갔을 게다…….” 이렇게 말하고 그는 슬픈 듯 머리를 저었다. 까자끄들이 말을 타거나 걸으며 왁자지껄 떠드는 사이 나뭇가지를 부러뜨리며 강변을 따라 올라오는 소리가 들려왔다.

“배는 가져오는 거야?” 루까쉬까가 소리 쳤다.

“장하다, 루까쉬까! 놈을 강가로 끌어내라!” 까자끄들 중 하나가 소리 쳤다.

루까쉬까는 배를 기다리지 않고, 시체에 시선을 고정시킨 채 옷을 벗기 시작했다.

“기다려, 이제 나자르까가 배를 가져올 거야.” 하사가 소리 쳤다.

“이 바보야! 살아 있는지도 몰라! 단검을 가져가.” 다른 까자끄가 소리 쳤다.

“잔소리 마!” 루까쉬까는 바지를 벗어던지며 소리 쳤다. 그는 잽싸게 옷을 벗은 다음, 성호를 긋고 물 속으로 뛰어들어 머리 끝까지 물 속에 한번 담그고 흰 손을 앞으로 번갈아 내저으며 등을 드러낸 채 여울 쪽으로 헤엄 치기 시작했다. 강가에는 대여섯 명의 까자끄들이 한꺼번에 떠들어대고 있었다. 말을 탄 세 명의 까자끄들은 주변을 순찰하기 위해 떠났다. 강 모퉁이에서 배가 나타났다. 루까쉬까는 여울에 다가가 시체 위에 몸을 굽히고 두 번 그것을 뒤척였다.

"완전히 죽었어!" 루까쉬까의 낮은 목소리가 들려왔다.

체첸 인은 머리를 관통당해 있었다. 그는 푸른 바지에 셔츠, 그 위에 체르께스까 차림으로 등에는 총과 단검을 착용하고 있었다. 그리고 그 위에는 처음 루까쉬까의 눈을 속인 커다란 나뭇가지가 매달려 있었다.

"잉어 한 마리가 걸려들었군!" 체첸 인의 시체가 배에서 강가로 옮겨졌을 때, 빙 둘러서 있던 까자끄 중 한 명이 말했다.

"그런데 얼굴은 왜 이렇게 누렇지!" 다른 이가 말했다.

"말 탄 사람들은 어딜 간 거야? 놈들은 모두 건너편에 있을 텐데 말이야. 이놈이 선두가 아니었다면 이런 식으로 강을 건너진 않았을 거야. 왜 혼자서 헤엄을 쳤겠어?" 세 번째 까자끄가 말했다.

"이놈은 그놈들 중 가장 날쌘 놈일 거야. 제일 가는 빨치산이었다는 걸 보기만 해도 알 수 있어." 루까쉬까는 조소 띤 어조로 강가에서 부들부들 떨리는 몸으로 옷을 짜며 말했다.

"턱수염은 물까지 들여 잘 다듬었군 그래."

"외투까지 자루에 넣어 등에 맸어, 이런 걸 짊어지면 헤엄 치기가 훨씬 수월할 거야." 누군가가 말했다.

"여보게, 루까쉬까!" 하사는 시체에서 떼어낸 단검과 소총을 양손에 들고 루까쉬까에게 말을 건넸다.

"자넨 이 단검과 외투를 갖게. 그리고 이 총은 말이야, 내가 자네에게 3루블을 줌세. 이따가 오게. 자, 이 총을 보게. 구멍이 나 있지 않은가." 하사는 총구에 입김을 불어넣어 보이고 나서 이렇게 덧붙였다.

"기념으로 갖고 싶어서 그러네."

루까쉬까는 아무 대답도 하지 않았다. 분명 그에게는 하사의 그러한 요구가 불쾌한 것같았지만, 그것이 거절할 성질의 것이 아니라는 걸 알고 있었다.

"제기랄!" 그는 얼굴을 찌푸리며 체첸 인의 외투를 땅바닥에 내던졌다.

"쓸 만한 외투라면 모를까 이런 누더기는 필요없어."

"나무 하러 갈 때 입으면 되겠는데." 다른 까자끄가 말했다.

"모세프! 나 집에 좀 다녀올게요." 루까쉬까는 방금 전의 불쾌함을 이미 다 잊고, 상관에게 선물하게 된 이 기회를 좀더 유리하게 이용하자는 생각에 이렇게 말했다.

"뭐 어렵겠나, 어서 다녀오게!"

"자, 그럼 다들 시체를 초병선으로 옮겨." 하사는 총을 이리저리 매만지며 까자끄들에게 명령했다.

"그리고 햇빛을 받지 않게 울타리를 치도록 하고. 아마 산에서 시체를 인수하러 올 거야."

"아직 덥지는 않은데." 누군가 말했다.

"늑대가 갈갈이 찢어버리면? 그래도 좋단 말이야?" 까자끄들 중 하나가 주의를 줬다.

"보초를 세워야겠어. 시체가 온전하지 못하면 인수하러 왔을 때 곤란해져."

"그건 그렇고, 루까쉬까! 동료들에게 술이라도 한통 사는 게 어때?" 하사가 유쾌한 어조로 덧붙였다.

"늘 그랬던 것처럼 그렇게 해야지." 까자끄들이 맞장구를 쳤다.

"봐, 하느님이 어떤 행운을 줬는지. 빨치산을 한 번도 본 적이 없는 루까쉬까가 빨치산을 잡았으니."

"누구든 이 외투와 단검을 사가. 내게는 돈이 필요해. 바지도 팔겠어. 신의 가호가 있기를!" 루까쉬까가 말했다.

"이렇게 삐쩍 마른 놈의 옷이 내게 맞을 리가 없지."

까자끄 한 명이 1루블에 외투를 샀다. 다른 까자끄가 술 2통을 내기로 하고 단검을 차지했다.

"여러분, 내가 술 한통 내기로 하지." 루까쉬까가 말했다.

"마을에 다녀오는 길에 내가 직접 들고 오지."

"그 바지는 찢어서 여자들 스카프로 주면 되겠구만." 나자르까가 말했다.

까자끄들은 일제히 웃음을 터뜨렸다.

"자, 그만들 웃으시지." 하사가 되풀이해 말했다.

"어서 시체를 옮기게. 이런 불결한 걸 막사 옆에 놔둘 수는 없잖은가……."

"뭣들 하고 있는 거야? 빨리 그놈을 이쪽으로 옮기라니까!" 루까쉬까는 시체에 손대기를 꺼리는 까자끄들에게 명령 투로 소리 쳤고 까자끄들은 그가 마치 상관이라도 된 듯 그의 명령에 순순히 복종했다. 시체를 몇 걸음 끌고 가, 까자끄들이 쥐고 있던 발을 놓자, 발은 생명 없는 물체처럼 툭 땅에 떨어졌다. 까자끄들은 시체에서 물러나 잠시 동안 묵묵히 서 있었다. 나자르까가 시체 옆으로 다가가 땅에 코를 박고 있는 머리를 바로 세

위 관자놀이에 뚫린 피 묻은 동그란 총알 자국과 얼굴이 잘 보이도록 했다.

"잘 봐. 징표를 어떻게 남겼는지 말이야! 머리 정 중앙이야!" 그가 말했다.

"이쯤 되면 표시가 없어지지 않을 테니, 나리들도 알아보겠지."

그 말에 대꾸하는 사람은 아무도 없었고, 고요함의 천사가 까자끄들의 머리 위로 날아들었다.

태양은 이미 떠올라 그 부서지는 빛으로 이슬에 젖은 푸른 풀들을 눈부시게 비추고 있었다. 쩨레끄 강은 멀지 않은 곳에서 소용돌이 치며 흐르고, 잠을 깬 숲속에서는 아침을 맞은 꿩들이 사방에서 울어대고 있었다. 까자끄들은 침묵을 지킨 채 시체 주위에 서서 꼼짝 않고 그것을 응시하고 있었다.

물에 젖어 검게 보이는 푸른 바지만을 걸친 채, 움푹 꺼져들어간 허리에 혁띠를 졸라맨 거무스름한 시체에는 균형 잡힌 아름다움이 배어 있었다. 근력 좋게 생긴 두 팔은 늑골을 따라 앞으로 쭉 뻗쳐 있었다. 피가 엉겨 붙은 총알 자국이 있는 데다가 푸르스름한 빛을 띤 둥근 얼굴은 옆으로 약간 기울어져 있었다. 햇볕에 그을은 이마는 머리를 깎은 부분과 뚜렷한 경계를 이루고 있었다. 눈꺼풀이 덮이지 않은 유리알같은 눈은 눈동자를 약간 아래쪽에 고정시킨 채, 가까이의 것을 지나쳐 먼 하늘을 응시하고 있는 것처럼 보였다. 꼼꼼히 다듬어진 붉은 콧수염 밑으로 보이는 양쪽 끝이 늘어난 입술에는 엷은 미소가 감돌고 있는 것같았다. 손톱에 물을 들인 손끝은 털이 자란 조그만 손아귀 쪽으로 꺾여 있었다.

온몸이 젖어 있었던 루까쉬까는 아직 옷을 입지 않고 있었다.

그의 목은 붉으스름해졌고, 눈은 더욱 번들거렸으며 넓은 광대뼈에서는 경련이 일었고, 하얗고 건장한 몸에서는 아침의 신선한 공기 속에서만 겨우 알아볼 수 있을 만큼의 김이 나고 있었다.

“이놈도 우리와 같은 인간이었어!” 그는 마치 시체에 도취된 것같은 태도로 말했다.

“그래, 만일 우리가 이놈에게 걸렸다면 이놈도 우릴 가만 두진 않았을 거야.” 까자끄들 중 하나가 말을 이었다.

고요함의 천사는 날아가버렸다. 까자끄들은 움직이기 시작했고, 서로 떠들어대기 시작했다. 두 명은 시체를 덮을 나뭇가지를 자르러 갔다. 다른 까자끄들은 초병선 쪽으로 걸음을 옮겼다. 루까쉬까와 나자르까는 마을로 가기 위한 준비를 하기 위해 달려갔다.

30분 후, 쩨레끄 강과 마을을 가로막고 있는 삼림을 통해 루까쉬까와 나자르까는 쉴새없이 지껄이며 뛰듯이 걸어 집으로 향하고 있었다.

“너, 내가 보내서 왔다고 하면 안 돼. 그냥 보고만 오면 돼. 그 여자한테 가서 남편이 집에 있는지 없는지만 알아와. 알겠지?” 루까쉬까가 날카롭게 말했다.

“그래, 그런데 난 얌까 네 술집에 들를 생각이야. 거기 가서 한잔 할 생각 없냐?” 순종적인 나자르까가 물었다.

“좋지! 오늘같은 날 마시고 놀지 않으면 언제 놀겠냐.” 루까쉬까가 대답했다.

마을에 도착하자, 두 까자끄는 술을 마시고 저녁 때까지 정신없이 코를 골았다.

10. 앞서

기술한 사건이 있은 후 3일째 되는 날, 까프까즈의 보병연대 2개 중대가 노보믈린스까야의 까자끄 마을에 주둔하게 되었다. 벌써 말을 풀어낸 짐마차들이 마을 광장에 늘어서 있었다. 취사병들은 땅에 구멍을 파고, 여기저기 흩어져 있는 나무 조각을 주워다가 죽을 끓이고 있었다. 상사들은 인원 점검을 시작했다. 마차병들은 말을 맬 말뚝을 때려 박고 있었다. 숙영계들은 마치 자기 집처럼 큰길과 골목을 누비고 다니며 장교와 사병들에게 숙소를 배정하고 있었다.

저쪽 제일선에는 녹색 탄약통들이 늘어서 있고, 이쪽에서는 포차와 군마들이 늘어서 있었다. 저쪽에는 죽을 끓이는 가마솥이 있고, 이쪽에는 대위와 중위 그리고 아니씸 미하일로비치와 펠드페벨의 얼굴이 보였다. 그리고 이 마을에 주둔하게 된 이 모든 것들은, 중대에 주둔 명령이 내릴 것이라는 소문이 나돌고 있는 바로 그 마을에서 일어나고 있는 일이었으므로 결국 중대는 자신들의 집에 주둔하게 된 것과 마찬가지였다. 무엇 때문에 이곳에 주둔하는가? 이 까자끄들은 누구인가? 중대가 이곳에 주둔하게 된 것을 그들은 좋아하는가? 그들은 분리파 신자들이 아니란 말인가? 이러한 것은 아무래도 좋았다.

지칠 대로 지친 먼지투성이의 병사들은 대열에서 풀려나자마자 마치 둥지로 기어드는 벌떼처럼 소란스럽고 무질서하게 광장과 거리를 따라 흩어졌다. 그들은 까자끄들의 혐오하는 눈빛엔 아랑곳없이 두서너 명씩 짝을 지어 유쾌하게 지껄이거나 총소리를 내며 제각기 배당된 농가로 들어가 무기를 걸어놓거나 자루를 뒤지며 처녀들에게 농담을 던지고 있다. 병사들이 제일 좋아하는 죽 끓이는 가마솥 근처에는 어느새 사람들이 떼를 지어 모여 있다. 이빨 사이에 파이프를 문 병사들은 무더운 하늘로 희미하게 솟아올라 흰 구름처럼 무리를 이루는 연기를 바라보거나 마치 용해된 유리처럼 떨고 있는 장작 불꽃을 응시하며 까자끄들의 생활 양식이 러시아 사람들과 다르다는 이유만으로 그들을 비웃기도 한다.

집집마다 뜰 안에서는 병사들의 웃음소리가 터져나오고, 집을 지키는 까자끄의 여자들이 그들에게 물이나 접시를 주지 못하겠다고 악을 쓰는 소리도 들려온다. 사내녀석들과 계집아이들은 어머니에게 바짝 달라붙거나 서로 손을 잡고, 난생 처음 보는 러시아 병사들의 일거수 일투족을 경이로운 눈으로 지켜보며 일정한 거리를 두고 그들을 쫓아다닌다. 늙은 까자끄들은 집을 나와 토담 위에 앉아 이미 모든 것을 체념한 듯한 어두운 얼굴로 묵묵히 성가신 병사들을 바라보고 있다.

　3개월 전에 이미 사관학교 생도로서 까프까즈 연대에 소속된 올레닌에게는 마을에서 가장 좋은 집 중 하나인 까자끄 소위 일리예 바실리예비치 즉, 울리뜨까 할머니 집에 숙소가 배정되었다.

　"이게 도대체 어떻게 된 겁니까, 드미뜨리 안드레이치?" 체르께스까 차림의 올레닌이 그로즈나야에서 구입한 까바르다(역주. 북 까프까즈의 지명. 까바르다 말은 승마용으로 사용된다) 산 말을 타고 5시간에 걸친 행군 끝에 배정된 숙소의 뜰 안으로 들어섰을 때, 하인 바뉴샤가 숨을 헐떡이며 이렇게 말했다.

　"왜 그러지, 이반 바실리비치?" 올레닌은 말을 쓰다듬으며 물었다. 그리고는 머리가 헝클어진 채 땀을 흘리고 있는 바뉴샤의 맥빠진 얼굴을 유쾌하게 바라보았다. 바뉴샤는 짐마차로 먼저 도착해 주인의 짐을 정리하고 있었다.

　올레닌은 전혀 딴사람처럼 보였다. 깨끗하게 면도질되어 있던 코밑과 턱에는 윤기있는 콧수염과 턱수염이 자라 있었고, 밤의 생활에 찌들어 있던 누런 얼굴은 볼, 이마, 귓덜미까지 햇볕에 그을러 건강한 빛을 띠고 있었다. 말쑥하고 깨끗한 검은 연미복은 넓게 주름을 잡은 때묻은 흰 체르께스까 차림에 총을 둘러멘 모습으로 바뀌어져 있었다. 빳빳하게 풀을 먹인 컬러 대신, 거친 모직물의 빨간 옷깃이 햇볕에 그을은 목을 감싸고 있었다. 그는 체르께스 식 복장을 하고 있었으나, 옷을 입은 폼이 서툴러 그가 기마족이 아니라 러시아 인이라는 것쯤은 누구나 쉽게 알 수 있었다. 모든 것이 체르께스 식이었지만, 또 그렇다고 순수한 체르께스 식도 아니었다. 그럼에도 불구하고 그의 외모는 건강함과 쾌활함 그리고 자기 만족적인 당당함을 풍기고 있었다.

"주인님께는 우스운 일이겠지만요," 바뉴샤가 말을 이었다.

"직접 이 집 사람들과 말씀을 나눠보시면 알 겁니다. 아마 말 걸 틈도 주지 않을 겁니다요. 무슨 말을 해도 대꾸가 없다니까요." 바뉴샤가 화를 내며 문지방에 양동이를 내던졌다.

"어쩐지 러시아 민족이 아닌 것같아요."

"그럼 너, 촌장에게 물어봤느냐?"

"촌장이 어디 있는지 알 수가 있어야죠." 바뉴샤는 퉁명스럽게 대답했다.

"누가 너를 화나게 했지?" 올레닌은 주위를 둘러보며 물었다.

"귀신이나 알 겁니다요! 체! 주인은 끄리간지 어딘지 갔답니다. 그리고 이 집 할망구는 천하의 마귀할멈이라니까요!" 바뉴샤가 머리를 감싸 쥐며 대답했다.

"이런 데서 어떻게 살아가야 할지 저도 모르겠습니다요. 제기랄, 따따르 인들보다도 못하다니까요. 우리와 같은 그리스도 신자라 쳐도 소용없습니다요. 차라리 따따르 인이 훨씬 고상합니다요. '끄리가(역주. 해변가에 위치한 곳으로 고기를 잡기 위해 그물을 쳐놓은 곳)에 갔어'! 이 한마디가 끝인 겁니다. 그런데 끄리가가 뭐 하는 곳인지 대체 알 수가 있어얍죠!" 바뉴샤는 말을 맺고 얼굴을 돌렸다.

"그럼, 우리네 하인들과는 딴판이란 말인가?" 올레닌은 말에서 내릴 생각도 않고 빈정거렸다.

"말에서 내리세요." 바뉴샤로서는 처음 당하는 일이라 당혹스러운 듯해 보였으나, 그는 곧 자신의 운명에 순응하듯 이렇게 말했다.

"그러니까 따따르 인이 훨씬 났다는 거지? 그렇지, 바뉴샤?" 올레닌은 말에서 내려 안장을 두드리면서 또 한 번 그를 골려

주었다.

"그래요. 주인님께는 농담거리겠지요! 그렇게 우스우세요!" 바뉴샤는 성난 어조로 투덜거렸다.

"그만! 화내지 말게, 이반 바실리비치." 올레닌은 여전히 입가에 웃음을 머금은 채 대답했다.

"내가 지금 주인에게 갈 테니, 잘 보게. 모든 걸 깨끗이 해결하지. 잘 지낼 수 있게 될 거야! 그러니 자넨 제발 흥분하지 말게."

바뉴샤는 아무 말 없이 눈을 가늘게 뜨고 경멸하는 눈초리로 고개를 흔들며 주인의 뒷모습을 응시하고 있었다. 바뉴샤는 올레닌을 주인으로서만 대하고 있을 뿐이었다. 올레닌 역시 바뉴샤를 하인으로서만 대할 뿐이었다. 그리하여 누군가 그들에게 당신들은 참 다정한 사이군요, 라고 말한다면 아마 그들은 둘 다 몹시 놀랐을 것이다. 그러나 그들은 의식하지 못했지만 매우 다정한 관계였다. 바뉴샤는 열한 살 소년 시절에 올레닌의 집에 하인으로 들어왔고, 올레닌도 그와 같은 나이였다. 열다섯 살 때 올레닌은 바뉴샤에게 교육을 시작했다. 그는 한때 프랑스 어를 가르쳐주기도 했는데 바뉴샤는 프랑스 어를 배웠다는 사실을 매우 자랑스럽게 생각했다. 그래서 바뉴샤는 지금도 기분이 좋을 때면 곧잘 프랑스 어를 입에 올리고, 그럴 때마다 멋쩍은 웃음을 지어 보이곤 한다.

올레닌은 층계를 달려 올라가 방문을 밀었다. 마리얀까는 까자끄 여자들의 실내복인 분홍빛 블라우스만을 걸치고 있던 터라 깜짝 놀라며 문 옆에서 물러나 벽에 붙어서 따따르 식 블라우스의 넓은 옷소매로 얼굴 아래쪽을 가렸다. 한편, 문을 연 올레닌은 어두컴컴한 방 안에 있는 날씬한 몸매의 까자끄 처녀를 발견하게 되었다. 그는 매우 빠르고 탐욕스럽고 호기심 가득 찬 젊은이의 눈으로, 엷은 사라사의 블라우스로 감싸인 싱싱한 몸매와 어린애와 같은 공포심과 호기심 어린 눈으로 자신을 응시하고 있는, 검고 아름다운 눈을 훑어보았다.

'바로 저 여자야!' 올레닌은 생각했다.

'하지만 이만한 여자는 앞으로 얼마든지 만나게 되겠지.'

그는 다른 문을 열었다. 울리뜨까 할머니도 역시 블라우스 한 장 차림으로 방문을 뒤로 한 채 허리를 굽혀 방바닥을 쓸고 있었다.

"안녕하시오, 아주머니! 숙소 문제로 왔습니다만……." 그는 입을 열었다.

까자끄 여자는 허리를 펴지도 않은 채 조금은 엄한 그러나 아직도 아름다움을 간직하고 있는 얼굴을 그에게로 돌렸다.

"뭣 하러 왔다구? 나를 놀려주고 싶어서? 그런가? 그렇다면 내가 놀려주지. 이 염병할 놈아!" 그녀는 눈썹을 찡그려 방문객을 째려보며 이렇게 소리 쳤다.

올레닌은, 자신이 속해 있는, 행군에 지친 까프까즈 부대는 어디를 가나, 특히 자신들의 전우인 까자끄들에게는 열렬한 환영을 받을 것이라 생각하고 있었기에, 노파의 이러한 대접에 어리둥절해 했다. 그는 당황하는 기색을 보이지 않고 자신은 방세를 지불할 것이라고 설명하려 했지만 노파는 그에게 말할 기회를 주지 않았다.

"뭣 하러 왔다고? 종기(腫氣)를 얻으러 왔냐? 낯짝을 밀어 버릴 테다, 이놈! 조금만 기다려라. 우리 주인 양반이 돌아오면 네놈이 있는 곳을 가르쳐줄 테니. 난 네놈의 더러운 돈은 필요 없어. 겪어보지 않아도 다 알 수 있지! 담배 연기로 집을 온통 그을려놓고 돈으로 때우려는 수작이지. 이 염병할 놈아! 네놈 심장에 총알이 박힐 날도 얼마 안 남았어!" 그녀는 올레닌의 말을 막으며 찢어지는 목소리로 고함을 쳐댔다.

'바뉴샤의 말이 사실이었구나!' 올레닌은 생각했다.

'따따르 인보다 더한걸.' 그는 이렇게 생각하며 울리뜨까 할머니의 욕설에 떠밀리듯 밖으로 나왔다. 그가 밖으로 나올 때 마리얀까가 여전히 분홍빛 블라우스 차림에 어느새 머리에 흰 스카프를 두르고 그의 옆을 스쳐 달려갔다. 그녀는 맨발로 층계를 달려내려가 현관 앞에서 걸음을 멈추고는 웃음을 머금은 눈으로 흘긋 청년을 돌아보고 집 모퉁이로 숨어버렸다. 싱그럽고 당당한 걸음걸이, 흰 스카프 밑에서 빛나는 야성적인 눈 그리고 이 미인의 날씬하고 단단한 체격은 올레닌을 한층 더 놀라게 했다.

'틀림없이 내가 찾는 여자야.' 그는 생각했다. 그는 숙소에 대한 생각을 거의 잊은 채, 마리얀까 쪽을 돌아보며 바뉴샤에게로 향했다.

"보세요. 처녀 애까지도 야만적이잖아요." 아직 마차 근처에서 머뭇거리긴 했지만 기분이 약간 좋아진 바뉴샤가 말했다.

"말 잔등에 떼거지로 달라붙는 메뚜기나 다를 바 없어요! 라팜(역주. 프랑스 어, La femme. 여자를 속되게 표현하는 말)!" 그는 사뭇 진지하고 큰 목소리로 이렇게 덧붙이며 웃음을 터뜨렸다.

11. 저녁무렵,

고기잡이에서 돌아온 주인은 방세를 받게 된다는 사실을 알게 되자 마누라를 달래어 바뉴샤의 요구를 충족시켜 주었다.

새로 얻은 숙소는 모든 것이 정돈되었다. 주인집 가족들은 난방 장치가 된 방으로 옮겨가고, 사관 후보생에게는 한 달 방세 3루블에 여름에 사용하는 바깥채가 제공되었다. 올레닌은 요기를 하고 잠이 들었다. 해질 무렵, 그는 눈을 뜨자마자 세수를 하고 옷을 갈아 입고 저녁을 먹은 다음 담배를 피워 물고 길쪽으로 나 있는 창가에 앉았다. 더위는 한풀 꺾여 있었다. 농가의 경사진 그림자가 먼지투성이의 길을 가로질러 뻗어나가 이웃집 벽 밑에서 위로 휘어져 있었다. 억새로 만든 건넛집의 가파른 지붕이 기울어져 가는 햇빛을 받아 눈부시게 빛나고 있었다. 공기는 신선했고 마을은 조용했다. 병사들은 제각기 흩어져서 잠잠해졌다. 아직 가축을 몰고오는 소리도 들려오지 않았고, 일터에 나간 사람들도 돌아오지 않았다.

올레닌의 숙소는 마을의 변두리에 위치해 있었다. 이따금 쩨레끄 강 건너 어딘지 먼 곳, 올레닌이 지나온 체첸 아니면 꾸므치츠끼 평야 쪽에서 총소리가 들려왔다. 3개월 간의 야영생활을 끝낸 올레닌은 무척 기분이 좋았다. 올레닌은 방금 세수를 한 자신의 얼굴에서 신선함을 느꼈고, 건강한 육체에서 행군을 떠난 후부터 잊고 있던 청결함이 느껴졌으며 충분한 휴식을 취한 몸에서는 평온함과 원기가 충만됨을 느낄 수 있었다. 마음도 밝고 신선했다. 그는 행군중에 겪었던 일과 위험했던 순간들을 떠올렸다. 그리고 위험에 직면했을 때, 자신도 남들에 뒤지지 않고 훌륭하게 행동함으로써 용감한 까프까즈 용사로 인정받은 사실도 기억했다. 모스크바에 대한 추억은 이미 흔적도 없이 그의 기억 속에서 사라졌다. 낡은 생활은 말끔히 사라지고, 새로운 생활, 아직 한 번도 잘못을 저지르지 않은 새로운 삶이 시작된 것이다. 그는 이곳에서 새로운 인간이 되어 새로운 사람들 속에서 자신에 대한 새롭고 유익한 견해를 얻을 수 있게 되었다. 그는 지금 이유없는 삶의 기쁨을 생생하게 느끼고 있었다. 창문을 통해 그는 집 근처 그늘 진 곳에서 팽이를 돌리는 아이들을 바라보기도 하고, 말끔히 정돈된 자신의 방을 둘러보며 앞으로 이곳에서의 새로운 생활을 어떻게 유익하게 보낼 것인가에 대해 생각했다. 그리고 그는 산과 하늘을 바라보았고 그러자 그의 모든 회상과 공상이 위대한 자연의 엄숙함을 띠어 갔다. 그의 생활은, 그가 모스크바를 떠나올 때 예상했던 것과는 많이 달랐지만 기대 이상으로 만족스러웠다. 산, 산, 산이 그가 생각하고 느끼는 모든 것 속에 등장했다.

"암캐랑 뽀뽀했대요! 항아리를 핥았대요! 예로쉬까 아저씨는 암캐하고 뽀뽀했대요!" 창문 아래에서 팽이를 돌리고 있던 까자끄 아이들이 갑자기 골목을 향해 소리 치기 시작했다.

"암캐랑 뽀뽀했대요! 단검을 술 바꿔 먹었대요!" 아이들은 서로 몸을 비벼대거나 뒷걸음질 치며 소리 쳤다.

아이들은 총을 둘러멘 채 꿩을 허리에 꿰차고 사냥에서 돌아오는 예로쉬까 아저씨를 보고 이렇게 소리 치는 것이었다.

"내가 잘못했다, 애들아! 내 잘못이야!" 그는 두 손을 내저으며 길 양쪽의 창문들을 바라보며 이렇게 대꾸했다.

"그래, 내가 단검을 술 바꿔 먹었다. 내 잘못이다!" 그는 분명 화를 내고 있었으나 아무렇지도 않은 듯 이렇게 되풀이하는 것이었다.

올레닌은 아이들이 늙은 사냥꾼에게 버릇없이 구는 모습에 놀랐지만, 예로쉬까 아저씨라 불리는, 표정이 풍부하고 총명한 얼굴과 늠름한 체구의 이 사내를 보고 더욱더 놀랐다.

"노인 양반! 까자끄 노인 양반!" 올레닌은 노인에게 말을 걸었다.

"이리 좀 와보시오."

노인은 창문을 바라보고 걸음을 멈췄다.

"안녕하시오, 젊은 양반." 그는 짧게 깎은 머리 위로 모자를 치켜들며 말했다.

"안녕하시오, 노인 양반." 올레닌이 대답했다.

"저애들이 당신에게 뭐라고 소리 치는 거요?"

예로쉬까 아저씨가 창문 쪽으로 다가왔다.

"저 녀석들이 이 늙은이를 놀리는구만. 그렇지만 괜찮아. 나는 저 녀석들을 사랑하거든. 이 아저씨를 실컷 놀려먹으라고 내버려두고 있다오." 그는 점잖은 노인들처럼 분명한 억양에 듣기 좋은 목소리로 말했다.

"그런데 젊은 양반은 군대의 상관이오?"

"아니오, 나는 사관 후보생이오. 그런데 그 꿩은 어디서 잡으셨소?" 올레닌이 물었다.

"숲속에서 이 까투리 세 마리를 잡았소이다." 노인은 넓은 등을 창문 쪽으로 돌려 보이며 이렇게 대답했고, 등에 옷 위로 선명한 핏자국을 남긴 세 마리의 꿩이 끈에 대가리를 꿰인 채 매달려 있었다.

"이런 거 처음 보시나?" 노인이 물었다.

"원한다면 이거 두 마리, 한 쌍으로 사시구랴. 자!" 그는 꿩 두 마리를 창문으로 내밀었다.

"자네도 사냥을 좋아하시나?" 노인이 물었다.

"좋아하오. 행군중에 나도 네 마리나 잡았소."

"네 마리씩이나? 그렇게나 많이?" 노인이 비아냥거리는 투로 말했다.

"그럼, 자네 술도 좋아하시나? 치히리는 어때?"

"그건 왜 묻소? 물론 술도 좋아한다오."

"그래, 그렇게 보이는구만. 좋았어! 그럼 우리 꾸낙(역주. 까프까즈에서의 맹우(盟友))을 맺도록 하세." 예로쉬까 아저씨가 말했다.

"들어오시오." 올레닌이 말했다.

"함께 치히리나 듭시다."

"그럼 들어가볼까." 노인이 말했다.

"이 꿩을 받게."

노인의 얼굴에는, 이 사관 후보생이 마음에 든다는, 그에게 술을 얻어 먹을 수 있다는 판단 아래, 꿩 한 쌍쯤 선사해도 무관하겠다는 속셈이 훤히 드러나 있었다.

잠시 후, 방문 앞에 예로쉬까 아저씨가 모습을 드러냈다. 이때 비로소 올레닌은, 하얗게 센 턱수염이나 검붉은 그의 얼굴을 수놓은, 나이와 힘든 노동으로 생긴 주름살에도 불구하고 그의 거대한 체격은 아직도 강한 힘이 충만되어 있다는 사실을 알게 되었다. 그의 다리와 팔과 어깨에는 젊은이들에게서만 볼 수 있는 근육이 드러나 있었다. 짧게 깎은 머리털 밑으로는 깊은 흉터가 있었다. 힘줄투성이의 굵은 목에는 황소의 목덜미처럼 격자 무늬의 주름이 잡혀 있었다. 투박한 손은 찢기고 할퀴어진 자국투성이었다. 그는 높다란 문지방을 가볍게 넘어 들어와 어깨에 둘러메고 있던 총을 구석에 세워놓고 재빨리 방안을 둘러본 다음, 가죽신을 신은 발을 가만가만 내디디며 방 가운데로 걸어들어왔다. 치히리와 보드까, 화약 그리고 짐승의 피가 뒤섞인, 강렬하지만 불쾌하지 않은 냄새가 그와 함께 방안으로 스며들었다.

예로쉬까 아저씨는 성상에 절을 하고 나서 수염을 쓰다듬으며 올레닌에게 다가와 까맣고 굵은 손을 내밀었다.

"꼬쉬낄리드이!" 그가 말했다.

"이건 따따르 어로 아무 탈없이 건강하기를 빈다는 뜻이지."

"꼬쉬낄리드이! 나도 알고 있소." 올레닌이 그의 손을 잡으며 말했다.

"에이, 자네는 몰라. 아직 이곳의 풍습을 몰라! 바보같은 양반!" 예로쉬까 아저씨는 못마땅하다는 듯 고개를 저으며 말했다.

"상대방이 '꼬쉬낄이드이'라고 하면 자네는 '알라 라지 보쑨'…, '하나님 감사합니다'라고 해야지. 꼬쉬낄리드이라고 하면 안 되네. 앞으로 내가 전부 가르쳐주지. 전에도 일리야 모세이치라고 자네와 같은 러시아 사람이 왔었는데, 그때도 그 사람과 꾸낙을 맺었었지. 좋은 사람이었어. 술 잘먹고, 도둑질 잘하고 사냥 잘하는 친구였지. 기막힌 사냥꾼이었어! 나는 그 사람에게 전부 가르쳐줬지.”

“나한테 뭘 가르쳐주겠다는 거요?” 올레닌은 노인에게 점점 더 흥미를 느껴가며 물었다.

“사냥에 데려가고, 고기 잡는 법도 가르쳐주고, 체첸 인도 구경시켜 주고, 원한다면 여자도 소개시켜주고, 모든 걸 제공하지. 나는 원래 그런 사람이니까. 나는 광대라네!” 이렇게 말하고 노인은 웃음을 터뜨렸다.

“앉아야겠소. 너무 피곤해. 까르가?” 그는 질문하듯 덧붙였다.

“‘까르가’ 라니 무슨 뜻이오?” 올레닌이 물었다.

“‘까르가’ 란 그루지아 말로 ‘좋았어’ 란 뜻이네. 내가 가장 좋아하는 말인데, 말하는 중간중간 튀어나온다오. 까르가, 까르가 하고 입버릇처럼 하는 말이지. 그건 그렇고 치히리를 가지러 보내지 않겠소? 당신에게도 호위병이 있겠지? 이반!” 노인이 소리쳤다.

“자네네 병사들은 대부분 이반이더군. 어때, 자네 호위병도 이반이 아닌가?”

“그렇소, 이반이오. 바뉴샤! 주인집에 가서 치히리 좀 가져오게나!”

“이반이나 바뉴샤(역주. 바뉴샤는 이반의 애칭)나 같은 이름 아닌가. 왜 자네의 병사들은 모두 이반이라는 이름뿐이지? 이봐 이반!” 노인이 다시 바뉴샤를 불렀다.

　"자네, 가서 새 술통의 것을 달라고 하게. 이 집에는 이 마을에서 가장 훌륭한 치히리가 있다네. 하지만 한 되당 30까뻬이까(역주. 까뻬이까는 러시아의 최소 화폐 단위) 이상 주어서는 안 되네. 더 주었다간 마귀할멈이 좋아라… 하여튼 이곳 사람들은 지독히도 바보같은 사람들이라니깐." 바뉴샤가 밖으로 나가자 예로쉬까 아저씨는 부드러운 어조로 말을 이었다.

　"그들은 자네들을 인간으로 여기지 않지. 따따르 인보다 못하다고 생각한다니까. 러시아 인들은 모두 좀벌레라고 생각하지. 하지만 내가 보기엔 자네들 군인들도 역시 영혼을 가진 인간이라고 생각해. 내 말이 틀렸나? 일리야 모세이치도 군인이었지만 대단한 사람이었지! 그렇지 않은가? 그 대신 마을 사람들은 나를 좋아하지 않아. 하지만 그건 상관없어. 나는 명랑한 인간이고, 모든 사람을 사랑하는 나, 예로쉬까란 말이야! 난 이런 사람이외다!" 이렇게 말하고 노인은 청년의 어깨를 정겹게 두드린다.

12. 그 사이

숙소의 정돈을 끝낸 바뉴샤는 중대 이발소에서 수염까지 깎고 왔고 중대가 이제는 넓은 장소에 숙소를 마련했다는 표시로 장화에서 바짓가랑이를 뽑아 늘어뜨리고 최상의 기분에 도취되어 있었다. 그는 처음 보는 야수를 바라보듯 적의에 찬 눈으로 주의깊게 예로쉬까를 관찰하기도 하고, 노인의 신발에 더럽혀진 방바닥을 보며 머리를 내젓기도 하다가 벽에 붙은 침대 겸 의자 밑에서 빈 병 두 개를 꺼내 주인댁으로 향했다.

"안녕하세요, 친절하신 여러분." 그는 최대한 다정하게 굴어야겠다고 생각하며 이렇게 말을 꺼냈다.

"우리 나리께서 치히리 좀 사오라고 하시는데요. 좀 주시겠습니까, 선량하신 분들."

노파는 아무 대꾸도 하지 않았다. 딸은 따따르 식 거울 앞에 서서 머리에 스카프를 동여매고 있었다. 그녀는 말없이 바뉴샤를 돌아보았다.

"술값으로 돈을 드리겠습니다." 바뉴샤는 호주머니 속의 돈을 짤랑거리며 말했다.

"댁에서 친절히 대해 주시면, 우리도 친절하게 대할 겁니다. 그렇게 되면 훨씬 좋겠죠." 그는 이렇게 덧붙였다.

"많이 달라는 건가?" 노파는 단속적으로 물었다.

"한 되면 됩니다."

"가거라, 사랑하는 딸아. 니가 가서 따라줘라." 울리뜨까 할머니가 딸에게 말했다.

"원하는 대로 새 통에서 따라줘라."

딸은 열쇠와 목이 긴 유리병을 들고 바뉴샤와 함께 안채를 나왔다.

"저 여자는 누굽니까?" 올레닌은 창문 옆을 지나는 마리얀까를 가리키며 물었다.

노인은 눈을 끔뻑해 보이고는 팔꿈치로 청년을 툭 쳤다.

"가만." 그는 이렇게 말하며 창 밖으로 얼굴 내밀었다.

"어흠! 어흠!" 그는 이렇게 헛기침을 하고 나서 말을 걸었다.

"마리야누쉬까! 애, 마리얀까야! 나를 좀 사랑해 주려무나! 나는 광대라네." 그는 올레닌을 돌아보며 귓속말로 덧붙였다.

처녀는 얼굴을 돌리지도 않고 두 팔을 일정하고 힘차게 까자끄 여자들 특유의 멋지고 활달한 걸음걸이로 창문 옆을 지나갔다. 그녀는 단지 기다란 속눈썹에 그늘진 검은 눈을 천천히 노인쪽으로 돌렸을 뿐이었다.

"나를 사랑해 주려무나. 그러면 너도 행복해질 게야!" 예로쉬까는 다시 소리 치고 나서 올레닌을 보며 어떠냐는 듯 눈을 찡긋 했다.

"나는 훌륭한 광대라네." 그는 덧붙여 말했다.

"여왕같은 처녀지? 그렇지?"

"아름답소." 올레닌이 말했다.

"이리로 좀 불러주시오."

"절대로 안 돼!" 노인이 말했다.

"저애는 루까쉬까와 혼담이 있어. 루까쉬까라는 까자끄는 훌륭한 용사로 이번에 빨치산을 죽였지. 내가 자네에게 더 좋은 처녀를 구해 주겠네. 온몸을 비단과 은으로 감싸고 다니는 처녀 말이야. 나는 입 밖에 낸 말은 반드시 책임을 지지. 굉장한 미인으로 구해 주겠네."

"노인 양반, 그 무슨 말이시오!" 올레닌이 말했다.

"그런 죄가 될 소리를!"

"죄라구? 죄가 어디 있어?" 노인은 단호하게 대답했다.

"아름다운 처녀를 쳐다보는 게 죄가 된다는 거야? 그녀와 함께 논다는 게 죄란 말이야? 아니면 그녀를 사랑하는 게 죄가 된단 말이야? 자네들은 그걸 죄라 생각하나? 아니야, 그건 죄가 아니라 구원이야! 신은 자네를 창조하셨고, 처녀도 창조하셨지. 모든 것을 그분이 창조하신 거야. 따라서 아름다운 처녀를 주목하는 것은 죄가 아니지. 아름다운 처녀를 창조한 것은 그녀를 사랑하고 그녀에게서 즐거움을 얻기 위함이야. 내 생각은 그렇소이다, 젊은 양반."

뜰을 지나, 술통이 있는 어둡고 서늘한 헛간에 들어가자 마리야나는 익숙한 기도문을 외우며 술통으로 다가가 곡관(曲管)을 술통에 꽂았다. 바뉴샤는 문가에 서서 미소 띤 얼굴로 그녀를 바라보고 있었다. 등이 꼭 끼게 앞으로 당겨진 블라우스 한 장 차림도 우스웠지만 오십 까뻬이까 짜리 동전을 여러 개 목에 걸고 있는 모양새는 더더욱 우스운 일이었다. 그는 그녀의 이러한 차림은 러시아 식이 아닐 뿐만 아니라, 만일 고향의 주인댁에서 이러한 옷차림의 처녀를 보게 된다면 웃음거리가 되었을 것이라 생각했다.

'좀 특이하지만 이 여자는 대단한 미인이다.' 바뉴샤는 프랑스 어로 생각했다.

'주인에게 말해 줘야겠어.'

"제기랄, 왜 어둡게 거기 서 있는 거야!" 갑자기 처녀가 소리쳤다.

"술병이나 주시지."

마리야나는 차가운 붉은 포도주를 술병에 가득 채운 다음 그것을 바뉴샤에게 건넸다.

"돈은 어머니한테 드리구." 돈을 건네는 바뉴샤의 손을 밀치며 그녀는 이렇게 말했다.

바뉴샤는 빙그레 웃었다.

"어째서 당신들은 그렇게 퉁명스러우면서 애교스럽지?" 그는 처녀가 병마개를 채우는 사이 머뭇거리며 선 채 상냥하게 물었다.

그녀는 웃음을 터뜨렸다.

"그럼 당신들은 좋은 사람들이구?"

"우리 주인님이나 나나 모두 좋은 사람들이지." 바뉴샤는 확신하듯 말했다.

"우리는 좋은 사람들이라서 어딜 가나 주인집 사람들에게 고맙다는 말을 들어 왔지. 왜냐하면 우리 주인님은 지체 높은 귀족이시까."

처녀는 걸음을 멈추고 귀를 기울였다.

"그래, 당신 주인님은 결혼하셨어?" 그녀가 물었다.

"아니! 우리 주인님은 아직 젊기 때문에 결혼하지 않았어. 지체 높은 귀족은 일찍 결혼할 수 없게 되어 있거든."

바뉴샤는 설명하듯 토를 달며 말했다.

"별소릴 다 듣겠네! 저렇게 물소처럼 살이 올랐는데, 아직 어려서 결혼할 수 없다구? 그럼 저 사람이 당신과 당신네 병사들의 대장이야?" 그녀가 물었다.

"우리 주인님은 사관 후보생이기 때문에 아직 장교가 아니야. 하지만 신분으로 치자면 대장보다 더 높지. 왜냐하면 우리 연대장은 물론, 황제께서도 그분을 잘 알고 계시니까 말야." 바뉴샤는 자랑스럽게 설명했다.

"우린 가난뱅이 군인들과 다르다는 걸 알아야 해. 그리고 주인님의 아버님은 원로원의 의원이셔. 천 명이 넘는 농노를 거느리고 계시지. 그래서 우리에게 천 루블씩을 보내주고 계셔. 그러니까 우리는 항상 사랑을 받지. 대위조차 돈이 없어 쩔쩔맬 판인데. 어림없지. 안 그래?"

"비켜, 문을 닫아야 해." 이렇게 말하며 처녀는 말을 가로챘다.

바뉴샤는 술을 가지고 돌아와 올레닌에게 '라 필 세 뜨레 줄리(그녀는 매우 아름다워요)' 라고 프랑스 어로 말하고 바보스런 웃음을 흘리며 밖으로 나가버렸다.

13. 한편

광장에서는 저녁 점호 나팔이 울렸다. 사람들은 일터에서 모두 돌아왔다. 대문 앞마다 가축들이 금빛 구름같은 먼지를 일으키며 떼를 지어 울어댔다. 처녀들과 아낙네들이 가축을 몰아넣으려 골목과 뜰 안을 분주히 오락가락하고 있었다. 태양은 멀리 눈 덮인 산등성이 뒤로 자취를 감추었다. 푸르스름한 그림자만이 하늘과 땅에 퍼져 있었다. 어두워진 과수원 위로 희미하게 별이 반짝이고, 마을 안의 소음도 점점 잦아들기 시작했다. 가축을 몰아넣고 나서, 까자끄 여자들은 길 모퉁이 토담에 걸터앉아 씨앗을 까기 시작했다. 마리안까도 두 마리의 암소와 소의 젖을 짜고 나서 그들 틈에 끼어들었다. 대여섯 명의 아낙과 처녀들 사이에는 늙은 까자끄 한 사람도 섞여 있었다.

그들은 엊그제 빨치산을 해치운 사람에 대해 얘기하고 있었다. 까자끄 노인은 얘기를 하고 있었고, 여자들은 이것저것 질문을 하고 있었다.

"그런데 포상은, 아마 모르긴 몰라도 큰 상을 줄 것같은데요?" 까자끄 여자가 물었다.

"물론 당연하지! 십자훈장을 탈 거라던데."

"그런데 모세프라는 놈이 받지 못하게 했다나 봐. 총도 빼앗아버리고, 당국에 있는 끼즐랴르 상관도 그 사실을 알게 되었대."

"정말 치사한 놈이야. 모세픈가 뭔가 하는 놈!"

"루까쉬까가 돌아왔다고들 하던데." 처녀들 중 하나가 말했다.

"얌까 네 집에서(얌까는 술집을 경영하고 있는 바람둥이 과부였다) 나자르스끼와 술을 마시고 있다나 봐. 벌써 반 말이나 마셨대."

"우르반은 정말 행운아야!" 누군가 말했다.

"그야말로 우르반이야! 멋져! 훌륭한 사내야! 얼마나 날쌘지! 정의의 사나이야. 루까쉬까의 아버지, 끼리약도 그랬었거든. 모든 게 아버지를 쏙 빼닮았다니까. 그가 세상을 떠났을 땐 온 마을 사람들이 다 울었었지… 저기 그들이 온다!" 말하고 있던 여자는 길을 따라 자기들 쪽으로 걸어오고 있는 까자끄들을 가리키며 말을 이었다.

"예르구쇼프도 그들과 함께 마셨나 봐! 완전히 취했군!"

루까쉬까는 나자르까와 예르구쇼프와 술 반 말을 마시고 처녀들을 찾아온 것이었다. 그들 셋 모두는, 특히 늙은 예르구쇼프는 유달리 얼굴이 벌겋게 달아올라 있었다. 예르구쇼프는 비틀거리며 큰소리로 낄낄댔고, 나자르까의 옆구리를 찌르고 있었다.

“이것 봐. 노래를 불러야 하는 거 아닌가들?” 그는 처녀들에
게 소리쳤다.

“우리의 흥을 돋구는 뜻에서 노래를 하란 말이야.”

“안녕하세요.”

“안녕하세요.” 환영의 인사말이 여기저기서 들려왔다.

“무슨 노래? 오늘이 명절인가?” 아낙네 하나가 말했다.

“거드름만 피우지 말고 직집 부르시지.”

예르구쇼프는 껄껄 웃어대며 나자르까의 옆구리를 찔렀다.

“그럼, 니가 불러라! 그러면 나도 따라 부르지. 나도 꽤 부를
줄 안다구.”

“아니, 이 예쁜이들이 모두 잠들었나!” 나자르까가 말했다.

“우리는 초병선에서 한잔 하려고 나온 거야. 루까쉬까에게 축
배를 들고 오는 길이야.”

루까쉬까는 모여 있는 사람들 쪽으로 다가오더니 천천히 모
자를 쳐들고 처녀들 앞에 멈춰 섰다. 그의 넓은 광대뼈와 목은
붉게 물들어 있었다. 그는 그렇게 멈춰 조용히 말하고 있었으
나, 그의 완만하고 침착한 움직임 속에는 나자르까의 수다나 부
산한 동작보다 훨씬 활기 찬 힘이 있어 보였다. 그의 모습은 마
치 꼬리를 쳐들고 코를 벌름거리며 네 발로 땅을 힘차게 딛고
서 있는 종마를 연상시켰다. 루까쉬까는 조용히 처녀들 앞에 멈
춰 서, 눈에 웃음을 띤 채 별말 없이 술 취한 동료들과 처녀들
을 번갈아 보았다. 마리야나가 길 모퉁이로 다가오자 그는 여유
있는 모습으로 모자 끝을 쳐들고 약간 옆으로 길을 내주었고,
한쪽 발을 약간 뒤로 빼고 다시 그녀 앞에 서서 양쪽 엄지 손가
락을 혁대에 걸고 단검을 만지기 시작했다. 마리야나는 다소곳
이 머리 숙여 그의 인사에 답하고는 토담에 걸터앉아 품속에서

씨앗을 꺼냈다. 루까쉬까는 마리야나에게 눈을 고정시킨 채 응시하며 씨를 입 안에 넣어 까먹고 껍질을 뱉어냈다. 마리야나가 끼어들자 모두들 조용해졌다.

"그래, 뭐야? 이번엔 오래 있다가 가는 거야?" 침묵을 깨뜨리며 한 까자끄 처녀가 물었다.

"내일 아침까지." 루까쉬까가 단정하게 대답했다.

"그만하면 됐네. 실컷 즐기다 가게." 까자끄 노인이 말했다.

"방금 전에도 우리끼리 말했지만, 나는 정말 기쁘다네."

"바로 내가 하려던 말이야." 술 취한 예르구쇼프가 웃으며 끼어들었다.

"손님들이 와 있었군 그래!" 예르구쇼프는 옆을 지나가는 병사들을 가리키며 덧붙였다.

"병사들의 보드까는 정말 좋은 술이야. 난 정말 그 술을 좋아해!"

"우리집엔 그 악마들을 셋씩이나 보냈어." 까자끄 아낙 중 하나가 말했다.

"그것 때문에 할아버지가 사무소에 갔다왔는데, 헛걸음만 했지 뭐야. 안 된다더라구."

"아하! 그래서 인생의 쓴맛을 알았다, 이거로군?" 예르구쇼프가 말했다.

"아마 십중팔구는 담배 연기로 그을르겠지?" 다른 까자끄 여자가 물었다.

"담배를 그렇게 피우고 싶다면, 마당에서 얼마든지 피우면 될 거 아냐. 집 안에서는 못 피우게 해야겠어. 촌장이 온대도 집 안에서는 안 될걸. 게다가 그놈들은 도둑질도 한대. 그놈은 악마의 자식일 거야. 병사들을 제 집에만 안 들이는 촌장인가 뭔가 하는 놈 말이야."

"그놈을 싫어한단 말이지!" 예르구쇼프가 다시 끼어들었다.

"게다가 처녀들에게 병사들의 잠자리를 펴주고, 치히리에 꿀을 타서 대접하라는 명령이 떨어졌다는군." 나자르까는 루까쉬까처럼 한쪽 발을 뒤로 빼고 털가죽 모자를 뒤쪽으로 끌어내리며 이렇게 말했다.

이 말에 예르구쇼프는 하하거리며 웃어댔고, 갑자기 곁에 앉은 처녀를 껴안았다.

"그게 정말이야."

"떨어지지 못해!" 처녀가 빽 소리 쳤다.

"마누라한테 이를 거야!"

"일러라!" 그가 소리 쳤다.

"어찌 됐건 나자르까가 한 말은 정말이야. 상부의 명령서가 있었는데, 나자르까는 글을 읽을 줄 알거든. 정말이야."

그는 이렇게 말하며 그 다음 처녀를 껴안으려 했다.

"왜 이렇게 치근덕거려, 이 불한당아!"

동그란 얼굴이 붉으스름한 우스쩬까가 버럭 소리를 지르며 손을 치켜들고 그를 보며 깔깔거렸다.

까자끄는 옆으로 피하려다가 넘어질 뻔했다.

"처녀들은 기운이 없다더니, 이건 완전히 사람을 죽일 기세로구나."

"이 불한당! 뭣 하러 초병선에서 나왔어!" 우스쩬까는 이렇게 말하고 그를 외면하고는 또다시 웃음을 터뜨렸다.

"빨치산이 올 때 자고 있었겠지? 빨치산이 아저씨 목을 잘라버렸더라면 훨씬 좋았을걸."

"그렇게 되면 아마 넌 울부짖을걸!" 나자르까가 웃어댔다.

"니가 그렇게 되면 울부짖지!"

"천만에 이애에게 슬픔이란 없어. 이애가 울어주리라 생각하나? 나자르까, 그래?" 예르구쇼프가 말했다.

루까쉬까는 계속 말없이 마리얀까만을 바라보고 있었다. 그의 눈길은 아마도 처녀의 마음에 동요를 일으킨 것같았다.

"이봐, 마리얀까. 듣자니 너희 집엔 높은 사람이 묵게 되었다며?" 그는 처녀에게 다가서며 입을 열었다.

마리야나는 언제나처럼 즉시 대답하지 않고 천천히 눈을 들어 까자끄들을 응시했다. 루까쉬까의 눈은 웃고 있었고, 오가는 대화와는 무관하게 특별한 그 무엇이, 그와 처녀 사이에서 발생하고 있었다.

"그렇다는군. 그렇지만 얘네는 안채와 바깥채가 있어 다행이야." 마리야나 옆에 있던 노파가 끼어들었다.

"포무쉬긴 집에도 역시 장교가 하나 묵고 있는데 짐 때문에 집이 꽉 차서 집안 식구가 거처할 곳도 없다더군. 한꺼번에 이렇게 많은 병사들을 마을에 집어넣는 법이 어디 있담! 정말 어쩌자는 건지!" 그녀가 말을 이었다.

"도대체 이 지랄병같은 것들이 여기서 무슨 일을 한다는 게야!"

"쩨레끄 강에 다리를 놓는다고 그러던데요." 처녀 하나가 말했다.

"내가 듣기로는…" 나자르까가 우스쩬까에게 다가가며 말했다.

"구덩일 파러 왔대. 처녀들이 젊은 사람들을 사랑하지 않기 때문에 구덩이에 넣어 버릇을 고쳐준다나." 이렇게 말하며 그는 무릎을 구부려 야릇한 몸짓을 해보였고, 모두들 그것을 보고 웃음을 터뜨렸다. 그러나 그 사이 예르구쇼프는 마리얀까를 빼고 그 다음의 늙은 까자끄 여자를 껴안으려 했다.

"왜 마리얀까를 빼놓는 거야? 차례대로 해야지." 나자르까가 말했다.

"하지만 난 이 늙은이가 더 좋아." 예르구쇼프는 손을 내젓는 노파에게 키스를 하며 이렇게 외쳤다.

"숨막혀!" 그녀는 웃으며 소리 쳤다.

때마침 길 끝쪽에서 절도있는 발소리가 들려와 웃음이 중단 됐다. 외투 차림에 어깨에 총을 멘 세 명의 병사가 중대 탄약고 쪽으로 임무 교대를 하러 발을 맞춰 걸어가는 길이었다. 늙은 기병 상등병은 못마땅하다는 듯 까자끄들을 바라보고는 길에 서 있는 루까쉬까와 나자르까가 비켜나지 않을 수 없도록 병사 들을 이끌고 다가왔다. 나자르까는 옆으로 비켜났으나 루까쉬 까는 그들을 째려보며 떡 벌어진 어깨와 머리를 약간 돌렸을 뿐, 그냥 그 자리에 버티고 섰다.

"사람이 서 있으면, 돌아가야지." 그는 곁눈으로 흘깃 쳐다보 며 경멸하듯 턱으로 병사들을 가리키며 말했다.

병사들은 먼지투성이의 길을 절도있게 걸어 아무 말 없이 옆 을 지나쳤다. 마리야나가 웃음을 터뜨리자 뒤이어 모든 여자들 이 따라 웃었다.

"예끼, 옷 값도 못하는 놈들아!" 나자르까가 말했다.

"기다란 옷자락이 성가대원같군 그래." 그는 이렇게 말하며 병사들의 걸음걸이를 흉내내어 걸었다. 모두들 또다시 한바탕 웃어댔다.

루까쉬까가 천천히 마리야나에게 다가갔다.

"그런데 그 장교는 어느 방에 묵고 있지?" 그가 물었다.

마리야나는 잠시 생각했다.

"새로 지은 바깥채를 내줬어." 그녀가 대답했다.

"그래, 그 사람은 젊어? 아님 늙었나?" 루까쉬까가 처녀의 곁에 앉으며 이렇게 물었다.

"내가 그런 걸 물어봤나, 뭐…" 처녀가 대답했다.

"나는 그저 그 사람이 치히리를 달란다고 해서 가지러 가는 길에, 예로쉬까 아저씨랑 같이 창가에 앉아 있는 모습을 흘깃 봤을 뿐이야. 짐마차에 짐을 가득 싣고 왔던데."

이렇게 말하고 그녀는 눈을 내리깔았다.

"나는 초병선에서 돌아올 수 있게 되어서 정말 기뻐!" 루까쉬까는 처녀의 눈에 시선을 고정시킨 채 토담 위에서 바짝 다가가 앉으며 말했다.

"그래, 이번엔 오래 있을 거야?" 마리야나가 살며시 미소 지으며 물었다.

"아침까지. 씨앗 좀 줘." 그는 손을 내밀며 덧붙였다.

마리야나는 환하게 웃어 보이며 블라우스의 옷깃을 열었다.

"다 가져가진 마." 그녀가 말했다.

"정말로 나는 네 생각만 했어." 루까쉬까는 처녀의 품속에서 씨앗을 꺼내며 일부러 억누르는 듯한 침착한 어조로 속삭이고는, 두 눈에 웃음을 띤 채 더욱 가까이 그녀에게 몸을 굽혀 다시 무언가 소근거리기 시작했다.

"안 가겠다니간." 마리야나가 그에게서 몸을 빼듯 하며 큰소리로 말했다.

"정말이야… 네게 꼭 하고 싶은 말이 있어." 루까쉬까가 속삭였다.

"부탁이야! 꼭 외줘, 마셴까(역주. 마리야나의 애칭)."

마리야나는 고개를 저으며 거절했으나 웃고 있었다.

"마리얀까 누나! 누나! 엄마가 저녁 먹으러 오래." 마리얀까의 어린 남동생이 여자들 쪽으로 달려오며 소리 쳤다.

"지금 간다!" 마리야나가 대답했다.

"애, 너 먼저 가. 곧 갈게!"

루까쉬까는 일어서며 털가죽 모자를 약간 쳐들었다.

"나도 집에 가봐야겠군. 그게 좋겠어." 그는 입가에 번지는 웃음을 겨우 참아내며 일부러 무뚝뚝하게 말하고는 모퉁이를 돌아 사라져버렸다.

어느새 밤이 마을에 완전히 내려앉았다. 어두운 밤하늘엔 별들이 선명하게 드러났다. 거리는 온통 어둡고 공허했다. 나짜르까는 까자끄 여인들과 함께 토담 위에 남아 그들의 떠들썩한 웃음소리를 듣고 있었다. 한편 루까쉬까는 발소리를 죽여가며 처녀들에게서 빠져나와 고양이처럼 등을 구부리고 흔들거리는 단검을 눌러쥔 채 자기 집이 아니라 소위네 집 쪽으로 내닫기 시작했다. 큰 길을 두개 통과해 골목으로 접어들자 긴 상의의 옷자락을 쳐들고 울타리 밑 땅바닥에 앉았다.

'소위의 딸이라 다르긴 달라.' 그는 마리야나에 대해 이렇게 생각했다.

'농담 한마디 하질 않거든. 제길! 어디 두고 보자.'

가까이 다가오는 여자의 발자국 소리는 그의 기분을 바꾸어 놓았다. 그는 귀를 기울이고 혼자서 히죽 웃었다. 마리야나가 고개를 숙인 채 마른 나뭇가지 울타리를 툭툭 치며 빠르고 일정한 걸음걸이로 곧장 그가 있는 쪽으로 걸어오고 있었다. 루까쉬까는 몸을 일으켰다. 마리야나는 몸을 움찔하며 걸음을 멈췄다.

"제기랄, 망할 것같으니. 놀랐잖아! 집에 가지 않았어?" 그녀는 이렇게 말하고 큰소리로 웃어댔다.

루까쉬까는 한손으로 그녀를 끌어안고 다른 손으로 얼굴을 잡았다.

"네게 하고 싶은 말이 있었어… 정말이야!" 그의 목소리는 떨리고 단속적으로 이어졌다.

"이런 밤에 무슨 얘길……." 마리야나가 대답했다.

"엄마가 기다리셔. 너는 니가 좋아하는 애한테나 가봐."

그리고 나서 그녀는 그의 팔에서 빠져나와 몇 발짝 앞으로 달려갔다. 자기집 울타리에 다다르자 그녀는 잠깐만 기다리라며 뒤따라온 그에게 얼굴을 돌렸다.

"그래 무슨 얘기가 하고 싶은 거야, 이 바람둥이야?" 이렇게 말하고 나서 그녀는 다시 웃기 시작했다.

"마리야나, 나를 놀리지 마. 정말이야! 나한테 다른 여자가 있다는 거야? 그깟 년은 꺼져버리라고 해! 한마디만 해줘… 그러면 너를 사랑할 거야. 네 말이라면 무엇이든 할 수 있어. 자 이것 봐!(그리고 그는 주머니 속의 돈을 짤랑거렸다) 이제 잘살아보자. 남들은 즐겁게 지내는데 난 뭐냔 말야? 너 때문에 아무런 기쁨도 즐기지 못하고 있어, 마리야누쉬까!"

처녀는 아무 대꾸도 없이 그의 앞에 선 채 재빠르게 손가락으로 마른 나뭇가지를 꺾고 있었다.

루까쉬까는 별안간 주먹을 움켜쥐며 이를 악물었다.

"도대체 왜 이렇게 날 기다리게 만드는 거야! 내가 너를 사랑하지 않는다고 생각하니? 나를, 니가 하고 싶은 대로 맘대로 해봐!" 그는 불현듯 이렇게 말하고 얼굴을 험상궂게 찌푸리며 그녀의 손을 부여잡았다.

마리야나의 얼굴이나 목소리는 여전히 침착함을 잃지 않고 있었다.

"그렇게 소리 지르지만 말고 내 말 좀 들어봐, 루까쉬까." 그녀는 손을 뿌리치지 않은 채 그에게서 몸을 빼내며 대답했다.

"내가 말괄량이라는 건 잘 알아. 하지만 내 말을 잘 들어봐. 이런 일이 내 뜻대로 되는 건 아니지만, 니가 나를 사랑한다면 나도 솔직히 말할게. 이 손 좀 놔줘. 분명히 말할 테니까. 너한테 시집 갈게. 그렇다고 해서 나를 어떻게 해보려는 바보같은 생각은 하지 않는 편이 좋을 거야." 마리야나는 그에게 얼굴을 돌리지 않고 이렇게 말했다.

"뭐, 나한테 시집을 오겠다구? 우리가 결혼하는 건 우리 마음대로 되는 게 아냐. 우선 니가 나를 좋아해 달라는 거야, 마리야누쉬까." 루까쉬까는 침울하고 성급한 감정에서 벗어나 다시 온화하고 순한 부드러운 기분에 젖어 미소를 띤 눈으로 그녀의 눈을 가까이 들여다보며 말했다.

마리야나는 그에게 바짝 달라붙어 입술에 진하게 키스했다.

"루까쉬까!" 그녀는 격렬하게 그를 끌어안고 속삭였다. 그리고는 갑자기 몸을 빼내 달렸고, 뒤를 돌아보지도 않고 자기 집 대문 안으로 들어가버렸다.

잠깐만 기다려 말 좀 들어봐달라는 그의 간청에도 불구하고 마리야나는 걸음을 멈추지 않았다.

"어서 가! 다른 사람들이 보잖아!" 그녀가 덧붙여 말했다.

"저기 봐. 아마, 우리집에 묵고 있는 사람들이… 제기랄, 뜰 안을 거닐고 있어."

'역시 소위의 딸이라 다르군.' 루까쉬까는 생각했다.

'시집을 오겠다구! 시집을 오는 건 오는 거고, 우선 즐겨야 할 것 아냐.'

　그는 나자르까를 만나 얌까 네 술집에서 한잔 마신 다음, 두 냐쉬까를 찾아가 그녀가 다른 사내와 어울린다는 소문에도 불구하고, 그녀의 집에서 밤을 보냈다.

14. 마리야나가

대문 안으로 들어섰을 때 올레닌은 정말로 뜰 안을 걷고 있었다. 그리고 그녀가 한 말도 들었다.

'우리집에 묵고 있는 사람들이… 제기랄, 뜰 안을 거닐고 있어.'

그는 이날 저녁을 예로쉬까 아저씨와 함께 새로 구한 숙소의 현관 앞 층계에서 보내고 있었다. 그는 탁자와 싸모바르(역주. 물을 끓이는 차 주전자), 술, 촛불 따위를 밖으로 내오게 해 차를 마시거나 담배를 피우며 자기 발 옆 층계에 앉아 있는 노인의 애기에 귀를 기울이고 있었다. 바람 한점 없었는데도 촛불은 이리저리 흔들리며 현관 앞 기둥과 탁자 그리고 찻잔과 짧은 노인의 흰머리를 비추고 있었다. 밤나비들이 날개에서 가루를 뿌리며 날아 탁자와 컵에 부딪치기도 하고, 촛불에 날아들기도 하며 불빛이 미치지 않는 깜깜한 대기 속으로 사라지곤 했다. 올레닌은 예로쉬까 아저씨와 함께 치히리 다섯 병을 마셨다. 예로쉬까는 술을 따를 때마다 그의 건강을 기원하며 술잔을 들어올려 올레닌에게 내밀고는 지칠 줄 모르고 떠들어댔다.

그는 예전의 까자끄 생활 양식에 대해 그리고 대가리, 사지, 가죽, 내장을 제거한, 몸뚱이 무게만도 10뿌드(역주. 구 러시아의 중량단위로 16.38킬로그램)나 나가는 멧돼지를 등에 메고 온 적이 있을 뿐만 아니라 치히리 두 통을 단번에 마셔버리곤 했던 자신의 아버지에 대해 얘기했다. 또한 그는 자신의 젊었을 적의 얘기와 전염병이 나돌 때 기르치끄라는 친구와 쩨레끄 강을 건너 밤색 털의 말을 훔쳐온 얘기들을 했다. 그리고 언젠가는 사냥에 나가 하루 아침에 사슴을 두 마리 잡은 적도 있다고 했다. 또한 저녁마다 자기를 만나러 초병선에 찾아왔던 여자에 대한 얘기도 했다. 이러한 그의 모든 이야기들은 그림을 보듯 아름다운 것들인지라 올레닌은 딴 생각없이 시간 가는 줄 모르고 듣고 있었다.

"나는 이런 사람이었다네." 그가 말했다.

"자네는 한창때의 나를 모르겠지만, 그때의 나라면 지금, 아마도 모든 걸 자네에게 증명해 보였을걸세. 이젠 이 예로쉬까도 한물 갔지만, 한때는 이 예로쉬까가 연대에 이름을 떨쳤었지. 누구에게 가장 좋은 말이 있었으며, 누가 그루다(역주. 까프까즈에서 가장 좋은 장검과 단검을 만든 대가)의 명검을 차고 있었으며, 누구에게 술 사달라고 했는지 또 언제든지 함께 어울려 놀아준 사람은 누구였겠나? 아흐메뜨 한을 해치우라는 임무를 띠고 산에 들어간 사람은 또 누구였겠나? 모두 이 예로쉬까였다네. 수많은 처녀들이 누구를 사랑했겠나? 그것도 바로 이 예로쉬까였다네. 왜냐하면 내가 바로 진정한 까자끄였기 때문이지.

술 잘 먹고, 도둑질 잘하고, 산에 가서 말떼를 감쪽같이 끌어오고, 노래도 잘 부르고 뭐든지 못하는 게 없었지. 요즘은 그런 까자끄를 찾아볼 수 없어. 모두 한심한 것들뿐이지. 땅에서 겨우 요것밖에 안 되는 키에(예로쉬까는 땅에서 1아르신 가량의 높이를 가리켰다) 멍청하게 생긴 장화를 신고는 그것만 쳐다보며 좋아들 하지. 아니면 그 술 퍼먹는 꼬락서니라니… 그건 사람이 아니라 짐승이야. 그런데 나는 그만 할 때 어땠겠는가? 나는 그때 도둑질 잘하기로 소문난 사람이었지. 마을 사람들 뿐만 아니라 산사람들도 모두 내 이름을 알고 있었다니까. 꾸낙을 맺은 공작(公爵)들도 찾아오곤 했었지. 나는 누구든 가리지 않고 꾸낙을 맺었지. 따따르 인은 따따르 인으로서, 아르메니아 인은 아르메니아 인으로서, 병사는 병사로서, 장교는 장교로서 말이야. 나한테는 모두 똑같애. 그저 술 잘 먹는 사람이면 그만이었으니까. 그래서 내게 이런 말들을 하곤 했지. 너는 병사놈들과 술 마시지 말고, 따따르 놈들과도 함께 먹지 마라."

"누가 그런 말을 했소?" 올레닌이 물었다.

"우리 마을의 장로들이라네. 그런데 회교승이나 재판을 담당하는 승려들은 우리를 보고 무어라 말할 것같은가. '너희 이단자, 이교도놈들아! 어찌하여 너희는 돼지고기를 먹느냐?' 그들은 이렇게 말할 거야. 이건 다시 말하자면 모든 인간은 저마다 자신들의 계율을 가지고 있다는 뜻이지. 하지만 내 생각에는 모두 마찬가지란 거야. 세상의 모든 것은 하느님께서 인간의 만족을 위해 창조하셨으니까. 그걸 어떻게 한다고 해서 죄가 될 리는 없지 않겠나. 짐승을 예를 들어보자고. 짐승들은 따따르의 갈대밭에도 살고 우리 쪽 갈대밭에도 살고 있어. 짐승들은 아무데나 가서 머무르는 곳이 집이란 말이야. 그리고 하느님께서 주시는 먹이를 먹고 살지. 그런데 우리 인간들은 그런 짓을 하면 죄가 된다고 말하지 않나. 나는 그따위 수작들을 위선이라고 생각하외다.” 그는 이렇게 덧붙여 말하고는 입을 다물었다.

“무엇이 위선이란 말이오?” 올레닌이 물었다.

“뭐였겠나, 장로들이 하는 수작이지. 전에 체르블레나에 까자끄 중령이 있었는데 나와 꾸낙을 맺은 사이였지. 그 친구도 꼭 나처럼 힘깨나 쓰는 날쌘 놈이었다네. 체첸에서 전사했지만. 그 친구가 말하기를, 그따위 수작들은 모두 장로니 뭐니 하는 놈들이 머리 속에서 만들어낸 수작이라는 거야. 사람이 뒈지면(그 친구는 언제나 이렇게 말했지), 무덤 위에 풀이 돋아나고… 그게 전부라네. (이렇게 말하고 노인은 웃음을 터뜨렸다) 형편없는 친구였지!”

“당신은 나이가 얼마나 되셨소?” 올레닌이 물었다.

“하느님만이 알고 계실 거야! 아마 일흔쯤 되었을걸. 자네네 여왕이 살아 계실 때, 나는 이미 갓난애기는 아니었으니까. 직접 계산해 보시게. 많을지 어떨지. 70년은 되겠지?”

“그렇게 되는군요. 그러나 당신은 아직 정정해 보이오.”

“내가 건강한 건 신께 감사드릴 일이지. 다만 마귀할멈이 몸을 망가뜨려서…”

“그건 또 어떻게?”

“그냥 망가뜨려놔서…”

“그럼, 역시 죽으면 풀이 돋아나겠소이다.”

예로쉬까는 자신의 생각을 분명하게 표현하기를 꺼리는 듯했다. 그는 잠시 입을 다물었다.

“자네는 어떻게 생각하시나? 자, 들게나!” 그는 미소 띤 얼굴로 술잔을 들며 소리 쳤다.

15. "내가

무슨 말을 했더라?" 그는 앞서 한 말을 기억해내려 애쓰며 말을 이었다.

"말하자면 나는 이런 인간일세! 나는 사냥꾼이라네. 나와 견줄 만한 사냥꾼은 연대를 통틀어도 없을 거야. 나는 자네에게 어떤 짐승이건, 어떤 새건 찾아내 가르쳐줄 수 있지. 무엇이 어디에 있는지 나는 다 알고 있으니까. 나에게는 사냥개도 있고, 소총도 2자루나 있고, 그물도 있고, 까브일까(역주. 낚시대 비슷한 동기 어렵용구)도 있고, 매도 있고… 하느님 덕분에 뭐든지 다 있네. 자네가 정말 사냥을 좋아하고, 자만에 빠지지 않는다면 내가 모든 것을 가르쳐드리지. 내가 어떤 사람이냐고? 발자국을 발견하면, 나는 대번에 그 짐승을 알지. 그놈이 어디서 잠을 자고, 어디로 물을 마시러 가고 또 어디서 몸을 굴려 진흙을 칠하는지 그것도 알 수 있지. 로빠지끄(역주. 말뚝이나 나무 위에 망을 보기 위한 장소)를 만들어놓고 앉아 밤을 새워 망을 보는 거야. 집에 틀어박혀 뭘 하겠는가! 집에 있어 봐야 나쁜 짓이나 하고 술만 퍼마실 뿐이지. 게다가 마귀할멈들이 찾아와 수다를 떨고, 애새끼들은 소리 치고, 머리가 돌 지경이야. 그러나 사냥을 나가면 문제는 달라져. 저녁 무렵에 마을을 떠나 적당한 장소를 택해 갈대를 밟으며, 그 위에 앉아… 오, 젊은이여! 때를 기다리는 거야. 그러면 자네는 숲속에서 일어나는 모든 일을 알게 될걸세. 하늘을 올려다보면… 별들이 오가고, 그것을 바라보노라면 시간을 잊게 되지. 주위를 둘러보면… 숲이 흔들리고, 그냥 기다리노라면 이윽고 소리가 들려온다네. 멧돼지란 놈이 진흙칠을 하러 오지. 귀를 기울이고 있으면, 저기 어디선가 독수리 새끼가 울어대고, 마을에서는 수탉이나 거위 우는 소리가 들려오지. 거위 소리가 들리면… 아직 자정이 되지 않은 거야. 나는 이런 걸 모두 알고 있지. 그리고 어디선가 총소리가 들려오면 많은 생각이 떠오르지. 누가 쐈을까? 나같은 까자끄가 짐승을 기다리다가 명중시켰는지도 모르고, 아니면 서투르게 상처만 입힌 것인지도… 그래서 가엾은 짐승은 갈대밭에 피투성이가 되어 뒹굴고 있는지도 모른다. 그런 건 좋아하지 않아! 오, 정말 싫어! 왜 짐승에게 고통을 줘? 바보같은 놈! 아니면 속으로 이렇게 생각하지. '어쩌면 빨치산 놈이 멍청한 까자끄 녀석을 죽였는지도 모른다' 이런 모든 생각들이 머리 속에 떠오르는 거야. 언젠가 한번은 물가에 자리를 잡고 앉아 바라보고 있자니… 위쪽에서 요람이 떠내려오더군. 한쪽 귀퉁이만 약간 부서져 있고 새것이나 다름없었지. 또 그렇게 많은 생각이 떠올랐다네. 누구의 요람일까? 필시 자네들 악마같은 병사들이 두메 마을에 들어가 체첸 인 아낙네들을 끌어내고 어린 것을 죽였을 게

다. 제기랄 놈들이 어린 것의 조그만 발을 움켜쥐고 구석에 내동댕이 쳤을 것이다. 과연 병사들이 이렇게 하지 않는가? 도대체 영혼이란 게 없는 인간들이야! 이런 생각이 떠오르면 불쌍한 마음이 솟아오르지. 그러면 나는 이런 생각을 해. 병사들은 요람을 내팽개치고, 아낙네를 훔쳐낸 후, 집을 불살라버리지만 산적들은 총을 들고 우리 쪽으로 약탈을 하러 오리라. 가만히 앉아 있노라면 이런 생각이 떠오르게 되는걸세. 그러다 수풀 속에서 멧돼지떼가 기어나오는 소리가 들려오면, 가슴은 두근거리기 시작하거든. 이놈들아, 어서 오너라! 무슨 냄새를 맡으며 돌아다니느냐, 이렇게 생각하며 꼼짝 않고 있지만 심장은 쿵! 쿵! 쿵! 저 아래서 요동을 치는 거야. 올봄에도 이런 식으로 꽤 큰 멧돼지떼가 시커멓게 몰려온 적이 있었지. '성부와 성자의 이름으로…'라고 주문을 외며 방아쇠를 당기려 했는데 암놈 한 마리가 새끼들에게 화를 내며 말하는 게 아니겠어. '위험하다, 얘들아. 저기 사람이 앉아 있다!' 이렇게 소리를 지르자 모두 수풀을 따라 도망쳐버렸지. 다 잡은 거나 마찬가지였었는데."

"그런데 어떻게 그 암놈이 사람이 지키고 앉아 있다는 걸 알고 새끼들에게 말을 했다는 거요?" 올레닌이 물었다.

"그럼 자네는 어떻게 생각하나? 자네는 그 짐승인가 뭔가가 바보인 줄 아나? 천만에, 놈들은 사람보다 영리하다네. 돼지라고 부르며 우습게 여길 일이 아니지. 그놈들은 뭐든지 알고 있어. 예를 들자면, 사람들은 다른 사람의 발자국을 밟고 가면서도 눈치 채지 못하지만, 멧돼지는 사람의 발자국을 만나면 금세 달아나버리지. 그만큼 영리하다는 거야. 그리고 인간은 자신의 냄새를 느끼지 못하지만, 멧돼지는 그걸 알아챈단 말이야. 뿐만 아니라, 인간은 그놈을 잡으려 하지만, 그놈들은 살아서 버젓이 숲속을 쏘다니고 싶어하지. 인간에게 이러한 법칙이 있다면 그들에겐 그들의 법칙이 있는 것이지. 그놈들은 돼지지만 인간보다 못하란 법이 없지. 모든 생물은 하느님이 창조하신 거니까. 빌어먹을! 바보같은 인간! 정말 인간이란 바보같은 동물이야!"

노인은 몇 번 반복해 말하고 머리를 숙인 후 생각에 잠겼다. 올레닌 역시 생각에 잠겨 층계를 내려가 뒷짐을 지고 뜰 안을 거닐기 시작했다.

예로쉬까는 퍼뜩 정신을 차린 듯 고개를 쳐들고 하늘거리는 촛불 위를 날아다니며 금방이라도 불 속으로 뛰어들 것같은 밤나비들을 바라보기 시작했다.

"바보, 천치야!" 그는 입을 열었다.

"어디로 날아드는 거야? 이 바보! 천치야!" 그는 이렇게 말하며 일어서 그 굵은 손가락으로 나비를 쫓기 시작했다.

"타죽고 싶어 환장했냐. 이쪽으로 가라, 이 바보야. 넓은 곳은 얼마든지 있잖아." 그는 굵은 손가락으로 나비의 날개를 살며시 잡아 딴 곳으로 날려 보내려 애쓰며 부드럽게 말했다.

"이렇게 스스로 목숨을 버리려는 네가 너무나 불쌍하구나."

그는 오랫동안 그곳에 앉아 무언가 지껄이기도 하고 술병에서 술을 따라 마시기도 했다. 올레닌은 뜰 안을 이리저리 거닐고 있었다. 문득 대문 밖에서 소근거리는 소리가 그의 귀에 들려왔다. 무의식적으로 숨을 죽인 그는, 여자의 웃음소리와 남자의 목소리 그리고 키스하는 소리를 분명하게 들었다. 그는 일부러 발 끝으로 풀을 헤쳐 소리를 내며 반대쪽으로 물러났다. 그러나 잠시 후 사립문이 열리는 소리가 났다. 검은 루바쉬까 차림에 흰 양가죽 모자를 쓴(그것은 루까쉬까였다) 까자끄가 울타리 옆을 지나가고, 머리에 흰 스카프를 두른 키 큰 처녀가 올레닌

곁을 지나갔다.

'당신이나 나나, 우린 서로에게 아무런 용건이 없어.' 마리얀까의 꿋꿋한 걸음걸이는 그에게 이렇게 말하는 것처럼 느껴졌다. 그는 그녀가 안채 현관에 들어갈 때까지 그녀의 뒷모습을 지켜보았을 뿐만 아니라, 창문으로 그녀가 스카프를 벗고 침대겸 의자에 앉는 모습까지 지켜보았다. 그리고 불현듯 우수와 고독과 그 어떤 막연한 욕망과 희망이 뒤섞인 감정이, 그리고 누구를 향한 것인지 모를 야릇한 선망의 감정이 젊은이를 감싸왔다.

농가의 마지막 등불도 꺼져버렸다. 마을의 마지막 소음도 잠잠해졌다. 그리고 울타리들도, 뜰 안의 희끄무레한 가축들도, 지붕들도, 균형 잡힌 포플러도… 모두가 하루의 노동에서 얻은, 건강하고 고요한 잠에 취한 것처럼 보였다. 다만 끊임없이 울리는 개구리 울음소리가 먼 곳으로부터 긴장된 청각까지 들려올 뿐이었다. 동쪽 하늘의 별들은 점점 흐려져 점차 환해지는 하늘 속에 용해되는 것처럼 보였다. 그러나 머리 위쪽으로는 아까보다 더욱 많은 별들이 한층 더 선명하게 반짝이고 있었다. 노인은 한 손으로 머리를 괴고 졸기 시작했다. 맞은편 뜰 안에서 수탉이 울었다. 올레닌은 무언가를 생각하며 거닐고, 거닐었다. 몇 사람의 노랫소리가 그의 귀에 들려왔다. 그는 울타리 옆으로 다가가 귀를 기울이기 시작했다. 젊은 까자끄들이 흥겨운 노래를 불러대고 있었고, 그중 한 사람의 목소리가 힘차고 뚜렷하게 들려왔다.

"누가 노래를 부르는지 아나?" 노인이 눈을 뜨며 말했다.

"저건 루까쉬까라는 까자끄야. 그가 체첸 인을 해치웠지. 그래서 신바람이 난 게지. 그렇지만 뭐가 저리 좋을까? 바보, 바보같은 녀석!"

"그러나 당신도 사람들을 죽였을 게 아니오?" 올레닌이 물었다.

노인은 갑자기 팔꿈치를 짚고 벌떡 상체를 일으키며 자신의 얼굴을 올레닌 얼굴 가까이에 댔다.

"제기랄!" 노인은 그에게 소리 쳤다.

"뭐라고 물었지? 그런 말은 하는 게 아니야. 영혼을 파멸시키는 말은 곤란해. 곤란하단 말이야! 젊은 양반, 나는 이제 가보겠소. 많이 먹고 많이 마셨으니." 그는 일어서며 말했다.

"내일 사냥에 함께 가겠나?"

"가겠소."

"잊지 말고 일찍 일어나시오. 늦으면 벌금이니까."

"걱정 마시오. 당신보다 일찍 일어날 테니." 올레닌이 대답했다.

노인은 돌아갔다. 노랫소리도 잠잠해졌다. 발자국 소리와 유쾌한 얘기 소리가 들려왔다. 잠시 후 다시 노랫소리가 들려왔지만, 이번에는 예로쉬까의 커다란 목소리도 앞선 노랫소리와 어우러져 들려왔다.

'인간이란 무엇이고 인생이란 무엇이란 말인가!' 올레닌은 이렇게 생각하며 한숨을 내쉬고는 혼자 자기 방으로 돌아왔다.

16. 예로쉬까

아저씨는 현역에서 은퇴한 외로운 까자끄였다. 그의 아내는 20년 전 러시아 정교로 개종(改宗)하여 러시아 상사에게 시집을 가버렸고, 그에게는 자식도 없었다. 자신이 한때 마을에서 제일 가는 젊은이였었다는 그의 말은 허풍만은 아니었다. 옛날의 그의 용기에 대해서는 연대 안에서 모르는 사람이 없었다. 그는 체첸 인이나 러시아 인을 살해한 일이 한두번이 아니었지만, 그것이 그의 마음에 상처를 주었던 것이다. 그는 산속을 드나들기도 하고, 러시아 인들에게서 도둑질도 했고, 두 번이나 감옥에 갔었다. 그러나 그는 대부분의 자기 인생을 숲속에서 사냥으로 보냈고, 그럴 때면 몇 주야를 오직 빵 한 조각과 물만 마시며 지냈다. 그 대신 마을에 돌아오면 아침부터 저녁까지 술을 퍼마시곤 했다. 예로쉬까 아저씨는 올레닌의 숙소에서 돌아와 두어 시간쯤 선잠을 잔 후, 아침이 밝기도 전에 눈을 떠 자리에 누운

채 어제 알게 된 러시아 인에 대해 곰곰히 생각해보았다. 올레
닌의 순진함이 무엇보다 그의 마음에 들었다 (여기서 순진함이란
자신에게 술을 아끼지 않았다는 뜻이었다). 그리고 올레닌이란 인간
자체도 그의 마음에 들었다. 그는 어찌하여 대부분의 러시아 인
들이 단순하고, 부자이며 모두들 공부를 많이 한 사람들인데도
불구하고 아는 게 하나도 없는지 놀라워했다. 그는 이러한 의문
들에 대해 여러 가지로 궁리해 보았고, 올레닌에게 무언가를 달
라고 부탁해볼까 하는 것도 생각해 보았다. 예로쉬까 아저씨의
집은 제법 큼직하고, 그리 낡지도 않았지만, 여자가 없는 홀아
비 집이라는 걸 쉽게 알 수 있었다. 일반적으로 깨끗이 정돈된
것을 좋아하는 까자끄들의 습관과는 반대로 방안은 무질서 그
자체였다. 탁자 위에는 피투성이가 된 겉옷과 먹다 남은 구운
과자 그리고 그 옆에는 매의 먹이로 쓰기 위해 털을 뽑아 다리
를 찢은 까마귀 고기 따위가 널브러져 있었다. 침대 겸 의자 위
에는 가죽신과 엽총, 칼, 배낭, 젖은 옷과 걸레 조각들이 어지
럽게 흩어져 있었다. 한쪽 구석에는 악취 나는 구정물 속에 또
한 켤레의 가죽신을 담가놓은 물통이 있고, 그 옆에는 선조총
(旋條銃)과 까브일까가 세워져 있었다. 방바닥에는 새 그물과 몇
마리의 죽은 꿩이 아무렇게나 내팽개쳐져 있고, 탁자 옆에는 한
쪽 다리에 끈이 묶인 암탉이 더러운 바닥을 쪼며 왔다갔다하고
있었다. 불기가 없는 뻬치까 속에는 우유처럼 걸쭉한 국물이 담
긴 사기 그릇이 놓여져 있었다. 그리고 뻬치까 위에는 발을 묶
인 황조롱이가 발을 빼내려고 소리를 지르며 버둥거리고 있었
고, 귀퉁이에 점잖게 앉아 있는 털 빠진 매는 곁눈질로 암탉을
바라보며 머리를 좌우로 움직이고 있었다. 방 주인인 예로쉬까
아저씨는 벽과 뻬치까 사이에 설치된 짤막한 침대 위에 드러누

위 억센 다리를 삐치까에 뻗고, 장갑을 끼지 않아 매 발톱에 긁혀 생긴 딱지를 투박한 손으로 떼어내고 있었다. 방안의 공기, 특히 노인 주위의 공기는 코를 찌를 듯하지만 역겹지 않은 노인 특유의 냄새와 온갖 것이 뒤섞인 냄새를 풍기고 있었다.

"우이데-마(역주. '계세요'라는 따따르어)?" 창 밖에서 카랑카랑한 목소리가 들려왔고, 노인은 그것이 이웃에 사는 루까쉬까라는 것을 금방 알아차렸다.

"우이데, 우이데, 우이데! 집에 있어, 들어와!" 노인이 소리쳤다.

"이웃 사촌 마르까, 루까 마르까! 이 아저씨를 왜 찾으시나? 초병선으로 돌아가는가?"

매는 주인이 외치는 소리에 놀라 끈으로 발을 묶인 채 파닥파닥 날개짓을 했다.

노인은 루까쉬까를 좋아했기 때문에 까자끄들을 모두 경멸하면서도 그에게만은 너그럽게 대했다. 그 뿐만 아니라, 루까쉬까와 그의 어머니는 이웃사촌으로서 자기 집에서 만든 술이나 소스 등 예로쉬까에게는 없는 음식물들을 자주 갖다주곤 했다. 한평생을 오직 감흥 속에 살아온 예로쉬까 아저씨는 자신의 충동을 언제나 현실적으로 설명했다.

'뭐, 어때? 저 사람들은 넉넉한 사람들인데!' 그는 이렇게 스스로에게 말하곤 했다.

'나도 이따금 신선한 고기와 꿩을 주니까 저들도 나를 잊지 않는 게지. 다음 번엔 만두와 구운 과자를 가져올 거야…'

"잘 지냈나, 마르까! 어쨌든 반갑네." 노인은 명랑하게 외치고 나서 재빠른 동작으로 맨발을 침대에서 내려놓으며 벌떡 일어나 삐걱거리는 마루 위를 두어 걸음 걷다가 문득 자신의 구부러진 발에 눈길이 미치자 갑자기 그 발이 우스워졌다. 그는 조용히 미소 짓고, 뒷꿈치를 한두 번 쿵쿵 구르며 우스운 동작을 해보였다.

"어때, 괜찮지?" 그는 작은 눈을 반짝이며 물었다. 루까쉬까는 엷은 웃음을 지어 보였다.

"그래, 초병선으로 가는 건가?" 노인이 말했다.

"아저씨에게 초병선에서 약속한 치히리를 가져왔어요."

"자네에게 신의 은총이 있기를." 노인은 이렇게 말하고 방바닥에 널려 있는 옷을 주워 입고 혁대를 맨 다음, 점토 그릇의 물을 손에 부어 낡은 바지에 닦고, 부러진 빗으로 수염을 쓸어내리고 나서 루까쉬까 앞에 섰다.

"준비됐네!" 그가 말했다.

루까쉬까는 나무잔을 꺼내 한번 닦고, 포도주를 따라 의자에 앉아 아저씨 앞으로 내밀었다.

"건강을 기원하네! 성부와 성자의 이름으로!" 노인은 술잔을 받아들며 엄숙한 어조로 말했다.

"자네가 원하는 바가 이루어지고, 자네가 훌륭한 용사가 되어 십자훈장을 받게 되기를!"

루까쉬까 역시 기도문을 외며 술을 들이킨 다음 술잔을 탁자 위에 놓았다. 노인은 일어서 말린 생선을 가져다가 문지방 위에 놓고 막대기로 두드려 부드럽게 만든 다음, 거친 손으로 하나밖에 없는 푸른 접시에 그것을 담아 탁자 위에 놓았다.

"우리 집엔 없는 게 없지. 안주감도 있고… 하느님 덕분에 말일세." 그는 자랑스럽게 말했다.

"그런데 모세프란 놈과는 어찌됐나?" 노인이 물었다.

루까쉬까는 자신이 노획한 총을 하사가 가로채게 된 경위를 이야기했고, 이 문제에 대한 노인의 의견을 듣고 싶어했다.

"총 가지고 고집 피우지 말게." 노인이 말했다.

"그놈에게 총을 주지 않으면… 상을 받을 수 없을걸세."

"그게 무슨 말이에요. 아저씨! 말라레뜨까(역주. 아직 현역병이 될 수 없는 어린 까자끄)에게 상은 무슨 상이에요? 총은 중요해요. 더군다나 끄림 제란 말이에요, 적어도 80루블은 나갈 거라구요."

"에이, 집어치워! 전에 나도 중위놈과 싸운 적이 있지. 내 말을 달라는 거야. 말을 주면 소위를 시켜주겠다더군. 나는 주지 않았고, 결국 아무 것도 되지 못했다네."

"그게 무슨 말이에요, 아저씨! 나는 말을 사야 하는데 강 건너에서는 50루블 이하로는 살 수가 없다는 거예요. 그런데 어머닌 아직 술을 팔지 못했다구요."

"우린 그런 일로 안달한 적은 없었네." 노인이 말했다.

"이 예로쉬까 아저씨가 자네 나이 때는 따따르 족에게서 훔친 말떼를 몰고 쩨레끄 강을 건너곤 했다네. 그때는 제법 괜찮은 말을 보드까 한 병이나 외투 한 벌과 맞바꾸기도 했었지."

"그렇게 싸게 팔았어요?" 루까쉬까가 말했다.

"바보야, 마르까. 자넨 바보야!" 노인은 깔보는 듯한 어조로 말했다.

"그러면 안 되지……. 내가 말을 훔치는 이유는 인색한 인간이 되지 않기 위해서야. 자네는 아마 훔친 말을 어떻게 몰고오는지 구경조차 한 일이 없을 거야. 왜 잠자코 있나?"

"무슨 말을 하려는 거죠, 아저씨?" 루까쉬까가 말했다.

"아마 우린 당신과 다른 사람들인가 봐요."

"바보야, 마르까. 자넨 바보야! 나하곤 다른 사람이라고!" 노인은 젊은 까자끄의 말투를 흉내 내어 말했다.

"나는 자네 나이 때, 다른 까자끄들과는 좀 달랐지."

"어떻게요?" 루까쉬까가 물었다.

노인은 경멸하듯 머리를 설레설레 흔들었다.

"예로쉬까 아저씨는 순진했고, 아무 것도 아까워하지 않았지. 그 대신 나에게는 체첸 땅 어디를 가나 꾸낙을 맺은 친구들이 있었다네. 꾸낙을 맺은 어떤 친구가 찾아오면 취하도록 보드까를 대접하고, 내 침대에 뉘여 함께 자곤 했지. 그리고 내가 친구를 방문할 때는 선물을 들고 갔네. 인간이란 이렇게 살아야 하는데, 요즘은 그렇지 않다네. 요즘 젊은 친구들 취미라는 게 고작 씨앗을 깨물어 껍질을 내뱉는 것밖에 없단 말일세." 노인은 젊은 까자끄들이 씨앗을 깨물어 껍질을 내뱉는 시늉을 해보이며 경멸하듯 말했다.

"그건 나도 알아요." 루까쉬까가 말했다.

"아저씨 말이 옳아요!"

"만일 자네가 용사가 되고 싶다면 까자끄답게 행동해야 하는 거야. 농부들처럼이 아니고 말야. 농부들은 말을 살 때 돈을 먼저 주고, 말을 끌어오거든."

그들은 잠시 말이 없었다.

"그래서 저는 정말 따분해요, 아저씨. 초병선에 있으나 마을에 있으나 말이에요. 어디든 떠나고 싶지만 갈 데가 있어야죠. 게다가 겁쟁이들뿐이에요. 나자르까만 해도 그래요. 바로 얼마 전에 두메 마을에 갔을 때, 나가이에 기레이-한의 말을 훔치러 가자고 해도 누구도 나서는 사람이 없어요. 그렇다고 혼자 갈 수도 없잖아요?"

"그렇다면 이 아저씬 어떤가? 자넨 내가 팍 시들었다고 생각하나? 아닐세. 나는 시들지 않았네. 말만 준다면 당장이라도 나가이에 가겠네."

"왜 그런 쓸데없는 말을 하세요?" 루까쉬까가 말했다.

"그보다 기레이-한과 함께 일해도 되는지 말해 주세요. 그놈이 말하기를, 내가 말을 쩨레끄 강까지만 몰고오면 얼마든지 숨겨둘 장소를 찾아내겠다는 거예요. 하지만 그놈도 회교도라 믿을 수가 있어야죠."

"기레이-한이라면 믿을 수 있지. 그의 집안은 모두 훌륭한 사내들이니까. 그의 아버지는 나와 꾸낙을 맺은 사이였다네. 어쨌든 이 아저씨 말만 들으면 돼. 해로운 소린 안할 테니까. 제일 좋은 방법은 그에게 맹세를 받는 거야. 그러면 믿어도 되지. 그래도 그놈과 함께 갈 땐 언제든지 쏠 수 있게 권총을 준비하게. 특히 말을 나눌 때는 더욱 조심해야 할걸세. 나도 한번 체첸 인에게 죽을 뻔했지. 내가 그놈에게 말 한 필에 십 루블씩 계산해 달라고 했거든. 믿는 건 좋지만, 잘 때도 총만은 떼놓지 않도록 하게."

루까쉬까는 노인의 말을 주의깊게 듣고 있었다.

"그런데 그게 정말이에요, 아저씨? 사람들이 아저씨에게 동화 속의 풀(역주. 자물쇠나 빗장을 벗기어 그 안에 든 보물을 얻게 한다고 함)이 있다고들 하던데요." 그는 이렇게 말하고 입을 다물었다.

"동화의 풀은 나에게 없다네. 그러나 자네에게 가르쳐줌세. 언제나 이 늙은이를 잊지 않는 젊은이니까. 어떤가 가르쳐줄까?"

"가르쳐주세요. 아저씨."

"자네 거북이 알지? 그 거북이란 놈은 귀신이라네."

"그걸 왜 모르겠어요!"

“자넨 우선 그놈의 둥지를 찾아내고 그 둘레에 나지막한 울타리를 치게나. 그놈이 안으로 들어가지 못하게 말이야. 그렇게 해놓으면 그놈이 와서 울타리 밖을 돌아다니다가 되돌아가, 동화 속의 풀을 가지고 와서는 울타리를 부숴버릴걸세. 그러면 자네는 다음날 아침에 울타리가 망가진 곳을 잘 찾아보게. 거기에 틀림없이 동화 속의 풀이 있을걸세. 그걸 가지고 어디든 가고 싶은 데로 가게나. 자물쇠건 빗장이건 자네에겐 문제도 아니지.”

“그럼 아저씬 그걸 직접 시험해본 적이 있나요?”

“시험해본 적은 없지만 훌륭한 사람들이 해준 말이라네. 나는 단지 말을 탈 때 외우는 ‘영광 있으라’ 라는 주문을 알고 있을 뿐이라네. 덕분에 누구도 나를 죽이지 못했지.”

“‘영광 있으라’ 는 어떻게 외는 거죠, 아저씨?”

“자넨 그것도 모르나? 에이, 이 친구야! 모르면 이 아저씨에게 진작 물어보지. 자, 그럼 잘 듣고 따라하게.

시오냐에는 불멸의 영광이 있으니.
보라, 그대의 황제로다.
우리는 말에 오른다.
궤변가의 외침,
자하르의 말씀.
신부(神父) 만드르이체여
영원한 박애주의자여.

영원한, 영원한 박애주의자여…” 노인은 반복했다.
“알겠나, 한번 외워보게!”

루까쉬까는 웃음을 터뜨렸다.

"그럼 아저씨는 그 주문 때문에 죽지 않았단 말인가요? 과연 그럴 수가 있을까요."

"자네들은 모두 영리해졌어. 그렇지만 잘 외워두었다가 써먹어보게. 손해 볼 일은 없을걸세. 〈만드르이체〉를 외웠으니 됐네. 그리고 자네가 옳아." 이렇게 말하고 노인도 웃음을 터뜨렸다.

"그러니까 루까, 자네는 나가이에 가지 않는 게 좋은걸세, 알겠나!"

"왜요?"

"이젠 옛날하고 시대도 다르고, 자네들도 옛날 까자끄에 비하면 말똥만도 못하게 됐어. 게다가 러시아 인들도 저렇게 많이 쏟아져 들어왔으니! 벌을 받게 될걸세. 단념하는 게 좋아. 자네들이 감히 어딜 가겠어! 예전에 나는 기르치끄와 갔었지만…"

이렇게 말하며 노인은 자신의 끝없는 옛날 이야기를 하려했다. 그러나 루까쉬까는 창 밖으로 눈을 돌렸다.

"이젠 날이 완전히 밝았어요, 아저씨." 그는 노인의 말을 가로챘다.

"그럼 가봐야겠어요, 한번 들르세요."

"신의 은총이 있기를… 나는 군인에게 가봐야겠네. 사냥에 데려가기로 약속했으니까. 꽤 괜찮은 친구같더군."

17. 예로쉬까의

집을 나온 루까쉬까는 자기 집에 들렀다. 그가 집으로 돌아갔을 때는 이슬을 머금은 촉촉한 안개가 땅에서 피어올라 마을을 뒤덮고 있었다. 눈에 보이지는 않았지만 가축들이 여기저기서 움직이는 소리가 들려오기 시작했다. 수탉은 자주 한층 소리 높여 울어댔다. 대기는 맑고 깨끗해지기 시작했고, 사람들도 일어나기 시작했다. 루까쉬까는 코에 닿을 정도로 다가가서야 비로소 안개에 젖은 자기 집 울타리와 지붕 그리고 문이 열린 헛간을 분간할 수 있었다. 안개에 싸인 뜰 안에서는 장작을 패는 도끼질 소리가 들려왔다. 루까쉬까는 집 안으로 들어갔다. 벌써 일어난 그의 어머니는 뻬치까 앞에서 장작을 던져넣고 있었다. 침대에는 아직도 어린 누이 동생이 자고 있었다.

"그래, 루까쉬까! 잘 놀았니?" 어머니가 조용히 말했다.

"간밤에 어디 있었니?"

“마을에 있었어요.” 아들은 선조총의 커버를 벗겨내 그것을 들여다보며 마지못해 대답했다.

어머니는 머리를 내저었다.

루까쉬까는 화약을 선반 위에 쏟아 작은 자루를 꺼내어 거기서 탄피를 몇 개 뽑아 장약을 채우고는 헝겊에 쌌던 탄알을 천천히 탄피 끝에 끼워넣기 시작했다. 그런 다음 총알을 끼워넣기 시작했다. 그리고는 총알을 끼워넣은 탄피를 이빨로 약간 빼내어 한번 확인하고 나서 조그만 자루에 집어넣었다.

“그런데 엄마, 제가 자루 좀 수선해달라고 했었죠. 다 고치셨나요.” 그가 말했다.

“그렇구 말구! 엊저녁에 네 누이가 뭔가를 꿰매더구나. 하지만 벌써 초병선에 가야 하니? 난 네 얼굴도 아직 똑똑히 못 봤단다.”

“채비만 끝나면 곧 가야 해요.” 루까쉬까는 화약을 싸넣으며 대답했다.

“벙어리 누이는 어디 있어요? 어디 나갔나요?”

“장작을 패고 있을 게다. 그애는 언제나 네 걱정만 하고 있단다. 다시는 너를 만나지 못할 거라고 말하더구나. 이렇게 손으로 얼굴을 가리키기도 하고, 두드리기도 하고, 두 손을 가슴에 갖다대고 슬프다는 표정을 지어 보이지 않겠니. 가서 불러다 줄까? 빨치산 놈들에 대해서도 모두 알고 있더구나.”

“불러주세요.” 루까쉬까가 말했다.

“그리고 저기 제 기름이 있었는데 그것도 좀 갖다주세요. 칼에 발라야 해요.”

노파가 밖으로 나가고 몇 분이 지나자 루까쉬까의 벙어리 누이가 삐걱거리는 층계를 밟고 올라와 방으로 들어왔다. 그녀는 동생인 루까쉬까보다 6살 위였고, 만일 모든 벙어리들의 공통된 얼빠진 표정만 없다면 동생과 얼굴이 흡사했다. 그녀는 누더기 투성이의 투박한 블라우스 차림에 맨발에는 때가 잔뜩 끼어 있었고, 머리에는 낡은 스카프를 두르고 있었다. 목과 손, 얼굴에는 사내처럼 힘줄이 불거져 있었다. 차림새나 그 밖의 모든 모양새로 볼 때 그녀는 사내들처럼 항상 힘든 일을 하고 있음이 역력했다. 그녀는 장작을 한 다발 들고 들어와 그것을 뻬치까 옆에 던져놓았다. 그리고 나서 얼굴 가득 주름을 지으며 기쁨에 찬 미소로 동생에게 다가가 그의 어깨를 잡아보고는, 두 손과 얼굴, 온몸을 움직여 재빨리 여러 가지 몸짓을 해보였다.

"좋았어, 좋았어! 훌륭해, 스쩨쁘까!" 동생은 머리를 끄덕이며 대답했다.

"뭐든지 준비해 주고, 수선해 주고 정말 대단해! 자 그 대신 누나에게 이걸 줄게." 이렇게 말하며 그는 주머니에서 당밀과자를 두 개 꺼내 그녀에게 건넸다.

벙어리의 얼굴은 홍당무가 되었고, 너무도 기쁜 나머지 기묘한 소리를 질러댔다. 당밀과자를 움켜쥐고 그녀는 더욱 재빠른 몸짓으로 자주 똑같은 방향을 가리키며 굵은 손가락으로 눈썹과 얼굴을 쓰다듬어 여러 가지 시늉을 해보였다. 루까쉬까는 그것이 무슨 뜻인지를 알고 있었으므로 가벼운 미소를 띠며 고개를 끄덕였다. 그녀는 루까쉬까가 처녀들에게 과자를 주면 처녀들이 그를 좋아할 것이고, 특히 누구보다도 아름다운 마리얀까도 그를 사랑하고 있다는 말을 몸짓으로 해보인 것이었다. 그녀가 마리얀까를 지칭할 때는 재빨리 그녀의 집쪽을 가리키고 나서 자신의 눈썹과 얼굴을 가리키며 입술로 쪽 소리를 내기도 하고 머리를 흔들어 보이기도 했다. 〈사랑한다〉라는 뜻을 보여주기 위해서는 한 손을 가슴에 얹고 자기 손에 입을 맞추며 무언가를 안는 시늉을 했다. 어머니는 방에 들어와 벙어리가 하는 말을 이해하고 미소를 지으며 머리를 내저었다. 벙어리는 어머니에게 당밀과자를 내보이고는 또다시 기쁨의 탄성을 울렸다.

"요전에 내가 울리뜨까 할멈에게 중매쟁이를 보내겠다고 했는데…" 어머니가 말했다.

"저쪽에서도 내 말을 좋게 받아들이는 것같더구나."

루까쉬까는 묵묵히 어머니 얼굴을 바라보았다.

"그런데 어떡하실래요, 엄마. 술을 팔아야겠어요. 말이 필요하다구요."

"팔 때가 되면 팔아야지. 술통부터 손질해야겠구나." 어머니는 아들이 집안 살림에 간섭하는 것을 탐탁히 여기지 않는 얼굴로 대답했다.

"그보다 너 초병선에 갈 때…" 어머니가 아들에게 말했다.

"문간방에 있는 자루를 가져가거라. 이웃에서 그걸 빌려다가 그 안에 네게 필요한 것들을 넣어두었다. 차라리 말안장 주머니에 옮겨 담으련?"

"괜찮아요." 루까쉬까가 대답했다.

"그리고 혹시 강 건너에서 기레이-한이 찾아오면 초병선으로 보내주세요. 그놈에게 볼일이 있어요."

그는 떠날 준비를 하기 시작했다.

"보내마, 루까쉬까. 꼭 보내마. 그런데 너 밤새 얌까 네에서 놀았지?" 노파가 말했다.

"내가 밤중에 외양간을 살피러 일어났는데 네가 노래 부르는 소리가 들리더구나."

루까쉬까는 대답도 없이 문간방으로 가 어깨에 자루를 메고 겉옷을 찔러넣고는 총을 들고 문턱에 섰다.

"안녕히 계세요." 그는 어머니에게 인사하고 밖으로 나가 문을 닫았다.

"그리고 나자르까 편에 술 한통 보내주세요. 동료들에게 술을 내기로 약속했어요. 이따가 나자르까가 올 거예요."

"신의 은총이 함께하길… 루까쉬까, 하느님께서 지켜주실 게다! 술은 새 통의 것으로 보내마." 노파는 이렇게 말하며 울타리 옆까지 따라나왔다.

"그리고 얘야…" 그녀는 울타리 너머로 몸을 내밀며 말을 끌었다.

까자끄는 걸음을 멈췄다.

"네가 여기서 술먹고 노는 것은 하느님께 감사할 일이다! 젊은 녀석이 즐겁게 노는 걸 탓할 수 있겠니? 그것도 하느님께서 주신 행운인데. 그런 건 다 좋다. 그런데 그곳에 가서는 얘야, 그러지 말거라……. 무엇보다 윗사람에게 잘 보이도록 해라! 집에 있는 술을 팔아다 네게 말도 사주고 장가도 보내주마."

"좋아요, 알겠어요!" 아들은 얼굴을 찌푸리며 대답했다.

벙어리도 동생의 주의를 자신에게 돌리고 소리를 질러댔다. 그녀는 머리와 손으로 짧은 머리의 체첸 인을 나타냈다. 그리고 눈썹을 모아 총을 겨누는 시늉을 하며 머리를 흔들기도 하고 소리를 지르기도 하며 머리를 내저었다. 그것은 루까쉬까에게 체첸 인을 또 죽이라는 뜻이었다.

루까쉬까는 그 뜻을 알아채고 웃어 보이고는 외투 위로 어깨에 둘러멘 총대를 눌러 쥐고 가볍고 빠른 걸음으로 짙은 안개 속으로 사라져버렸다. 말없이 문가에 서 있던 노파는 외양간으로 돌아와 즉시 일하기 시작했다.

18. 루까쉬까가

초병선으로 떠났을 때, 예로쉬까 아저씨는 휘파람으로 사냥개를 불러 울타리를 타고 넘어 뜰을 통해 올레닌의 숙소로 향했다 (그는 사냥 나갈 때 아낙네들과 마주치는 것을 싫어했다). 예로쉬까 아저씨가 총을 어깨에 둘러메고 완벽한 사냥꾼 차림으로 방문을 열었을 때 올레닌은 아직 자고 있었고, 바뉴샤조차도 눈을 떴으면서도 일어나지 않고 주위를 둘러보며 일어날 때가 된 건지, 안 된 건지를 생각하고 있었다.

"몽둥이!" 노인은 굵은 목소리로 외쳤다.

"큰일 났다! 체첸 놈들이 쳐들어왔다! 이반! 싸모바르를 나리님께 갖다드려. 빨리 일어나! 죽었어!" 노인이 소리 쳤다.

"여기선 모두 일찍 일어나는 거야, 젊은 양반. 처녀들도 벌써 일어났어. 창 밖을 보게, 창 밖을 봐! 물을 길러 가고 있잖은가. 자네 어서 서두르게."

올레닌은 눈을 뜨고 자리에서 벌떡 일어났다. 노인의 모습을 보고 그의 목소리를 듣자 기분이 더없이 신선하고 상쾌해졌다.

"살았냐! 살았어, 바뉴샤!" 그가 소리 쳤다.

"자네는 사냥갈 때 언제나 이렇게 늑장을 부리시는가! 사람들은 아침을 먹고 있는데, 어서 서두르게. 랴! 어디 가니?" 예로쉬까가 사냥개에게 소리를 질렀다.

"총은 준비됐소?" 노인은 마치 집 안에 군중이라도 모여 있기라도 한 듯 여전히 큰소리로 외쳤다.

"잘못했소. 변명의 여지가 없소. 바뉴샤, 화약 가져와! 총마개도!" 올레닌이 말했다.

"벌금!" 노인이 소리 쳤다.

"차 드시겠소?" 바뉴샤가 웃음 띤 얼굴을 하고 프랑스 어로 물었다.

"자넨 이 나라 사람 아닌가! 외국말로 지껄이다니, 제기랄!" 노인은 잇몸을 드러내며 그에게 고함쳤다.

"처음이니까 용서해 주쇼." 올레닌은 커다란 장화에 발을 넣고 잡아당기며 농담을 했다.

"처음이니까 용서함세." 예로쉬까가 대답했다.

"그렇지만 이 다음번에 또 늦잠을 자면 치히리 한 통을 벌금으로 내야 하오. 따뜻해지기 시작하면 사슴이고 뭐고 만날 수 없으니깐."

"만나 봐야 그놈이 우리보다 영리할 테니깐." 올레닌은 엊저녁에 노인이 한 말을 흉내 내어 말했다.

"그놈을 속일 수는 없지."

"그래, 웃게! 한 마리 잡고 나서 그때 얘기하세나. 자, 서둘러요! 저것 보게, 저기 벌써 주인이 오고 있지 않나." 창 밖을 내다보고 있던 예로쉬까가 말했다.

"저 치장한 폼 좀 보게나. 새 옷을 차려입고, 자네한테 자기가 까자끄 장교라는 걸 보이려는 속셈인 것같구만. 쳇! 농사꾼 주제에!"

정말로 바뉴샤가 들어와 이 집 주인이 나리님을 뵙고 싶어한다는 말을 전했다.

"돈 문젭니다요." 바뉴샤는 소위가 찾아온 목적을 자기 주인에게 미리 알려주려고 의미심장하게 프랑스 어로 말했다. 뒤이어 장교 견장을 어깨에 단 새 체르께스 차림에 깨끗한 장화를 신은(까자끄들에게서는 볼 수 없는 보기 드문 복장) 소위가 미소 띤 얼굴로 방에 들어서 손님들과 인사를 나누었다.

까자끄 소위 일리야 바실리예비치는 러시아에도 가본 적이 있는 교양있는 까자끄로 학교에서 선생 노릇을 하고 있었다. 가장 특기할 만한 사실은 그가 고상한 양반이라는 것이었다. 그는 자신을 고상한 사람처럼 보이고 싶어했지만, 무의식중에 드러나는 몰골 사나운 외모 속에 감춰진 경박한 행동이나 자신감, 상스러운 말투로 미루어 예로쉬까 아저씨와 다를 바 없었다. 이것은 그의 햇볕에 탄 얼굴이나 손 그리고 불그스레한 코를 보아도 알 수 있는 일이었다. 올레닌은 그에게 앉기를 권했다.

"안녕하시오, 일리야 바실리예비치!" 예로쉬까는 벌떡 일어나 올레닌이 느끼기에 번정거린다 싶을 만큼 머리를 깊숙이 숙였다.

"안녕하시오! 벌써 와 있었는가?" 소위는 아무렇게나 고개를 끄덕여 보이며 대답했다.

쐐기 모양의 흰 수염을 기른 마흔 살의 소위는 좀 야윈 편이었지만, 날씬하고 수려한 외모는 마흔이라는 나이보다 젊어 보였다. 올레닌을 방문하면서 그는 분명 상대가 자신을 보잘 것 없는 까자끄로 보지 않을까 걱정이 되어, 첫눈에 자신의 가치를 인식시키려 하는 것 같았다.

"이 양반은 우리의 이집트 왕 님브로드랍니다." 그는 만족스런 미소를 띤 채 노인을 가리키며 올레닌에게 말했다.

"하느님을 섬기는 사냥꾼이지요. 무슨 일이든 이 고장에서 제일입니다. 물론 그점은 이미 아시겠지요?"

예로쉬까 아저씨는 축축한 가죽신을 신은 자신의 발을 내려다보며 소위의 능란한 말재간과 학식에 놀란 듯 연신 고개를 끄덕이며 혼잣말로 중얼거렸다.

'이집트 왕 님브로드! 못하는 생각이 없구만?

"그래서 이렇게 함께 사냥을 가려합니다." 올레닌이 말했다.

"예, 그렇군요." 소위가 말을 꺼냈다.

"실은 당신에게 용건이 있어서 왔습니다만…"

"무슨 일이신지요?"

"당신은 고상한 분이십니다." 소위가 말을 시작했다.

"또한 우리가 장교라는 직함을 가지고 있다는 것을 이해하고 있는 저로서는, 모든 고상한 사람들이 그렇듯이 언제나 차근차근 얘기를 진행시킬 수 있으리라 봅니다(여기서 그는 말을 잠시 멈추고 미소 띤 얼굴로 노인과 올레닌을 바라보았다). 그러나 이것은 물론 당신이 제 의견에 동의할 때만 가능한 일인 게고, 말씀드리자면 저의 안사람은 우리가 속해 있는 신분 계급의 여자 치고는 좀 아둔한 편인지라 현재로서는 어제 당신이 하신 말씀을 제대로 알아듣지 못한 듯합니다. 우리집 바깥채로 말씀드리자면 연대 부관에게 외양간 없이 매달 6루블씩에 빌려드릴 수도 있었습니다만, 저는 고상한 인간으로서 언제나 공짜로 내드릴 용의도 있습니다. 그런데 이번에 당신이 이 집을 원하셔서 저는 장교의 지위에 있는 자로서 모든 문제를 당신과 협의할 수 있다고 생각하며, 또한 이 고장의 한 사람으로서 이 지방의 관례를 무시하고라도 모든 계약 조건을 준수할 수 있습니다만…”

“그럴 듯한 말이군…” 노인이 중얼거렸다.

소위는 그렇게 같은 말을 오랫동안 지껄였다. 그의 구구절절한 말 속에서 올레닌은 약간 힘들긴 했지만, 어쨌든 그가 방세로 한 달에 은화 6루블씩을 받았으면, 하는 그의 의도를 알 수 있었다. 올레닌은 흔쾌히 그것을 승낙하고 손님에게 차를 권했다. 소위는 사양했다.

“우리들의 어리석은 관례에 따르면…” 그가 말했다.

“세간의 찻잔을 사용하는 것은 죄를 범하는 것이라 여기고 있습니다. 비록 그렇지만 교육을 받은 저로서는 그점을 이해할 수 있지만, 저의 안사람은 인간의 약점이랄까…”

“그렇다면 차를 내오라고 할까요?”

“만일 제 찻잔을 가져오는 것을 허락하신다면요. 저의 전용 찻잔 말입니다.” 소위는 이렇게 말하고 현관 층계로 나갔다.

“찻잔 가져오너라!” 그가 소리 쳤다.

얼마 후 방문이 열렸고, 분홍빛 팔 소매에 햇볕에 그을은 처녀의 손이 밖에서 찻잔을 들여밀었다. 소위는 다가가 찻잔을 잡고 무언가 딸에게 소근거렸다. 올레닌은 소위에게는 그의 전용 찻잔에, 예루쉬까에게는 세간의 찻잔에 각각 차를 따랐다.

“하지만 당신을 더 이상 붙잡고 싶지는 않습니다.” 소위는 화상을 입을 만큼 뜨거운 차를 들이키며 말했다.

“나도 물고기 잡이는 무척 좋아하는 편이고 지금은 여기서 휴가를 이용해 몰두하고 있지요. 역시 그 동안에도 쩨레끄 강의 선물이 제게 오는지 어떨지 행운을 시험해 보려고 생각중이지요. 그리고 언제든지 저희 거처를 방문하셔서 이 마을의 관습에 따라 집안끼리의 술을 나눌 수 있었으면 합니다." 그는 이렇게 덧붙여 말을 맺었다.

소위는 인사를 하고 올레닌과 악수를 나누고는 밖으로 나갔다. 올레닌이 준비를 하는 동안, 소위가 집안 식구들에게 명령조의 어투로 말하는 소리가 들려왔다. 그리고 얼마 후, 올레닌은 소위가 무릎까지 걸어올린 바지에 남루한 옷을 걸친 채 어깨에 그물을 메고 그의 창문 옆을 지나가는 것을 보았다.

"사기꾼같은 놈." 예로쉬까 아저씨는 세간의 찻잔의 차를 다 마시자 이렇게 말했다.

"그래, 자네는 정말 저놈에게 은화 6루블씩을 주겠다는 건가? 도대체 말도 안 돼! 마을에서 가장 좋은 집도 2루블이면 얼마든지 구할 수 있어. 에이, 교활한 놈! 내가 자네에게 3루블에 집을 빌려주지."

"아니, 난 여기 있겠소." 올레닌이 말했다.

"6루블! 너무 돈을 우습게 아는군, 쳇!" 노인이 대답했다.

"치히리나 주게, 이반!"

간단한 요기를 하고 보드까를 마신 후, 올레닌은 아침 7시가 되었을 때 노인과 함께 거리로 나섰다.

대문 밖에서 그들은 바퀴가 둘 달린 짐마차와 마주쳤다. 흰 스카프를 눈이 덮일 정도로 뒤집어 쓰고 베쉬메뜨 위에 블라우스를 걸친 채 두 손엔 마른 나뭇가지를 든 마리얀까가 뿔을 동여맨 고삐를 잡고 황소를 몰아오고 있었다.

"마리야누쉬까!" 노인은 안으려는 시늉을 하며 그녀를 불렀다.

마리얀까는 그를 향해 나뭇가지를 휘두르며 그 아름다운 눈에 미소를 띤 채 그들을 바라보았다.

올레닌은 한층 더 기분이 유쾌해졌다.

"자, 갑시다! 가요!" 그는 자신에게 향한 그녀의 시선 속에 총을 어깨에 둘러메며 말했다.

"이랴! 이랴!" 그들의 등뒤에서 소를 모는 마리야나의 목소리가 울리고 뒤이어 달구지가 삐걱거리는 소리가 들렸다.

마을 뒤를 돌아 목장을 가로질러 사냥터로 향하는 동안 예로쉬까는 계속 떠들어댔다. 그는 소위의 행동을 잊을 수 없는 듯 계속 그를 욕하고 있었다.

"뭣 때문에 그에게 그렇게 화가 나셨소?" 올레닌이 물었다.

"인색하잖아! 난 그런 건 질색이야." 노인이 대답했다.

"뒈지면 고스란히 남을 것을, 누구를 위해 그렇게 모으느냔 말이야? 집도 두 채씩이나 짓고 말야. 형제한테 과수원까지 소송을 해서 빼앗고. 그리고 대서소까지 해서 벌어들이는 판에! 다른 마을에서도 대서를 부탁하러 온다니까. 그놈이 써주면 단번에 무사 통과거든. 제때에 척척 해결하지. 그렇지만 누굴 주려고 그렇게 모아대냔 말이야? 그놈에게는 꼬마놈 하나와 딸하나뿐인데, 그 딸도 시집을 갈 게고 그러면 남는 식구도 없는 거나 마찬가지지."

"그럼 지참금으로 모으나 보죠." 올레닌이 말했다.

"무슨 지참금? 그렇게 좋은 처녀라면 데려갈 사람은 널렸소이다. 그런데 그 망할 놈은 될 수 있는 한 부잣집에 딸을 주려고 하거든. 오히려 신랑측에서 보내는 돈을 크게 한몫 우려내려는 수작이지. 우리 옆집에 조카같은, 훌륭한 루까라는 젊은 까자끄가 있는데, 일전에 체첸 인을 해치운 용감한 청년이지. 그애하고 벌써부터 말이 있는데 그놈이 도대체 넘겨주질 않고 있다니까. 이랬다 저랬다 핑계만 대더니 딸이 아직 어려서 안 된다나. 하지만 난 그놈이 뭘 생각하는지 훤히 들여다보고 있지. 상대방이 머리를 푹 숙이고 들어오기를 바라고 있는 게지. 오늘도 그 처녀 때문에 이 문제로 소동이 일어난 모양이야. 그렇지만 결국 루까쉬까에게 주게 될 거야. 루까쉬까는 마을에서 제일 가는 진정한 까자끄고, 빨치산을 해치운 공로로 곧 십자훈장을 받게 될 테니까.”

“그런데 이건 어찌된 일이오? 내가 엊저녁에 뜰 안을 걷고 있노라니 주인집 딸이 어떤 까자끄와 키스를 하고 있던데?” 올레닌이 말했다.

“허튼소리 마시오.” 노인이 걸음을 멈추며 소리 쳤다.

“정말이요!” 올레닌이 말했다.

“계집이란 마귀야.” 잠시 생각에 잠긴 예로쉬까는 이렇게 중얼거렸다.

“그런데 어떻게 생긴 까자끄였지?”

“어떻게 생겼는지는 보지 못했소.”

“그럼 털가죽 모자의 색깔은 어떻든가? 흰색이었나?”

“흰색이었소.”

“그럼 겉옷은 붉은색이었나? 키는 자네만 하고?”

“아니, 나보다 조금 컸소이다.”

“그럼 바로 그애였군.” 예로쉬까는 큰소리로 웃었다.

“그애야. 나의 마르까, 바로 루까쉬까지. 내가 농담으로 그애를 마르까라 부르지. 어쨌든 그애가 틀림없어. 내가 무척 좋아하지! 내 젊었을 적 모습을 보는 것같은 애라니까. 젊은 애들이 하는 일에 마음 쓸 필요가 있겠소? 옛날에 내 애인은 어머니와 올케가 자는 방에서 함께 잤는데 나는 언제나 그 방으로 기어들어가곤 했지. 그녀의 집은 굉장히 높았고, 그 마귀할멈같은 그녀의 어머니는 나를 매우 싫어했지만 나는 언제나 기르치끄라는 친구를 데리고 갔었지. 창문 밑에서 그 친구의 어깨를 타고 올라가 손으로 더듬어 그녀를 찾는 거야. 그녀는 벽에 붙은 침대 겸 의자에서 자고 있었지. 나는 그녀를 깨웠어. 그녀는 탄식을 하더군! 나를 알아보지 못했던 거야. ‘누구예요?’ 이렇게 묻는데 대답을 할 수 없더란 말이지. 이미 그녀의 어머니가 몸을 뒤척이기 시작했으니까. 나는 모자를 벗어 그녀의 얼굴에 뒤집어 씌웠지. 그녀는 모자에 뚫린 총알 구멍을 통해 나를 금방 알아봤어. 그리곤 벌떡 일어났지. 그땐 부족한 게 아무 것도 없었다니까. 소스건 포도건 그 여자가 전부 갖다 줬으니까.” 모든 걸 실제적으로 설명하는 예로쉬까는 이렇게 덧붙였다.

“나를 좋아하는 여자가 한둘이 아니었지. 한마디로 끝내주는 시절이었는데.”

“그럼 지금은 어떻소?”

“지금이야 이렇게 개를 데리고 나가 나무 위에 앉은 꿩이나 쏘는 팔자지.”

“당신이 한번 마리얀까를 유혹해 보면 어떻소?”

“사냥개나 잘 살펴라구. 그 얘긴 저녁에 하기로 하구.” 노인은 애견, 람을 가리키며 말했다.

두 사람은 입을 다물었다.

다시 이야기를 나누며 백 보 가량 지나자, 노인은 걸음을 멈추고, 길 위를 가로질러 누워 있는 나뭇가지를 가리켰다.

“자네는 저걸 어찌 생각하시나?” 그가 말했다.

“아무 것도 아니라고 생각하시나? 아니야, 저 나무는 불길하게 쓰러져 있어.”

"무엇이 불길하단 말이오?"

그는 살며시 웃었다.

"자네는 아무 것도 모르시는군. 내 말을 잘 들어보시게. 만일 나무가 저렇게 쓰러져 있을 때는 그 위로 걸어가서는 안 되고, 돌아서 가든가, 아니면 길가로 던져버리고 이렇게 주문을 왼 다음 지나가야 해. '성부와 성자와 성령의 이름으로'. 그렇게 해야 화를 입지 않는단 말이야. 이건 나도 노인들에게서 배운걸세."

"허튼소리 그만 하시오!" 올레닌이 말했다.

"그런 말보다 마리야나에 대한 얘기나 해주시오. 그래, 그녀는 벌써 루까쉬까와 놀아났다는 거요?"

"쉿! 이제 조용히." 노인은 다시 소곤거리는 목소리로 말을 끊었다.

"잘 들어보게. 자, 이쪽 숲은 돌아서 가자고."

그리고 노인은 가죽신을 신은 발소리가 나지 않게 옮기며 무성한 숲을 통하는 좁다란 오솔길을 걸어들어갔다. 그는 몇 번이나, 올레닌이 바스락거리는 소리를 낸다던가 커다란 장화로 땅을 구르고 조심성 없이 총을 다루어 길에 덮인 나무가지에 부딪치곤 할 때마다 눈살을 찌푸리며 올레닌을 돌아보았다.

"소리 내지 말고. 조용히 걸어!" 노인은 화를 내며 그에게 소근거렸다.

그들은 이미 태양이 떠올랐음을 느낄 수 있었다. 안개는 흩어지고 있었으나 아직도 숲 꼭대기를 뒤덮고 있었다. 숲은 이상하리 만치 높아 보였다. 앞으로 발걸음을 옮길 때마다 지형이 달라졌다. 나무라고 생각했던 것이 덤불이기도 하고, 갈대가 나무로 보이기도 했다.

19. 안개는

축축한 억새 지붕을 드러내며 피어 오르고 있었고, 또 길과 울타리 옆의 풀을 적시고 있었다. 굴뚝에서는 여기저기 연기가 피어 올랐다. 사람들은 마을을 벗어나고 있었다―일하러 가는 사람, 강가에 가는 사람, 초병선에 가는 사람……. 사냥꾼들은 안개에 젖은 풀밭을 나란히 걷고 있었다. 개들은 꼬리를 치며 주인을 돌아보고는 저쪽으로 달려갔다. 무수한 모기떼가 공중을 맴돌며 사냥꾼들의 등과 눈과 손에 덥쳐들며 그들을 뒤따랐다. 풀의 향기와 숲의 습기가 풍겨왔다. 올레닌은 마리안까가 타고 앉아 나뭇가지로 소를 몰던 마차 쪽을 계속 돌아보았다.

모든 것은 고요했다. 조금 전까지 들려오던 마을의 소음도 이제는 사냥꾼들의 귀에 미치지 못했고, 다만 사냥개들이 수풀을 헤치는 소리와 가끔씩 새들이 지저귀는 소리가 들릴 뿐이었다. 올레닌은 빨치산들이 언제나 이런 장소에 몸을 숨기고 있어 숲이 위험하다는 사실을 알고 있었다. 또한 그는 숲속을 도보로 가는 사람에게는 총이 강력한 방어 수단이라는 것도 알고 있었다. 그는 두렵지는 않았지만, 만일 다른 사람이 이런 곳에 있다면 무서워했을 것이라는 생각이 들었다. 그는 야릇한 긴장감 속에 축축한 숲을 바라보기도 하고, 이따금 들려오는 희미한 소리에 귀를 기울이며 총을 움켜쥐었고, 그가 지금껏 경험한 적 없는 새롭고 유쾌한 느낌을 만끽하고 있었다. 예로쉬까 아저씨는 앞서 가다가 짐승의 발자국이 있는 웅덩이가 나타나면 걸음을 멈추고 주의 깊게 살피고 나서 올레닌에게 그것을 가리켜 보였다. 그는 거의 말을 하지 않았고, 단지 이따금 귓속말로 자신이 관찰한 바를 전할 뿐이었다. 그들이 걷고 있는 길은 한때는 마차가 다니던 길이었으나 이미 오래전부터 풀이 무성하게 자라 있었다. 길 양쪽으로는 느릅나무와 플라타너스가 빽빽이 우거져 있어 그것들 사이로는 그 무엇도 볼 수가 없었다. 게다가 거의 모든 나무가 꼭대기부터 밑부분까지 야생 포도넝쿨에 휘감겨 있었고, 그 밑에는 검푸른 가시덤불이 자라고 있었다. 숲속의 작은 빈터 곳곳에는 잿빛 이삭이 흔들거리는 갈대와 산딸기로 뒤덮여 있었다. 여기저기 커다란 짐승들의 통로와 터널 모양을 한 꿩들의 통로가 길에서 숲으로 뚫려 있었다. 올레닌은, 걸음을 옮길 때마다 동물이 머물다 간 흔적이 전혀 없는, 숲의 장엄한 모습을 처음으로 대하며, 경탄을 금치 못했다. 이러한 숲, 위험, 신비한 목소리로 속삭이는 노인, 사내처럼 균형 잡힌 몸매의 마리얀까 그리고 산들……. 이러한 모든 것이 올레닌에게는 꿈처럼 느껴졌다.

"꿩이 앉아 있어." 노인은 이렇게 속삭이고는 뒤를 돌아보며 모자를 얼굴 위로 눌러 썼다.

"낯짝을 가려. 꿩이 있어." 그는 성난 표정으로 올레닌에게 손을 흔들어 보이고는 거의 기다시피 앞으로 나갔다.

"꿩은 인간의 낯짝을 좋아하지 않는단 말일세."

노인이 멈춰서 나무 위를 살펴보고 있을 때도 올레닌은 여전히 뒤쳐져 있었다. 나무 위에서 닭이 자신에게 짖어대는 개를 향해 날카롭게 울어대자 올레닌은 비로소 그것이 꿩임을 알았다. 바로 그때, 예로쉬까의 긴 총에서 마치 대포를 쏜 것같은 총성이 울리자, 잠시 날아올랐던 꿩이 이내 날개를 푸드덕거리며 땅으로 떨어졌다. 올레닌은 노인에게 다가가려다 다른 꿩 한 마리를 날렸다. 그는 곧 총을 받쳐들고 조준하기가 무섭게 방아쇠를 당겼다. 꿩은 곧장 위로 치솟아올랐다가 나뭇가지에 걸린 돌멩이처럼 수풀 속으로 떨어졌다.

"훌륭해!" 날아가는 꿩을 쏘아 떨어뜨려 본 적이 없는 노인은 미소를 지으며 탄성을 올렸다.

꿩을 집어들고 그들은 계속 앞으로 나갔다. 움직임과 찬사에 흥분한 올레닌은 계속 노인에게 말을 걸었다.

"잠깐! 이쪽으로 가세." 노인은 그의 말을 막았다.

"어제 여기서 사슴 발자국을 봤다네."

수풀 속으로 방향을 바꾸어 삼백 보쯤 들어가자 갈대밭이 펼쳐진 곳에 물웅덩이가 군데군데 있는 초지가 나타났다. 올레닌은 줄곧 노인의 뒤를 따르고 있었고, 20보쯤 앞서가던 예로쉬까 아저씨가 갑자기 허리를 굽혀 의미심장한 얼굴로 고개를 끄덕이며 그에게 손짓했다. 노인의 옆으로 다가간 올레닌은 그가 가리키고 있는 사람의 발자국을 보았다.

"보이나?"

"그렇소. 그런데 뭐요?" 올레닌은 되도록 침착하게 말하려 애쓰며 물었다.

"사람 발자국 아니오."

그의 머리에는 무의식적으로 꾸뻬르의 '추적자'와 빨치산에 대한 상념이 떠올랐으나, 조심스럽게 걷는 노인을 보자 물어볼 용기도 나지 않았고, 더불어 노인의 비밀스런 움직임이 위험을 말하는 것인지 아니면 사냥을 하기 위함인지 알 수가 없었다.

"아니, 그건 내 발자국이야." 노인은 간단히 답하며 풀을 가리켰고, 풀 밑에는 겨우 알아볼 수 있는 짐승의 발자국이 있었다.

노인은 다시 앞장서 나갔다. 올레닌도 뒤쳐지지 않고 그를 따랐다. 20보쯤 나가 약간 경사진 곳에 이르자 손바닥 모양의 이파리가 달린 배나무가 서 있었다. 그 배나무 밑에는 흙이 검고 얼마 지나지 않은 짐승의 배설물이 있었다. 야생의 포도넝쿨로 에워싸인 그곳은 침침하고 신선해서 마치 지붕이 있는 정자와 같은 느낌이 들었다.

"아침까지 여기 있었군." 노인은 한숨을 내쉬며 말했다.

"보시게. 짐승의 침소도 증기로 습해져 있고 신선하잖은가."

순간, 푸다닥 튀는 이상한 소리가 그들로부터 십 보쯤 떨어진 곳에서 들려왔다. 그들은 동시에 몸을 움츠리며 총을 움켜쥐었으나 아무 것도 보이지 않았다. 단지 나뭇가지가 부러지는 소리만 들릴 뿐이었다. 잠시 동안 빠르고 규칙적인 질주 소리가 들리더니, 이윽고 요란스런 소음은 산울림처럼 변하여 점점 멀리, 점점 넓게 조용한 숲속에 울려퍼졌다. 올레닌은 가슴에서 무언가가 툭 끊어져버리는 느낌이 들었다. 그는 헛되이 푸른 숲속을 들여다보고는 노인에게로 시선을 돌렸다. 예로쉬까 아저씨는 총을 가슴에 안은 채 꼼짝 않고 서 있었다. 모자는 뒤쪽으로 미끄러져 있고, 눈은 묘한 광채를 띠며 불타오르고, 분을 삭이지 못한 듯 누런 앞니를 드러낸 채 벌리고 있는 그의 입은 그 모양대로 얼어붙어 있었다.

"뿔사슴이야." 그가 말했다.

그리고 총을 땅바닥에 내던지고는 자신의 흰 턱수염을 잡아당기기 시작했다.

"여기 있었다니! 샛길로 왔어야 하는 건데! 바보! 멍청이!" 이렇게 반복하며 그는 턱수염을 아프게 움켜잡았다. 숲을 덮고 있는 안개 속을 무언가가 날아가는 것 같았고, 사슴은 더욱 멀리 더욱 넓게 발소리를 울리며 질주하는 듯했다.

황혼이 깃들 무렵 올레닌은 피로와 허기 속에서도 그 어떤 힘을 느끼며 노인과 함께 숙소로 돌아왔다. 이미 저녁 식사가 준비되어 있었다. 그는 노인과 함께 먹고 마셨다. 몸이 따뜻해지고 유쾌한 기분이 들자 현관 앞 층계로 나갔다. 눈앞에는 저녁놀 속에 우뚝 솟은 산들이 펼쳐져 있었다. 노인은 다시 사냥에 대해, 빨치산에 대해, 애인에 대해, 무사태평에 대해 그리고 용맹스런 삶에 대해 끝도 없는 얘기를 늘어놓았다. 오늘도 아름다운 마리야나는 집 안팎을 들락날락거리기도 하고 뜰을 가로질러 지나가기도 했다. 그녀의 블라우스 밑으로는 아름다운 여자의 늘씬한 몸매가 뚜렷이 드러나 있었다.

20. 다음날,

올레닌은 노인 없이 혼자서 어제 사슴을 놓쳤던 그 장소를 찾아
갔다. 그는 대문으로 돌아가지 않고, 마을 사람들처럼 낮은 가
시나무 울타리를 타고 넘었다. 그가 체르께스에 들러붙은 가시
를 다 떼기도 전에 앞서가던 그의 사냥개가 꿩 두 마리를 날렸
다. 가시덤불 속으로 들어가자 한 걸음을 옮길 때마다 꿩이 날
아올랐다 (노인은 덫을 놓기 위해 어제 이곳을 그에게 가르쳐주지 않
았다). 올레닌은 열두 발을 쏘아 다섯 마리의 꿩을 잡았으나,
꿩을 쫓아 가시덤불 속을 헤매는 데 지쳐 구슬같은 땀을 흘렸
다. 그는 개를 부른 다음 방아쇠를 당겨 총알을 산탄으로 장전
하고 체르께스 옷소매로 모기떼를 쫓으며 조용히 어제의 그 장
소로 다가갔다. 그는 한편으로는 개가 앞서지 못하도록 하면서
어제의 그 발자국이 있던 길을 만나 꿩 한 쌍을 더 잡았다. 반
나절이 되어서야 올레닌은 겨우 어제의 그 장소를 찾아낼 수 있

었다.

맑고, 조용하고, 무더운 날이었다. 아침의 신선함도 숲속에서조차 건조해져 수억 마리의 모기떼가 얼굴과 등 그리고 팔에 들러붙었다. 개의 검은 잔등에 모기가 달라붙어 회색으로 보일 정도였다. 모기들은 올레닌의 체르께스 옷을 뚫고 침을 찔러넣었다. 올레닌은 모기들로부터 도망 칠 준비를 했다. 그리고 여름에는 이 마을에서 살아서는 안 되겠다고 생각했다. 그러면서 이미 집으로 발길을 돌리기 시작한 그였지만 이런 곳에서도 사람들이 살고 있음을 상기해 내고는 자신도 견디리라 결심하며 모기가 무는 대로 내버려두었다. 그러자 이상하게도 정오가 지날 무렵부터는 그 감각이 기분 좋게 느껴지기까지 했다. 그리고 만일 사방에서 자신을 에워싸고 있는 모기들이 없다면 그리고 얼굴의 땀을 닦을 때마다 손바닥에 터지는 모기의 피가 없다면 또한 전신에 퍼지는 이 불안한 가려움이 없다면, 이 숲은 이 숲만이 가지고 있는 특성과 매력을 상실하게 될 것이라는 생각마저 들었다. 또한 이 무수한 곤충들은 야생으로 자란 무수한 식물과 숲에 가득한 짐승과 조류, 숲의 검푸른 빛, 향기롭고 무더운 공기, 쩨레끄 강에서 배어나와 가는 곳마다 늘어진 나뭇잎 밑을 흐르는 흙탕물과 잘 조화를 이루고 있어, 참을 수 없을 만큼 무섭게 느껴지던 것이 이제는 오히려 유쾌하게 느껴지는 것이었다.

어제 짐승을 찾아냈던 장소를 한바퀴 둘러보았으나 그는 아무 것도 만날 수 없었으므로 휴식을 취하기로 했다. 태양은 바로 숲 위에 와 있었기에 그가 숲속의 빈터나 길로 나서면 끊임없이 그의 등과 머리에 강렬한 빛을 내리 쬐었다. 일곱 마리의 무거운 꿩은 아픔을 느낄 만큼 허리를 조여왔다. 그는 어제 만났던 사슴 발자국을 찾아내어 밀림 속 관목 밑, 어제 사슴이 자고 간 곳 옆에 다리를 뻗고 앉았다. 그는 주위의 검푸른 초목을 둘러보고는 축축한 땅과 사슴의 똥, 사슴의 무릎 자국, 사슴이 파헤친 검은 흙덩이 그리고 어제의 자신들의 발자국을 살펴보았다. 그곳은 선선해 그는 기분이 썩 좋았다. 그는 아무 생각도 하지 않았고 아무 것도 바라지 않았다. 그리고 문득, 그의 마음속에는 이상하기 짝이 없는 감정, 까닭 모를 행복감과 모든 이를 향한 사랑의 감정이 일었고 그래서 그는 어린 시절부터의 습관 대로 성호를 긋고 누군가에게 감사를 드렸다. 그러자 그에게는 불현듯 너무도 분명한 상념이 떠올랐다.

'세상의 모든 것으로부터 독립된 특별한 존재인 나, 드미뜨리 올레닌은 아직 인간을 한 번도 본 적이 없는 아름다운 자태의 늙은 사슴이 살고 있는 이곳에서, 아직 그 어느 누구도 앉아본 일이 없고, 앉아볼 생각조차 하지 못한, 신만이 알고 있는 이곳에서 지금 홀로 앉아 있노라.'

'나는 이렇게 앉아 있고, 내 주위에는 싱싱하고 노쇠한 나무들이 서 있고 그중 한 나무는 야생 포도넝쿨에 휘감겨 있다. 내 가까이에는 꿩들이 서로를 떠밀며 우글거리고, 어쩌면 죽은 동료들의 냄새를 감지했는지도 모른다.'

그는 자기가 잡은 꿩들을 손을 뻗어 살펴보고는 따뜻한 피가 묻은 손을 체르께스에 문질렀다.

'아마 들개들도 죽은 꿩 냄새를 맡고 불쾌한 얼굴로 다른 쪽으로 살금살금 도망 치고 있는지 모른다. 내 주위에는 모기들이 자신들에게는 큰 섬처럼 보일 나뭇잎 사이를 날아다니며 공중에 멈춰서 윙윙거리고 있다. 하나, 둘, 셋, 넷…, 백…, 천…, 백만의 모기떼들, 이들은 모두 무언가 이유가 있어 내 주위를 윙윙거리는 것이고, 한 마리 한 마리가 나 드미뜨리 올레닌처럼 모든 것으로부터 독립된 특별한 존재인 것이다.'

그는 모기들이 무슨 생각을 하고 있으며 무어라 윙윙거리는지 분명히 상상할 수 있었다.

'이리 와, 이리 와, 애들아! 여기 좋은 먹이가 있어.' 모기들은 이렇게 윙윙거리며 그에게 덤벼드는 것이었다. 그리고 그에게는 자신이 이미 러시아의 귀족도 아니요, 모스크바 사교계의 일원도 아니고, 누구의 친구나 친척도 아니며 지금은 단지 자신의 주위에 살고 있는 모기나 꿩, 아니면 사슴과 같은 하나의 생물에 지나지 않는다는 사실이 분명하게 인식되었다.

'나도 저들과 마찬가지로, 예로쉬까 아저씨와 마찬가지로 잠깐 살다가 죽어갈 것이다. 예로쉬까 아저씨의 말이 옳다. 다만 풀이 돋아날 뿐인 것이다.'

'그래서 풀이 돋아나서 어떻다는 걸까?' 그는 계속 생각했다.

'어쨌든 모든 것은 살아야 하고 행복해져야 한다. 왜냐하면 나는 다만 한 가지-행복만을 원하기 때문이다. 설령 내가 아니었어도 모두 마찬가지인 것이다. 내가 죽으면 풀이 돋아날 뿐 아무 것도 남지 않는 저 짐승과 같은 존재이건 또는 유일한 신성의 일부를 끼워넣은 틀같은 존재이건 나는 최선의 방법으로 살아야 하는 것이다. 그런데 행복해지기 위해서는 어떻게 살아야 하며 나는 왜 지금껏 행복하지 못한 것일까?'

그는 자신의 과거의 생활을 회상하기 시작했고, 그러자 자신에 대해 혐오감이 들기 시작했다. 그에게는 그 자신이 실제로는 아무 것도 필요치 않았는데도 공연히 욕심만 부리는 이기주의자처럼 느껴졌다. 그는 여전히 자신의 주위를 둘러보고 있었다. 햇빛에 투명하게 보이는 나뭇잎, 기울어진 태양, 맑게 갠 하늘을 바라보며 그는 그 무엇보다 자신이 행복한 사람이라고 느꼈다.

'어찌하여 나는 지금 행복한 인간이며, 과거엔 무엇을 위해 살았던 것일까?' 그는 생각했다.

'나는 자신의 욕심만을 챙길 줄 알았을 뿐, 머리 속으로는 많은 것을 생각하면서도 실제로는 수치와 비애를 초래할 뿐이었다! 그러나 행복을 위해서는 이처럼 내게 아무 것도 필요치 않은 것이다!'

그러자 갑자기 그에게는 새로운 세계가 눈앞에 펼쳐지는 것 같았다.

'행복이란 바로 이런 거야.' 그는 스스로에게 말했다.

'행복이란 타인을 위해 산다는 데에 있다. 이것은 너무도 명백하다. 인간에게는 행복을 추구하고자 하는 욕구가 있고, 그러한 욕구는 정당한 것이다. 그러나 그러한 욕구를 이기적인 방법으로 만족시키려 할 때, 다시 말해서 자기 자신을 위해 부와 명예를 쫓고, 삶의 편의와 사랑을 구할 때, 여러 가지 상황이 복잡하게 뒤얽혀 그 욕망을 충족시킬 수 없게 되는 것이다. 따라서 이와 같은 욕망은 부당한 것이지만 행복을 추구한다는 그 자체는 결코 부당한 것이 아니다. 그렇다면 대체 어떠한 욕망이 외부적 조건에 구애되지 않고 항상 충족될 수 있는 것일까? 과연 어떤 것일까? 그것은 사랑과 자기 희생인 것이다!'

그는 이 새로운 진리의 발견에 기뻐하며 흥분하여 벌떡 일어나 누구를 위해 자신을 희생할 것인지, 누구를 위해 선을 행할 것인지 그리고 누구를 사랑할 것인지 그 대상을 찾기 시작했다.

'자신을 위해 그 무엇도 필요치 않다면…' 그는 다시 생각했다.

'타인을 위해 살지 못할 이유가 있을까?'

그는 총을 집어들자 모든 것을 신중히 생각하고 선을 행할 수 있는 기회를 찾기 위해 빨리 집으로 돌아가려는 마음으로 수풀 속을 빠져나왔다. 숲속의 빈터를 나오자 그는 주위를 둘러보았다. 태양은 이미 나무 꼭대기 위에 걸려 보이지 않았고, 공기도 신선해진 것같았으며, 주위의 지형은 말을 에워싸고 있는 그것과는 전혀 다른 낯선 장소처럼 보였다. 모든 것이 갑자기 변해 버렸다. 날씨도 숲의 특성도, 하늘은 구름에 가리워졌고, 바람은 나무 꼭대기에서 웅성거렸으며 주위에는 다만 갈대밭과 오래되어 앙상한 숲이 보일 뿐이었다. 그는 어떤 짐승을 뒤쫓아 달려간 사냥개를 부르기 시작했고, 그의 목소리는 희미한 울림이 되어 되돌아왔다. 그는 갑자기 무서운 생각이 들었다. 그는 겁을 내기 시작했다. 얼마 전에 들은 빨치산 살해 사건이 머리 속에 떠오르자 그는 멈춰 섰다. 당장이라도 저 수풀 속에서 체첸 인이 뛰쳐 나올 것만 같았고, 그들로부터 목숨을 지켜내거나 죽거나 벌벌 떨고 있는 모습을 상상했다. 그는 신과 미래의 삶에 대해 일찍이 경험하지 못한 진지한 태도로 생각했다. 그러나 주위에는 여전히 음산하고 엄숙한 야생의 자연이 있을 뿐이었다.

'도대체 자기자신을 위해 산다는 것이 얼마나 무가치한 일인가.' 그는 생각했다.

'인간은 언젠가 죽을 것이고, 좋은 일이라고는 아무 것도 해놓은 것 없이 아무도 모르게 죽어갈 수도 있는 일이다.'

그는 마을이 있다고 생각되는 방향으로 걷기 시작했다. 그에게는 이미 사냥에 대한 생각 따위는 없었고, 죽을 것같은 피로감에 휩싸여 거의 공포에 가까운 눈으로 매 순간마다 생명의 위협을 느끼며 수풀과 나무 뒤를 비상한 관찰력으로 일일이 살펴보았다. 한참 동안을 여기저기 헤맨 끝에 그는 쩨레끄 강에서 배어나온 모래 섞인 차가운 물이 흐르고 있는 도랑 옆으로 나왔다. 더 이상 길을 헤매지 않기 위해 그는 이 도랑을 따라 걷기로 했다. 도랑이 자신을 어디로 이끌지 알 수 없었지만 그는 무작정 걸었다. 그때 갑자기 등뒤에서 갈대가 버스럭거리기 시작했다. 그는 움찔하며 총을 움켜잡았다. 그러나 그는 곧 자신이 부끄러워졌다. 지친 사냥개가 숨을 헐떡이며 차가운 도랑물에 뛰어들어 물을 먹기 시작한 것이었다.

개와 함께 실컷 물을 마시고 나서 그는 개가 가는 쪽으로 따라 걷기 시작했다. 개가 마을로 데려다줄 것이라 생각했던 것이다. 그러나 사냥개라는 동료가 있음에도 불구하고, 갑자기 그에게는 주위가 더욱 음산해지는 것처럼 여겨졌다. 숲은 점점 어두워졌고, 바람은 더욱더 세차게 고목들의 가지에 몰아쳤다. 이름 모를 커다란 새들이 높이 울부짖으며 고목 위의 둥지 주위를 날고 있었다. 나무들은 점점 모습을 감추어갔고 살랑거리는 갈대와 짐승의 발에 짓밟힌 모래밭만이 자주 나타났다. 바람 소리에 섞여 어떤 서글프고 단조로운 음향이 들려왔다. 한 마디로 그의 마음은 우울하기만 했다. 문득 등뒤로 손을 돌려 보았으나 꿩한 마리가 부족했다. 꿩은 피투성이가 된 모가지와 머리만을 그의 허리춤에 남긴 채 어딘가에 떨어져버린 것이었다. 그는 한번도 경험한 적이 없는 공포에 휩싸였다. 그는 신에게 기도를 올리기 시작했고, 선하고 착한 일을 단 한 가지도 해놓지 못하고 죽게 되는 것만을 걱정했다. 그는 살고 싶어했다. 자기 희생의 대업을 성취하기 위해 그렇게 살고 싶어했다.

21. 갑자기

그의 마음이 태양처럼 환해졌다. 러시아 어로 말하는 사람들의 목소리와 쩨레끄 강의 빠르고 단조로운 물소리가 들리면서 바로 그의 눈앞에는 강기슭과 얕은 여울에 젖은 모래를 사납게 몰아치며 흐르는 갈색 수면과 먼 초원, 강물을 배경으로 뚜렷하게 드러나 보이는 망루, 안장을 얹은 채 세 개의 다리로 덤불 사이를 거닐고 있는 것처럼 보이는 병사의 말 그리고 산들이 펼쳐졌다. 붉은 태양이 한순간 구름 뒤에서 얼굴을 내밀고, 그 마지막 빛으로 강의 흐름과 갈대와 망루 그리고 옹기종기 모여 있는 까자끄들을 환하게 비추었다. 그들 속에서 건장한 체격의 루까쉬까의 모습이 자연스럽게 올레닌의 주의를 끌었다.

올레닌은 또다시 특별한 까닭없이 자신이 진정 행복한 사람이라고 느꼈다. 그는 강 건너편 산사람들의 두메 마을을 마주 보고 있는 쩨레끄 강변의 니쥐네-쁘라또츠끼 초소에 들렀다. 그는 까자끄들과 인사를 나누었으나, 누구를 위해 좋은 일을 할 것인지를 발견하지 못한 채 초소 안으로 들어갔다. 그리고 안에 들어가서도 그러한 기회를 얻을 수 없었다.

까자끄들은 올레닌을 냉담하게 맞았다. 그는 흙벽 막사에 들어가 권련을 피워 물었다. 까자끄들이 올레닌을 냉담하게 대한 이유는 첫째, 그가 권련을 피웠기 때문이고 둘째, 그날 저녁 다른 일이 그들의 주의를 끌고 있었기 때문이었다. 얼마 전에 죽은 빨치산의 가족인 귀순하지 않은 체첸 인들이 몸값을 주고 시체를 가져가기 위해 정찰병을 데리고 산에서 내려온 것이었다. 그들은 마을에서 까자끄의 상관이 오기를 기다리고 있었다. 죽은 빨치산의 형이라는 체첸 인은 짧게 자른 턱수염에 붉게 물을 들인 키가 큰 사내로, 다 해진 체르께스 차림에 털가죽 모자를 쓰고 있었음에도 마치 황제처럼 태연자약했고 위엄이 있었다. 그는 죽은 빨치산의 얼굴과 매우 흡사했다. 그는 누구에게도 시선을 고정시키지 않았고, 동생의 시체도 쳐다보지 않았으며 그늘에 다리를 꼬고 앉아 파이프 담배를 피우며 거칠게 침을 내뱉을 뿐이었다. 그리고 가끔씩 굵은 목소리의 명령적인 어조로 무슨 말인가를 내뱉었고, 그럴 때마다 그의 동행자는 공손한 태도로 귀를 기울였다. 아마 이 사내는 지금과는 전혀 다른 상황 속에서 여러 번 러시아 인과 만난 유격병임에 틀림없었고, 지금 자신의 눈앞에 있는 러시아 인들은 조금도 그를 놀라게 하거나 주의를 끌 만한 상대가 못 되는 듯했다. 올레닌이 시체 옆으로 다가가 그것을 들여다보자 체첸 인은 침착하고 경멸적인 눈으로 올레닌의 눈썹 위를 노려보고는, 분노에 찬 날카로운 소리로 무어라 말하는 것이었다. 정찰병은 얼른 체르께스로 시체의 얼굴을 가렸다. 올레닌은 유격병의 얼굴이 늠름하고 엄숙한 데에 충격을 받았다. 그는 이 사내에게 어느 마을에서 왔는지를 물었으나, 체첸 인은 그를 흘깃 쳐다보기만 할 뿐 경멸하듯 침을 뱉고는 외면해 버렸다. 올레닌은 이 산사나이가 자신에게 흥미를 느끼지 않는 데 놀라지 않을 수 없었으나, 그의 무관심은 그가 우둔하거나 말이 통하지 않기 때문이라고 생각했다. 그 사나이는 동료에게로 눈을 돌렸다. 정찰병 노릇을 하는 이 통역인은, 역시 남루한 차림이었으나 검정색 옷을 입고 있었고, 수염도 붉지 않았으며 하얀 치아와 번뜩이는 검은 눈의 경박한 사내였다. 정찰병은 먼저 말을 걸며 권련을 한 대 달라고 했다.

"저 사람은 5형제랍니다." 통역인은 엉터리 러시아 어로 말했다.

"그런데 이번에 죽은 사람까지 세 사람이 러시아 인에게 죽고, 두 사람만 남았을 뿐이지요. 저 사람은 유격병이죠. 대단한 유격병이랍니다." 정찰병은 체첸 인을 가리키며 말했다.

"아흐메드-한(죽은 빨치산의 이름)이 총에 맞았을 때, 그는 건너편 갈대밭에 앉아서 모든 것을 다 보고 있었지요. 시체를 배에 싣고 이쪽 강가로 끌어올리는 것까지도요. 저 사람은 밤중까지 거기 앉아 있다가 노인을 쏘려 했지만 다른 사람들이 말렸어요."

루까쉬까가 이야기를 나누는 두 사람에게 다가와 옆에 앉았다.

"어느 마을에서 왔지?" 루까쉬까가 물었다.

"저 산속 마을에서." 정찰병은 쩨레끄 강 건너 푸른 안개 낀 골짜기를 가리키며 말했다.

"쑤유끄-쑤에 사는 기레이-한이라고 알아?" 루까쉬까는 자신이 그를 알고 있다는 사실이 자랑스럽다는 듯 물었다.

“그 사람은 나와 꾸냑을 맺은 사이야.”

“바로 우리 이웃이야.” 정찰병이 대답했다.

“정말이야!”

루까쉬까는 매우 흥미롭다는 듯 통역인과 따따르 어로 지껄이기 시작했다. 얼마 후 까자끄 기병 중위와 촌장이 두 사람의 까자끄를 거느리고 말을 타고 도착했다. 까자끄 장교 출신인 중위는 까자끄들에게 안부를 물었으나 누구도 군대식으로 이렇게 대답하는 사람이 없었다.

‘귀하의 건강을 축원합니다.’

단지 몇 명만이 가볍게 머리를 숙여 답례할 뿐이었다. 그 가운데 루까쉬까를 포함한 몇 명이 까자끄가 벌떡 일어나 부동자세를 취했다. 하사는 초소 근무에 이상이 없음을 보고했다. 올레닌에게는 이러한 모든 것이 우스꽝스럽게만 느껴졌다. 까자끄들의 행동이 아이들이 병정놀이처럼 여겨졌기 때문이었다. 그러나 이러한 형식적인 태도는 곧 소박한 관계로 돌변했다. 중위라면 누구나 그러하듯 이 중위도 약삭빠른 까자끄로 곧 따따르 어로 통역인과 말을 하기 시작했다. 이윽고 그는 무언가를 종이에 써서 통역인에게 건네주고, 통역인에게서 돈을 받은 다음 시체의 처리에 착수했다.

“가브릴로의 아들 루까쉬까가 누군가?” 중위가 물었다. 루까쉬까는 모자를 벗고 그에게 다가갔다.

“너에 대해서는 부대장께 보고했다. 어찌될지는 모르지만 십자훈장을 내려달라고 써보냈다. 하사가 되기엔 아직 이르고 해서…… 자네 읽고 쓸 줄 아는가?”

“전혀 모릅니다.”

“어쨌든 훌륭하다!” 중위는 상관다운 위엄을 드러내려 애쓰며 말했다.

"모자를 써라. 가브릴로의 아들이라고 했는데 어떤 가브릴로
인가? 쉬로끼의 아들인가?"

"조카올습니다." 하사가 대답했다.

"좋아, 알겠다. 자, 시체를 옮기는 걸 도와줘라." 그는 까자끄
들을 향해 말했다.

루까쉬까의 얼굴은 기쁨으로 빛나 여느때보다 더욱 멋있게 보
였다. 그는 하사 옆에서 물러나 모자를 쓰고 다시 올레닌의 곁
에 앉았다.

시체가 배에 실리자 체첸 인의 형은 강가로 걸음을 옮겼다.
까자끄들은 무의식적으로 좌우로 갈라져 그에게 길을 내주었
다. 그는 억센 발로 강기슭을 차고 배 안으로 뛰어들었다. 올레
닌은 그가 처음으로 까자끄들을 재빠르게 훑어보고 다시 날카
로운 소리로 그의 동료에게 무언가를 묻고 있음을 알아차렸다.
그의 동료는 무어라 대답하며 루까쉬까를 가리켰다. 체첸 인은
흘깃 루까쉬까를 돌아보더니 천천히 눈을 돌려 강 건너 쪽을 응
시했다. 그의 눈은 증오가 아닌 차디찬 경멸의 빛을 띠고 있었
다. 그는 다시 뭐라고 말했다.

"뭐라는 거야?" 올레닌이 정찰병에게 물었다.

"너희는 우리를 죽이고, 우리는 너희를 죽이니까 결국 피장파
장이란 얘기야." 정찰병은 빤한 거짓말을 하며 흰 이를 드러내
며 웃더니 배 안으로 뛰어들어갔다.

죽은 빨치산의 형은 꼼짝 않고 건너편 강기슭을 응시했다. 그
는 까자끄들을 너무도 증오하고 경멸해 이쪽에 대해서는 조금
도 흥미를 느끼지 않았던 것이다. 정찰병은 배의 후미에 서서
이쪽저쪽으로 노를 저어 능숙한 솜씨로 배를 몰며 쉴새없이 지

걸여대고 있었다. 강물을 비스듬히 가로지르며 그들을 태운 배가 멀어져가고 그들의 목소리도 함께 점점 작아지는가 싶더니 어느덧 그들의 말이 기다리고 있는 건너편 강기슭에 닿았다. 거기서 그들은 시체를 끌어내려 날뛰고 있는 말의 안장 위에 올려놓고는 자신들도 말을 타고 마을 옆으로 통하는 길을 따라 달리기 시작했다. 마을 사람들은 무리를 지어 그들을 보고 있었다. 이쪽의 까자끄들은 대단히 만족스러워했고, 기뻐했다. 사방에서 웃음소리와 농담소리가 들려왔다. 중위와 촌장은 함께 대접을 받기 위해 흙벽 막사 안으로 들어갔다. 루까쉬까는 점잔을 떨며 얼굴에 떠오르는 기쁨의 표정을 감추지 못한 채, 올레닌의 곁에 앉아 무릎 위에 팔꿈치를 세우고 조그만 막대기를 깍기 시작했다.

"담배는 왜 피우십니까?" 그는 사뭇 호기심 어린 표정으로 물었다.

"맛이 좋습니까?"

그가 이렇게 말을 건넨 것은 올레닌이 까자끄들 속에서 혼자 처량하게 앉아 있는 것을 보았기 때문인 것 같았다.

"습관이 돼서." 올레닌이 대답했다.

"그런데 왜 그걸 묻지?"

"으흠! 만일 우리 동료 중에 누군가 담배를 피우면 한마디로 끝장이지요! 저기 저 산이 가깝게 보이죠?" 루까쉬까는 골짜기를 가리키며 말했다.

"그러나 갈 수 없어요! 그런데 혼자서 어떻게 집에 가시려는 거죠. 이렇게 어두워졌는데……. 원하신다면 제가 바래다드리지요." 루까쉬까가 말했다.

"하사에게 부탁해 보세요."

‘정말 훌륭하다.’ 올레닌은 까자끄의 환한 얼굴을 바라보며 이렇게 생각했다. 그는 마리얀까와 대문 뒤에서 들었던 키스 소리를 상기하자 루까쉬까가 불쌍해졌고 그의 무교육이 애석하게만 느껴졌다.

‘왜 이리 엉터리같고 혼란스러운 것일까.’ 그는 생각했다.

‘사람이 다른 사람을 죽이고 마치 가장 훌륭한 일이라도 해낸 것처럼 행복해 하고 만족스러워하다니. 과연, 아주 커다란 행복을 위해서는 그런 짓을 했다고 우쭐거릴 하등의 이유가 없다는 것을 그에게 말해줄 사람은 없는 것일까? 행복은 남을 죽이는 데 있는 것이 아니라 자신을 희생하는 데 있는 것이 아닐까?

“자, 이젠 저놈에게 걸려들지 않도록 조심하게.” 떠나가는 배를 바라보고 있던 까자끄 중 하나가 루까쉬까에게 말했다.

“그놈이 너에 대해 묻는 걸 들었지?”

루까쉬까는 고개를 들었다.

“세렌가 뭔가 받은 놈?” 루까쉬까는 체첸 인을 이런 말로 표현했다.

“세렌가 뭔가 받은 놈은 일어나지 못하겠지만 그 붉으스레한 턱수염의 형인가 뭔가 하는 놈 말이야.”

“그놈은 무사히 돌아가게 된 걸 하느님께 감사해야 할걸.” 루까쉬까가 웃으며 말했다.

“자넨 뭘 그렇게 좋아하나?” 올레닌이 루까쉬까에게 말했다.

“만일 자네의 형제가 그들의 손에 죽었어도 자넨 그렇게 기뻐할 건가?”

까자끄의 눈은 올레닌을 바라보며 웃고 있었다. 그는 올레닌이 자신에게 무슨 말을 하고 싶어하는지 충분히 알고 있는 것 같았으나, 그의 생각은 상대방의 이러한 생각보다 훨씬 앞서 있었다.

"그래서 어떻다는 겁니까? 물론 그럴 수도 있겠죠! 그렇지만 과연 그놈들은 우리 형제들을 죽이지 않는단 말입니까?"

22. 중위는

촌장과 함께 말을 타고 돌아갔다. 그러나 올레닌은 루까쉬까를 기쁘게 하고 싶었고, 또 혼자서 어두운 숲속을 지나고 싶지 않았다. 그래서 하사에게 루까쉬까를 보내달라고 부탁했고, 하사는 흔쾌히 승낙했다. 올레닌은 루까쉬까가 마리얀까를 보고 싶어할 것이라 생각했지만 그보다도 이렇게 인상 좋고 이야기하기 좋아하는 까자끄 청년과 길동무를 한다는 것은 즐거운 일이었다. 루까쉬까와 마리야나는 그의 상상 속에 하나로 결합되어 있었고, 그 둘을 생각하는 그는 대단히 만족하고 있었다.

'그는 마리야나를 사랑하고 있다.' 올레닌을 마음속으로 생각했다.

'그러나 나도 그녀를 사랑하게 되는지 모를 일이야.'

그러자 세차고 새로운 감정이 어두운 숲을 통해 집으로 돌아오는 동안 그의 마음을 사로잡았다. 루까쉬까의 마음도 역시 들떠 있었다. 마치 우정과 같은 그 무엇이, 모든 면에서 서로 다른 두 청년 사이에 오가고 있었다. 둘은 얼굴을 마주볼 때마다 저절로 웃음이 터져나올 것만 같았다.

"자넨 어떤 문으로 들어가나?" 올레닌이 물었다.

"가운데 문이요. 하지만 소택(沼澤)까지만 배웅해드리지요. 거기까지만 가면 무서울 건 하나도 없어요."

올레닌은 웃음을 터뜨렸다.

"자넨 내가 무서워한다고 생각하나? 돌아가게. 고마웠네. 나 혼자 가겠네."

"천만에요! 제가 뭐 할 일이 있겠어요? 그런데 정말 무섭지 않으세요? 이런 길은 우리도 겁내는데." 루까쉬까도 따라 웃으며 그의 자존심을 지켜줄 요량으로 이렇게 말했다.

"자네, 우리 집으로 가세. 얘기도 하고, 술도 마시다가 아침에 돌아가게."

"내가 하룻밤 자고 갈 데도 없는 줄 아세요." 루까쉬까는 소리내어 웃었다.

"그보다도 하사가 돌아오라고 했으니 가봐야죠."

"난 엊저녁에 자네가 노래 부르는 소리를 들었네. 자네도 봤고……."

"사람은 누구나 다··" 루까쉬까는 말을 맺지 않고 머리를 가로 저었다.

"그래, 자넨 결혼을 할 테지? 그렇지?" 올레닌이 물었다.

"엄마는 장가를 보내고 싶어하죠. 하지만 제겐 아직 말도 없어요."

"그럼, 자넨 비전투 사병이군 그래."

"어디요? 바로 얼마 전에 입대했는데요. 아직 말도 없고, 갓게 될 가망도 없어요. 따라서 장가도 못 가죠."

"말 값은 얼마나 하는데?"

"요전에 강 건너에서 흥정을 했는데 60루블도 안 된다더군요, 나가이 산(産)이었거든요."

"그럼 자네, 내 드라반뜨(원주. 원정중인 장교에게 배속되는 전령 같은 병사)가 되지 않겠나? 내가 자네를 얻고, 자네에게 말을 주겠네." 문득 올레닌이 말했다.

"정말일세. 나에게 두 마리가 있는데, 두 마리 다 가질 필요는 없으니까 말이야."

"필요하지 않다뇨?" 루까쉬까가 웃으며 말했다.

"당신에게 무얼 선물하면 좋을까요? 우리도 갖게 될 거예요. 하느님께서 주실 테니까요."

"정말이라니까! 혹시 자네 내 드라반뜨가 되기 싫은 것 아닌가?" 올레닌은 루까쉬까에게 말을 주겠다는 생각이 떠오른 것을 기뻐하며 이렇게 말했다. 그러나 한편으로 그는 부끄럽고 겸연 쩍었다. 그는 무언가 할 말을 찾았으나 어떻게 말해야 할지를 몰랐다.

루까쉬까가 먼저 침묵을 깨뜨렸다.

"당신은 러시아에 집을 가지고 있나요?" 루까쉬까가 물었다.

올레닌은 자신의 집이 한 채가 아니라 몇 채나 있다는 것을 말하지 않을 수 없었다.

"집이 좋은가요? 우리 마을의 집보다 크겠죠?" 루까쉬까가 온화한 표정으로 물었다.

"아주 크지. 열 배는 될걸! 삼층집이야." 올레닌이 설명했다.

"그럼 말도 있나요. 우리 까자끄들의 말같은?"

"우리집엔 삼,사백 루블 하는 말이 백 필이나 있다네. 자네들

같은 말은 아니지만 말야. 은화로 삼백 루블이나 한다니까! 구보로 잘 달리는 말, 알지? 그렇지만 나는 이 지방 말을 가장 좋아한다네.”

“그런데 여긴 왜 오셨죠? 자발적으로 온 건가요, 아니면 보내서 왔나요?” 루까쉬까는 여전히 미소 띤 얼굴로 물었다.

“여기, 아마 당신은 여기서 길을 잃었을 거예요.” 그는 이렇게 덧붙이며 자신들이 지나온 오솔길 옆을 가리켰다.

“오른쪽으로 가셨어야 하는 건데.”

“나는 내가 오고 싶어서 온 거야.” 올레닌이 대답했다.

“자네들이 사는 곳도 보고 싶었고, 원정에도 참가하고 싶었지.”

“나도 빨리 원정에 나갔다 왔으면 좋겠어요.” 루까쉬까가 말했다.

“들개들이 우는군요.” 그는 귀를 기울이며 덧붙였다.

“그건 그렇고, 자넨 사람을 죽이고도 무섭지 않나?” 올레닌이 물었다.

“무섭긴요? 그보다 빨리 원정에 나갔으면 해요!” 루까쉬까가 되풀이해 말했다.

“정말 난 너무나 가고 싶어요.”

“아마 우리와 함께 가게 될 거야. 우리 중대가 명절 전에 떠날 예정인데, 자네네 기병 중대도 그때 떠날 예정인가봐.”

“이런 곳까지 오시다니 당신의 호기심도 대단하군요! 집도 있고, 말들도 있고, 하인들도 많은데 말이에요. 나 같으면 먹고 마시고 실컷 놀 거예요. 그런데 당신 계급이 뭔가요?”

“나는 사관 후보생이야. 지금은 임관을 신청해 놓고 있는 상태지.”

"당신이 그렇게 부자라는 게 허풍이 아니라면, 나 같으면 절대 집을 떠나지 않을 겁니다. 물론 지금도 아무 데도 가지 않고 있지만. 그래, 이곳이 맘에 드세요?"

"그럼, 너무 좋아." 올레닌이 대답했다.

그들이 이렇게 이야기를 나누며 마을 가까이에 이르렀을 때는 이미 어두워져 있었다. 그들은 아직도 어두운 숲속에 있었다. 바람은 나무 꼭대기에서 윙윙거리고 있었다. 들개들이 멀리서 짖고, 웃고, 우는 소리가 바로 그들의 곁에서 들리는 것같았다. 눈앞의 마을 쪽으로부터 여자들의 이야기 소리와 개짖는 소리가 들려왔고 집들의 윤곽이 뚜렷이 떠올랐다. 등불이 반짝이고 마른 쇠똥의 독특한 연기 냄새도 풍겨오기 시작했다. 올레닌에게는 특별히 이 밤, 이 마을의 자신의 집과 자신의 가족과 자신의 모든 행복이 이곳에 있는 것같았고, 자신은 지금껏 이곳에서와 같이 행복한 생활을 한 적이 없으며, 앞으로도 없을 것같다는 생각이 들었다. 이 밤, 그는 모든 사람들, 특히 루까쉬까를 사랑하고 있었던 것이다! 집으로 돌아온 올레닌은 나자빠질 듯이 놀라는 루까쉬까에게 자신이 타고 다니는 말이 아닌, 나이는 좀 들었지만 제법 괜찮은, 그로즈나에서 구입한 말을 직접 끌어내주었다.

"그런데 무엇 때문에 제게 말을 주시는 겁니까?" 루까쉬까가 말했다.

"저는 아직 당신에게 아무 것도 해드린 게 없는데요."

"정말이야. 이런 것쯤 내게 아무 것도 아닐세." 올레닌이 대답했다.

"받아두게. 그리고 앞으로 내게 무엇이든 주면 되잖나. 자, 그럼 원정에 함께 가기로 하세."

루까쉬까는 당혹해 했다.

"난 이 노릇을 어찌해야 할지 모르겠군요. 말 한 필이 아무 것도 아니라니……." 그는 말쪽으로는 쳐다보지도 않고 말했다.

"받게. 어서 받으라니까! 만일 자네가 받지 않는다면 나를 모욕하게 되는 걸세. 바뉴샤, 이 잿빛 말을 끌어다주게."

루까쉬까는 말고삐를 잡았다.

"그럼, 고맙습니다. 정말 너무 뜻밖이라서……."

올레닌은 12살 소년처럼 좋아했다.

"말은 여기 매어두게. 좋은 말일세. 그로즈나에서 산 건데 기막히게 잘 달린다네. 바뉴샤! 우리, 치히리 좀 주게나. 자, 방으로 들어가세."

술이 나왔다. 루까쉬까는 앉아 나무잔을 들었다.

"하느님께서 주실 테니, 당신의 은혜는 갚아드리지요." 그는 술 한잔을 다 마시며 말했다.

"그런데 성함이?"

"드미뜨리 안드레예비치."

"그럼, 드미뜨리 안드레이치! 당신에게 신의 가호가 있기를. 우리, 꾸낙을 맺읍시다. 언제 우리집에 한번 들르시오. 우린 비록 부자는 아니지만, 꾸낙을 맺은 친구에겐 무엇이든 대접할 수 있으니까. 당신에게 필요한 게 있다면 내가 어머니에게 말씀드려서 소스건 포도건 무엇이든 갖다주겠소. 그리고 당신이 초병선에 오면 사냥터건 강 건너건, 원하는 곳이라면 어디든 안내해주겠소. 좀더 일찍 당신을 알았더라면… 엄청나게 큰 멧돼지를 잡았었는데! 까자끄들에게 나눠줬는데 당신을 일찍 알았다면 틀림없이 나누어주었을거요."

"좋아, 말만 들어도 고맙네. 그런데 자네 저 말에 마차를 매지 말아주게나. 아직 마차를 끌어본 적이 없다네."

"마차를 매다니! 그럼 내 당신에게 한마디 더 하겠소." 루까쉬까는 목소리를 낮추며 말했다.

"내게는 꾸낙을 맺은 기레히-한이라는 친구가 있소. 그 친구가 산사람들이 다니는 길목을 지켜보자고 했는데, 만일 원한다면 함께 갑시다. 나는 당신을 배신하지 않을 거요. 당신의 호위병이 되겠소."

"가세, 언제든 가도록 하세."

루까쉬까는 마음이 완전히 가라앉아 자신에 대한 올레닌의 태도를 짐작할 수 있을 것같았다. 그러나 올레닌은 루까쉬까의 침착한 태도며, 갑자기 달라진 말투에 놀라지 않을 수 없었고, 다소 불쾌하기까지 했다. 그들은 오랫동안 얘기를 나누었다. 시간이 많이 늦은 데다가, 취하지는 않았지만(루까쉬까는 한 번도 술에 취한 적이 없었다) 이미 술을 실컷 마신 루까쉬까는 올레닌과 악수를 나누고 그의 숙소를 나왔다.

올레닌은 밖으로 나간 그가 어떤 행동을 하는지 보기 위해 창밖을 내다보았다. 루까쉬까는 머리를 아래로 떨구고 조용히 걸어가고 있었다. 이윽고 말을 대문 밖으로 끌고나간 그는 갑자기 머리를 흔들더니 고양이처럼 날쌔게 말에 올라타 고삐를 던지며 환성을 올리고는 쏜살같이 거리로 내달렸다. 올레닌은 그가 마리얀까와 함께 기쁨을 나누기 위해 그녀를 찾아갈 것이라 생각했다. 그러나 예상과 달리 루까쉬까가 그녀를 찾아가지 않았음에도 불구하고, 올레닌의 마음은 더없이 유쾌했다. 그는 어린 애처럼 좋아하며 자신이 루까쉬까에게 말을 준 이유와 행복에 대한 자신의 새로운 이론을 바뉴샤에게 설명하지 않고는 견딜 수가 없었다. 바뉴샤는 그의 이러한 이론에 반대하며, 만일 돈이 없다면 그런 건 모두 쓸데없는 이론에 지나지 않는다고 반박했다.

루까쉬까는 집으로 달려가 말에서 뛰어내려 말고삐를 어머니에게 넘겨주며, 그 말을 까자끄들의 말 공동사육장에 넣어달라고 부탁했다. 자신은 밤까지 초병선에 돌아가야 했기 때문이었다. 벙어리 누이가 말을 끌고가기 위해 나와 이 말을 준 사람을 만나면 그 사람 발에 절을 하겠노라 몸짓으로 말했다. 노파는 아들의 말에 고개를 끄덕이기는 했으나, 틀림없이 훔쳐온 말일거라 생각하며 날이 밝기 전에 말을 공동사육장으로 끌고가라고 벙어리 딸에게 시켰다.

루까쉬까는 혼자 초병선으로 돌아가며 올레닌의 행동에 대해 곰곰이 생각해 보았다. 선물로 받은 말은 비록 그가 보기에 그리 훌륭한 말은 아니었지만 적어도 40루블은 나갈 것같았고, 이런 올레닌의 선물은 그를 매우 기쁘게 했다. 그러나 무슨 목적으로 자신에게 이런 선물을 했는지 알 수 없었기에 고맙다는 마음은 조금도 없었다. 감사는 고사하고 그에게는 혹시 그 사관후보생이 좋지 않은 생각을 품고 있는 것은 아닐까 하는 의혹이 일었다. 좋지 않은 생각이 과연 어떤 종류의 것인지 자신에게도 설명할 수는 없었지만 어쨌든 잘 알지도 못하는 사람이 40루블이나 나가는 말을 아무런 이유없이 선물한다는 것은 그에게는 불가능한 일처럼 여겨졌다. 만일 술에 취한 상태라면 이해할 수 있는 일이었다. 왜냐하면 뽐내고 싶었을 테니까. 그러나 사관후보생은 취하지 않았었고, 그렇다면 그는 뭔가 나쁜 짓을 꾸미기 위해 자신을 매수한 것이 틀림없었다.

'그래, 어디 거짓말을 해보시지!' 루까쉬까는 생각했다.

'말은 내게 있고, 저쪽 속은 훤히 들여다보여! 나는 빈틈없는 사람이야. 누가 누구를 속이게 될까, 두고보자고!' 그는 올레닌에 대해 경계할 필요성을 느끼고, 그에 대한 반감을 불러일으키며 이렇게 생각했다. 그는 누구에게도 어떻게 말이 생기게 되었는지 사실대로 말하지 않았다. 어떤 이에게는 샀다고 하고, 다른 사람들에게는 애매한 대답으로 얼버무렸다. 그러나 마을에서는 곧 진실을 알게 되었다. 루까쉬까의 어머니, 마리야나, 일리야 바실리예비치 그리고 그 밖의 까자끄들도 올레닌이 아무런 이유없이 말을 선물했다는 사실을 알자 모두 의혹을 품은 채 사관 후보생을 경계하기 시작했다. 그러나 이러한 경계심에도 불구하고 올레닌의 행동은 그들의 마음속에 그의 부유함과 순진함에 대한 커다란 경의를 불러일으켰다.

"자네, 들었나? 일리야 바실리예비치 집에 묵고 있는 사관 후보생인가 뭔가 하는 사람이 50루블이나 하는 말을 루까쉬까에게 주었다네." 한 사람이 말했다.

"부잔가봐!"

"들었지." 다른 사람은 깊이 생각에 잠긴 듯 대답했다.

"틀림없이 그에게 뭔가를 해줬을걸세. 두고 보세, 두고 봐. 앞으로 그가 무슨 짓을 할지! 어쨌든 우르반은 행운아야."

"사관 후보생들 중에는 교활한 자가 많거든. 큰일이야!" 세 번째 사내가 말했다.

"곧 불을 지르거나 아니면 뭔가 일을 저지를 게 틀림없어."

23. 올레닌의

생활은 아무런 변화없이 단조롭게 흘러갔다. 그는 상관이나 동료들과도 별로 접촉이 없었다. 까프까즈에서 부유한 사관 후보생들의 처지는 이러한 관계에서 특히 유리했다. 작업이나 훈련에도 그는 끌려나가지 않았다. 이번에 있을 원정에서 그는 장교로 임관될 예정이었으므로 그때까지는 편안히 지낼 수 있었던 것이다. 장교들은 그를 특권계급의 사람이라고 여겼기에 그를 대할 때는 품위를 세우려고 애쓰고 있었다. 그는 부대에 있을 때 경험한 카드놀이라든가 가수를 불러 떠들썩하게 벌이는 장교들의 주연(酒宴)같은 것에도 흥미를 느끼지 못했으므로 이 마을에 와서는 장교들의 사회나 장교들의 생활을 멀리하고 있었다. 까자끄의 마을에서는 이미 오래전부터 장교들의 생활이 일정한 방식을 이루고 있었다. 요새(要塞)에서는 모든 사관 후보생인 장교들이 날마다 흑맥주를 마시거나 도박을 하거나 원정의 포상에 대해 수다를 떨며 시간을 보내는 것처럼, 까자끄 마을의 장교들은 그들의 숙소에서 주인과 치히리를 마시거나 처녀들에게 술안주나 꿀을 대접하는 것이었다. 가끔 까자끄 여자들에 반해 그들의 꽁무니를 따라다니다 결혼을 하는 일도 있었다. 올레닌은 항상 자신의 독특한 생활방식을 고수했고, 이미 닦여진 길에 대해서는 무의식적으로 혐오했다. 그리하여 그는 여기서도 까프까즈 장교들의 일반적인 생활 궤도에 발을 들이지 않았던 것이다. 어느새 그는 새벽에 일어나는 것이 습관이 되어버렸다. 차를 충분히 마시고 현관 앞 층계에 나가 잠시 동안 산봉우리와 아침 경치와 마리얀까를 감상하고, 소가죽으로 만든 낡은 겉옷을 걸치고, 부드러운 가죽신을 신고, 단검을 허리에 차고, 간식과 담배를 넣은 주머니를 들고, 사냥개를 데리고 아침 6시가 지날 무렵이면 마을 뒤에 있는 숲으로 향한다. 저녁 7시가 지날 무렵이면 피로와 허기 속에 대여섯 마리의 꿩을 허리에 차고 돌아오거나 혹은 사냥에서 잡은 짐승을 메고, 간식이나 담배가 든 주머니에는 손도 대보지 않은 채 돌아오는 것이었다. 만일 머리 속의 생각이 자루 속에 들어 있는 담배처럼 가지런하게 누워 있다면, 이 14시간 동안 그의 내부에서는 단 한 가지의 생각도 움직이지 않았음을 알 수 있으리라. 그는 정신적으로 신선하고 강하고 완전히 행복한 인간이 되어 집으로 돌아오곤 했다. 그러나 그 모든 시간 동안 그가 무엇에 대해 생각했었는지는 그 자신도 말할 수 없었다. 그의 머리 속에는 생각도 아니고 과거의 회상도 아니며 공상도 아닌 그 무엇이 단편적으로 떠올라 헤매다가는 사라지곤 했다. 문득 정신이 들면 스스로에게 이렇게 물었다.

'무슨 생각을 하는 거야?'

그리고 그는 자기자신을, 까자끄 아내와 함께 과수원에서 일하고 있는 까자끄 속에서 또는 산에 있는 빨치산 속에서 아니면 자신에게서 도망 치는 멧돼지 속에서 발견하곤 했다. 그러면서도 그는 계속 귀를 기울이고 살펴보며 꿩이나 멧돼지, 사슴 따위를 기다린다.

저녁이면 반드시 예로쉬까 아저씨가 찾아온다. 바뉴샤가 치히리를 내오면, 그들은 조용히 이야기를 주고받으며 실컷 마신 다음, 둘 다 만족스런 기분으로 헤어져 잠자리에 들곤 한다. 그리고 다음날을 또다시 사냥, 건강한 피로, 음주를 곁들인 환담, 행복한 마음으로 마무리하는 것이다. 이따금 명절이나 휴일에는 온종일 집에 들어앉아 있기도 했다. 그런 날에는 마리얀까가 그의 중요한 관찰 대상이 되어 창가나 현관 앞 층계에서 자신도 모르게 그녀의 모든 움직임을 탐욕스럽게 뒤쫓는 것이었다. 그가 마리얀까를 응시하고 그녀를 사랑하는 것은(그의 생각으로) 산이나 하늘의 아름다움을 사랑하는 것과 다를 바 없어, 혹여라도 그녀와 어떤 관계를 맺으려는 의도는 전혀 없는 것이었다. 그는, 자신과 그녀 사이에는 까자끄인 루까쉬까와 그녀 사이에서 생길 수 있는 그런 관계가 존재할 수 없을 뿐 아니라, 돈 많은 장교와 까자끄 처녀 사이에 벌어질 수 있는 그런 관계는 더더욱 존재할 수 없을 것이라 생각되었다. 그리고 만일 자신이 다른 동료들처럼 그런 짓을 하려한다면 그때는 현재 자신이 누리고 있는 완전한 행복과 관조(觀照)를 잃고 고통과 환멸 그리고 회한의 구렁텅이에 빠져들 것만 같았다. 뿐만 아니라 그는 그녀에 대해 이미 자기희생의 대업을 완수했고, 그것이 그에게는 그렇게 커다란 만족을 주고 있었다. 그러나 가장 중요한 이유는, 그는 웬일인지 마리얀까가 두려워 농담 섞인 사랑의 말

따위는 속삭일 수도 없었던 것이다.

어느 여름날, 올레닌은 사냥에 나가지 않고 집에 앉아 있었다. 그런데 전혀 뜻밖에도 모스크바에서 안면이 있던, 사교계에서 만난 적이 있는 새파랗게 젊은 사내가 그를 찾아왔다.

"오, 저는 당신이 여기 계시다는 말을 듣고 얼마나 기뻤는지 모릅니다!" 그는 모스크바 식 프랑스 어로 입을 열더니 계속 프랑스 어를 섞어가며 말을 이었다.

"사람들이 '올레닌'이란 이름을 들먹이더군요. 어떤 올레닌 말입니까? 저는 너무나 반가웠습니다. 이것이 바로 운명적인 만남이란 것 아니겠습니까? 그래, 당신은 어떻습니까? 무얼 하고 계시지요? 왜 이런 곳엘 오셨나요?"

그리고 나서 벨레츠끼 공작은 자신의 얘기를 했다. 자신이 이 연대에 기한부로 입대하게 된 경위와 총사령관이 자신을 부관에 임명하겠다고 부르고 있기 때문에 이번 원정이 끝나면 자기로서는 전혀 흥미가 없지만, 부득이 취임해야겠다는 말을 했다.

"이런 벽촌에서 근무하는 이상, 출세라도 해야죠……. 십자훈장을 받든… 관리가 되든… 아니면 근위대로 전속이 되든가요. 어쨌든 이런 건 저자신을 위해서라기보다는 가족이나 친구들을 위해서 필요불가결한 것이죠. 공작은 제게 참 잘 대해줍니다. 정말 훌륭한 분이더군요."

벨레츠끼는 쉴새없이 떠들어댔다.

"이번 원정에서 저는 안나 십자훈장을 받게 되어 있지요. 원정을 떠날 때까지만 여기서 지낼 예정입니다. 여긴 정말 좋은 곳이에요. 여자들이 얼마나 기막힌지! 그런데 당신은 어떻게 지내십니까? 우리 대위가 말하기를… 아! 아시죠, 스따르쩨프라고……. 착하긴 하지만 좀 우둔한 편이죠. 그가 말하기를 당신은 누구와도 만나지 않고 야만인처럼 살고 있다더군요. 저도 당신이 이 지방 장교들과 사귀기 싫어하는 것을 이해할 만합니다. 어쨌든 당신을 뵙게 되어 너무나 기쁩니다. 저는 바로 저기 하사 집에 묵고 있습니다. 거기엔 아주 멋진 처녀가 있답니다. 우스쩬까라고… 얼마나 매력적인 처녀지!"

그리고 그의 입에서는 올레닌이 영원히 떠나왔다고 생각했던, 그 세계에서 사용되는 프랑스 어와 러시아 어 낱말들이 끊임없이 쏟아져나왔다. 벨레츠끼에 대한 모든 사람들의 견해는, 그가 사랑스럽고 선량한 청년이라는 것이었다. 어쩌면 그는 정말로 그런 사내였는지도 모른다. 그러나 올레닌에게는 그의 선량하고 멋진 얼굴에도 불구하고 그가 지극히 불쾌한 사람으로 느껴졌다. 그것은 그에게서 자신이 버리고 온 세속적인 모든 추악한 냄새가 풍겨났기 때문이었다. 그러나 무엇보다 화가 치미는 것은, 자신이 그 세계에서 온 이 사내를 단호히 격퇴해버리지 못하고 예전에 자신도 살고 있던 그 낡은 세계가 마치 거부할 수 없는 어떤 권리를 갖고 있다는 것처럼 생각된다는 사실이었다. 그는 벨레츠끼 뿐만 아니라 자신에게도 분노를 느꼈다. 그러나 한편으로는 의지를 거스르며 올레닌 역시 대화중에 프랑스 어를 섞어 쓰고, 총사령관이나 모스크바에 있는 지기들에 대한 얘기에 흥미를 느꼈으며, 까자끄 마을에서 프랑스 사투리를 말할 줄 아는 것은 자신들 두 사람뿐이라는 이유에서 동료 장교들이나 까자끄들을 경멸하기도 했고, 벨레츠끼를 우정 어린 친구로 대접하며 그를 방문하겠노라 약속하며 그를 초대하기까지 했다. 그러나 올레닌 자신은 벨레츠끼를 방문하지는 않았다. 바뉴샤는 벨레츠끼를 칭찬하며 그 사람이야말로 진정한 나으리라고 말했다.

벨레츠끼는 곧 까자끄 마을에 머무르고 있는 부유한 장교의 상투적인 생활에 빠져들었다. 올레닌의 눈앞에서 그는 불과 한 달 사이에 마을의 유지처럼 되어버렸다. 그는 노인들에게 술을 대접하고, 저녁 파티를 열었으며, 까자끄 처녀들의 저녁 파티에 직접 참석하기도 했고, 승리를 자랑했으며, 처녀들과 아낙네들은 웬일인지 그를 '영감님'이라는 별명으로 부르게 되었다. 까자끄들은 그를 술과 여자를 좋아하는 사람으로 확실히 규정하고 그에게 익숙해지게 되어, 그들에게 수수께끼같은 올레닌보다 오히려 그를 더 사랑하게 되었다.

24 아침

5시였다. 바뉴샤가 현관 앞 층계에서 장화의 목 부분으로 싸모바르에 부채질을 하고 있었다. 올레닌은 이미 말을 타고 쩨레끄 강으로 미역을 감으러 갔다(그는 얼마 전 자신에게 대단히 만족스러운, 새로운 일을 생각해냈다. 그것은 바로 쩨레끄 강에서 말을 미역 감기는 일이었다). 여주인은 안채에 있었고, 안채 굴뚝에서는 불을 지핀 뻬치까의 검은 연기가 솟아오르고, 딸은 외양간에서 물소의 젖을 짜고 있었다.

"가만 있지 못해! 이 망할 년!"

외양간 쪽에서 딸의 짜증 섞인 목소리에 이어 젖을 짜는 소리가 들려왔다. 집 근처의 길에서 요란한 말발굽 소리가 들려오더니 물기를 머금은 짙은 밤빛 말에 안장도 없이 올라탄 올레닌이 대문으로 다가왔다. 붉은 스카프(싸로치까라고 부르는) 한 장으로 감싼 마리야나의 아름다운 머리가 외양간에서 나왔다가 이내 모습을 감춰버렸다. 올레닌은 빨간 루바쉬까 위에 흰 체르께스를 걸쳐 입고, 단검이 달린 혁대를 차고, 챙이 높은 모자를 쓰고 있었다. 그는 물에 젖은 피둥피둥한 말 잔등에 세련되게 앉아 등에 멘 총을 잡고 문을 열기 위해 허리를 구부렸다. 그의 머리는 아직도 젖어 있었고, 얼굴은 젊음과 건강미가 넘쳐 흘렀다. 그는 자신을 훌륭하고 민첩한, 진정한 까자끄와 비슷하다고 여기고 있었지만, 그것은 잘못된 생각이었다. 경험있는 까프까즈 인들의 눈에 비치는 그의 모습은 병사에 지나지 않았던 것이다. 처녀의 머리가 삐죽 나온 것이 눈에 띄자 그는 유달리 힘차게 허리를 구부려 사립문을 밀치고는 고삐를 당기고 채찍을 휘두르며 뜰 안으로 말을 몰고 들어왔다.

“차는 준비됐나, 바뉴샤?” 그는 외양간 문쪽으로는 시선을 주지 않은 채 명랑하게 소리 쳤다. 그는 자신의 아름다운 말이 단숨에 울타리를 뛰어넘으려고 엉덩이를 빼고, 고삐를 채고, 전신의 근육을 떨며 뜰 안의 마른 점토를 밟은 채 제자리 걸음을 하고 있는 것에 더없이 만족하고 있었다.

“준비됐습니다!” 바뉴샤가 대답했다.

올레닌은 마리야나의 아름다운 머리가 아직도 외양간에서 이쪽을 내다보고 있는 것같이 느껴졌으나 그쪽을 돌아보지는 않았다. 말에서 뛰어내릴 때 올레닌은 총이 층계에 부딪치는 바람에 그만 서투른 동작을 보이고 말았고, 겁을 먹은 그는 재빨리 외양간 쪽을 바라보았다. 그러나 누구도 자신을 보는 사람은 없었고 다만 젖을 짜는 단조로운 소리가 들려올 뿐이었다. 그는 방에 들어갔다가 잠시 후에 책과 담배 파이프를 들고 다시 현관 앞 층계로 나와 아직 아침 햇살이 비치지 않는 쪽에 찻잔을 앞에 두고 앉았다. 오늘은 점심 때까지 아무 데도 가지 않고 오래

전부터 미뤄두었던 편지를 쓸 예정이었으나, 어쩐지 층계 위의 이 자리를 떠나기가 싫었고, 방으로 들어가는 것도 감옥에 가는 것처럼 느껴지기만 했다. 여주인은 뻬치까의 불을 다 지폈고, 딸은 가축을 몰고갔다 돌아와 울타리를 따라 널려 있는 말린 쇠똥을 끌어모으고 있었다. 올레닌은 책을 읽고 있었으나 자기 앞에 펼쳐진 책에 쓰여진 내용을 하나도 이해할 수가 없었다. 그는 쉴새없이 눈을 돌려 자기 앞에서 움직이고 있는 활기 찬 젊은 처녀를 바라보고 있었다. 그 처녀가 습기 찬 아침의 그늘에 있을 때나, 환희에 찬 싱그러운 햇살이 비치는 뜰 한복판으로 나와 눈부신 옷에 감싸인 날씬한 몸매에 햇살을 받으며 검은 그림자를 끌고 다닐 때에도, 그는 그녀의 모든 움직임에 주의를 집중하고 있었다. 그리고 그녀의 상체가 자유롭고 우아하게 굽혀졌다 펴졌다 하는 모습과, 그녀의 몸을 감싸고 있는 한 장의 분홍빛 루바쉬까가 가슴과 날씬한 다리 위로 흘러내리는 모습과, 그녀가 몸을 폈을 때 팽팽한 루바쉬까 밑에서 물결 치고 있는 젖가슴의 윤곽과, 낡고 빨간 신을 신은 가녀린 발뒤꿈치가 똑바로 땅을 밟고 있는 모습, 소매를 걷어올린 두 팔이 근육을 긴장시키며 노련하게 쇠똥을 퍼던지는 모습 그리고 심원한 검은 눈동자가 이따금 그에게 시선을 던지는 모습에서 그는 기쁨을 느꼈다. 비록 그녀의 가느다란 눈은 살짝 찌푸려져 있었으나, 그 눈에는 만족스러운 빛과 자신의 아름다움을 의식하는 감정이 담겨져 있었다.

"아니, 올레닌! 일찍 일어나셨습니까?" 까프까즈 장교 제복을 입은 벨레츠끼가 뜰 안으로 들어오며 올레닌에게 말을 건넸다.

"아, 벨레츠끼!" 올레닌이 말을 받으며 손을 내밀었다.

"당신이 어떻게 이렇게 일찍?"

"어쩔 수가 있어야죠! 쫓겨났어요. 오늘 우리집에서 무도회가 있거든요. 마리야나 너도 우스쩬까 네 집으로 올거지?" 그는 처녀에게 말을 걸었다.

올레닌은 벨레츠끼가 너무도 허물없이 처녀에게 말을 거는 것을 보고 놀랐다. 그러나 마리야나는 듣지 못한 것같은 얼굴로 삽을 어깨에 둘러메고는 고개를 숙이고 언제나처럼 사내와 같은 힘찬 걸음걸이로 안채 쪽으로 들어가버렸다.

"부끄러워하는군! 부끄러운 모양이야." 벨레츠끼는 그녀의 뒷모습을 바라보며 말했다.

"당신에게 부끄러운 모양입니다." 그는 기쁘게 미소 지으며 층계로 뛰어올랐다.

"당신의 집에서 무도회가 있다구요? 누가 당신을 쫓아냈던 말입니까?"

"우스쩬까 네, 즉 주인집에서 무도회가 있단 말입니다. 당신도 초대받은 사람입니다. 무도회라고 해야 고기만두가 있는 처녀들의 모임입니다만……."

"그렇군요. 하지만 우리가 그런 곳에서 대체 뭘 한단 말입니까?"

벨레츠끼가 장난스런 웃음을 띤 채 눈짓을 하고는 마리야나가 들어간 안채쪽을 턱으로 가리켰다.

올레닌은 어깨를 움츠리며 얼굴을 붉혔다.

"확실히 당신은 이상한 사람이군요!" 벨레츠끼가 말했다.

"그래요? 어떻게 이상한지 한번 말해 보시죠!"

올레닌은 눈살을 찌푸렸다. 벨레츠끼는 그걸 눈치 채고 아첨하는 듯만 미소를 지었다.

"미안합니다만…" 그가 말을 시작했다.

"한집에 같이 사시면서… 저렇게 멋지고, 훌륭하고, 한마디로 끝내주는 아가씨와…"

"놀랄 만큼 아름다운 아가씨죠! 난 아직 저런 아가씨를 본 적이 없어요." 올레닌이 말했다.

"그래서 어쨌다는 거죠?" 무슨 소린지 이해할 수 없다는 듯 벨레츠끼가 물었다.

"하긴 이상하게 생각될지도 모릅니다." 올레닌이 대답했다.

"그러나 사실을 사실대로 말하지 못할 이유는 없겠지요? 여기서 살게 되면서부터 내게는 여자가 존재하지 않게 되었죠. 그러니까 마음이 편해서 좋더군요! 그리고 이곳의 여자들과 우리들 사이에 과연 어떤 공통점이 존재할까요? 예로쉬까그 사람은 문제가 다릅니다. 그 사람과 나 사이에는 공통적인 정열—즉, 사냥이란 것이 있으니까요."

"그래요, 그렇군요! 그러나 공통점이란 무엇입니까? 그럼 나와 아말리야 이바노브나 사이에 어떤 공통점이 있느냐, 하는 것과 같은 이치를 말하는 겁니까? 마찬가지입니다. 말하자면 이 고장 여자들은 청결하지 못합니다. 그러나 그건 다른 문제죠. 전시에는 전시답게!"

"하지만 나는 아말리야 이바노브나 같은 여자는 알지도 못하고, 그런 여자들과는 영원히 어울리지 못할 겁니다." 올레닌이 대답했다.

"그런 여자들은 절대 존경할 수 없지만, 이 고장 여자들은 존경하죠."

"존경하십시오! 누구도 당신을 방해하지는 않습니다!"

올레닌은 대답을 하지 않았다. 그는 분명 자신이 지금 하던 말을 끝까지 하고 싶었던 것이다. 그에게는 그것이 아주 절실한 문제였기 때문이었다.

"나는 내가 예외적인 사람이란 걸 잘 알고 있어요(분명 그는 당황하고 있었다). 그러나 내 삶은 새삼스레 그 법칙을 변경시킬 필요성을 느끼지 않을 뿐더러, 만일 내가 당신들과 같은 생활을 시작하는 날이면 지금처럼 행복한 생활을 누릴 수 없으며 이곳에서는 도저히 살 수 없게 된다는 것이죠. 또한 나는 당신들과는 전혀 다른 것을 그들 속에서 찾고 있으며, 또 그것을 발견하고 있죠."

벨레츠끼는 믿지 못하겠다는 듯 눈썹을 치켜올렸다.

"어쨌든 저녁에 우리집에 오십시오. 마리야나도 올 테고……. 제가 소개시켜드리죠. 꼭 오십시오! 오셨다가 재미없으시면 돌아가세요. 오실 거지요?"

"가지요. 그러나 솔직히 말해서, 진짜로 빠져들게 되면 어쩌나 걱정입니다."

"오, 오, 오!" 벨레츠끼가 소리를 질렀다.

"꼭 오십시오, 제가 안심시켜드리죠. 오시겠지요? 약속하시죠?"

"가겠습니다. 하지만 거기서 우리가 무엇을 할 것인지, 어떤 역할을 하게 되는지 도무지 알 수가 없군요."

"제발 부탁드립니다. 꼭 오실 거죠?"

"예, 가죠. 별일없으면……." 올레닌이 말했다.

"무슨 그런 말씀을, 그 어디서도 찾아볼 수 없는 매혹적인 여자들 속에서 수도사처럼 사시다니! 그만두었으면 좋으련만! 무엇 때문에 자신의 생활을 희생하며, 보이는 것을 즐기려 하지 않는단 말입니까? 당신은 우리 중대가 보즈드비 스까야에 가게 된다는 것을 들으셨나요?"

"그게 정말입니까? 내가 듣기로는 8중대가 간다고 하던데." 올레닌이 말했다.

"아닙니다. 제가 부관으로부터 편지를 받았습니다. 이번 원정에는 총사령관인 공작 자신도 함께 떠난다고 합니다. 저는 그분을 뵙게 된 것이 너무나 기쁩니다. 이미 이곳도 제겐 싫증이 나기 시작했으니까요."

"곧 습격을 할 거라고들 하더군요."

"그런 말은 못 들었습니다만, 끄리노비츠 인이 습격의 공으로 안나 십자훈장을 받았다는 말은 들었습니다. 그 사람은 중위로 진급되기를 바라고 있다더군요." 벨레츠끼는 웃으며 말했다.

"일이 꼬였거든요. 그래서 그 사람은 사령부를 찾아갔지요……."

해가 기울어지자 올레닌은 저녁 파티에 대해 곰곰이 생각하기 시작했다. 초대가 그를 괴롭혔던 것이다. 물론 그곳에 가고 싶은 마음도 있었으나, 그곳에서 일어날 일들을 생각하면 이상야릇하고 무서운 생각이 들었다. 그는 처녀들 외에는 한 사람의 까자끄도, 노파도 저녁 파티에 참석하지 않게 되어 있다는 사실을 알고 있었다. 대체 무슨 일이 벌어질 것인가? 나는 어떤 태도를 취해야 하지? 무슨 말을 하지? 그들은 무슨 말을 하게 될까? 그는 처녀들과 어떤 관계일까? 벨레츠끼는 이상하면서도 저속하고 동시에 엄격한 관계에 대해 늘어놓았다. 올레닌은 자신이 그곳에서 마리야나와 한 방에 있을 뿐만 아니라, 어쩌면 그녀와 말을 하게 될 수도 있겠다는 생각에 기분이 이상해졌다. 그녀의 도도하고 위엄있는 모습을 되새겨볼 때 그는 그런 일은 도저히 있을 수 없을 것같이 여겨졌던 것이다. 그러나 벨레츠끼는 그런 건 사소한 일에 속한다고 말했다.

'그러나 과연 벨레츠끼가 마리야나에게도 그 따위 행동을 취할 수 있을까? 매우 흥미로운걸.' 그는 생각했다.

'아니, 역시 가지 않는 게 났겠어. 그런 파티라는 게 저속하고 추악하고, 무엇보다 가장 중요한 건 아무 소용없는 것이라는 거야.'

그러나 그는 또다시 의문에 휩싸였다. 도대체 무슨 일이 벌어질 것인가? 그리고 아무래도 그와의 약속을 지켜야 될 것같았다. 그는 아무런 결정도 내리지 못한 채 집을 나와 벨레츠끼의 숙소에 다다라서는 안으로 들어갔다.

벨레츠끼의 숙소는 올레닌의 그것과 다를 바 없었다. 집은 땅에서 2아르신 높이의 기둥 위에 세워져 두 개의 방으로 이루어져 있었다. 가파른 층계를 올라가 올레닌이 들어간 첫 번째 방에는 솜털이불과 양탄자, 모포, 베개가 까자끄식으로 아름답고 우아하게 정돈되어 있었다. 측면에는 구리로 만든 남비들과 무기가 걸려 있었고, 침대 겸 의자 밑에는 수박과 호박이 놓여 있었다. 그 다음 방에는 커다란 뻬치까와 탁자, 걸상 그리고 구교도의 성상이 눈에 띄었다. 벨레츠끼는 야전용 침대, 트렁크, 장식용 양탄자 위에 걸어놓은 무기, 탁자 위에 늘어놓은 세면도구와 초상화에 둘러싸여 앉아 있었다. 비단같은 실내 옷은 침대 겸 의자 위에 널브러져 있었다. 얼굴을 말끔히 씻은 벨레츠끼는 내의 차림으로 침대 위에 누워 '삼총사'를 읽고 있었다.

벨레츠끼는 벌떡 일어났다.

"어떠세요. 제 숙소가? 괜찮지요? 어쨌든 와주셔서 감사합니다. 아가씨들이 벌써부터 준비를 하느라 요란합니다. 여기서는 고기 만두를 어떻게 만드는지 아세요? 돼지고기와 포도로 만두 속을 빚는답니다. 그런 건 아무려면 어떻겠습니까. 그보다 저

길 보십시오. 얼마나 부산을 떠는지.”

창 밖을 내다보자 정말 안채 쪽에서는 소동이 벌어지고 있었다. 처녀들은 제각기 무엇인가를 손에 들고 열심히 드나들고 있었다.

“아직 멀었어?” 벨레츠끼가 소리 쳤다.

“다돼 가요, 영감님! 그렇게 배가 고파요?” 처녀의 대답에 뒤이어 커다란 웃음소리가 안채 쪽에서 들려왔다.

통통하고 발그스레한 얼굴이 예쁘장한 우스쩬까가 팔소매를 걷어붙인 채, 접시를 가지러 벨레츠끼 방으로 뛰어들어왔다.

“아이, 왜 그래요! 접시 깨지면 어떡하려구.” 그녀는 벨레츠끼에게 소리 쳤다.

“같이 와서 거들지 그래요.” 그녀는 이번에는 웃으며 올레닌에게 말했다.

“그리고 아가씨들에게 간식거리 좀 내와요.”

“그런데, 마리얀까 왔어?” 벨레츠씨가 물었다.

“안 올 리가 있어! 반죽까지 가져왔는데.”

“어떻습니까?” 벨레츠끼가 말했다.

“저 우스쩬까에게 멋진 옷을 입히고, 조금만 다듬는다면 모스크바의 그 어떤 미인보다 아름다울 겁니다. 당신은 보르쉐바라는 까자끄 여인을 본 적이 있습니까? 그녀는 대령과 결혼했지요. 그 도도함이라니! 도대체 어디서 그런 당당함을 갖게 됐는지……”

“나는 보르쉐바라는 여인을 본 적은 없지만, 이곳의 여자들 의상이 무엇보다 아름다운 것같더군요.”

“어쨌든 저는 어떤 생활도 만족하게 하는 능력이 있습니다!” 벨레츠끼는 유쾌하게 숨을 몰아 쉬며 말했다.

"자, 그럼 그들이 무얼 하고 있는지 보러 가볼까."

그는 이렇게 말하고는 실내복을 걸치며 뛰어나갔다.

"그 동안 당신은 안주거리나 사오게 하세요!" 그가 소리 쳤다.

올레닌은 졸병에게 당밀과자와 꿀을 사오게 했다. 그러나 막상 졸병에게 돈을 건네게 되자 그것이 누군가를 매수하는 것같은 기분이 들어 그는 졸병의 물음에 분명한 대답을 할 수 없었다.

"박하과자는 얼마나 사고, 꿀은 얼마나 사면 됩니까?"

"알아서 하게."

"그럼 돈만큼 전부 살까요?" 늙은 병사는 의미심장한 표정으로 물었다.

"박하과자가 더 비쌉니다요. 16까뻬이까씩 받고 팔더군요."

"다 사오게, 다 사와." 올레닌은 이렇게 대답하고 창가로 가 앉았으나, 마치 어떤 중대한 좋지 못한 일을 꾸밀 때처럼 가슴이 두근거리는 것에 스스로 놀라지 않을 수 없었다.

그는 벨레츠끼가 들어가자마자 처녀들이 모여 있는 안채에서 갑자기 호들갑스럽게 울려퍼지는 소리를 들었고, 얼마 후에는 처녀들의 날카로운 환성과 시끄러운 소음 그리고 웃음소리와 함께 그가 안채에서 달려나와 층계를 뛰어내려오는 것을 보았다.

"쫓겨났어요." 그가 말했다.

그리고 얼마 후, 우스쩬까가 바깥채로 나와 준비가 다되었음을 알리고 예의를 갖추어 손님들을 초대했다.

그들이 안채로 들어갔을 때에는 정말 모든 준비가 다되어 있었고, 우스쩬까는 벽장 안의 솜털이불을 바로 잡고 있었다. 어

울리지 않게 작은 테이블 보를 씌운 식탁 위에는 목이 긴 유리
병에 담긴 치히리와 말린 생선이 놓여 있었다. 방안은 밀가루
반죽 냄새와 포도 냄새로 가득 차 있었다. 베쉬메뜨 차림에 언
제나처럼 머리에 스카프를 두르지 않은 여섯 명의 처녀가 뻬치
까가 있는 구석에서 소근거리다가 웃음을 터뜨리며 깔깔거렸
다.

"그럼, 삼가 저의 수호천사에게 기도를 들려주시기를 부탁드
립니다." 우스쩬까는 손님들을 식탁으로 안내하며 말했다.

올레닌은 예외없이 모두 아름다운 처녀들 가운데서 마리얀까
를 응시했고, 이처럼 저속하고 어색한 상태에서 그녀를 마주 대
한다는 것에 몹시 언짢아했다. 그는 이런 곳에 익숙치 못한 자
신이 바보같고 재치없는 사람인 것처럼 느껴져 벨레츠끼가 하
는 대로 따라하리라 마음 먹었다. 벨레츠끼는 약간 위엄있는,
그러나 자만심에 가득 찬 거리낌없는 태도로 식탁으로 다가가,
우스쩬까의 건강을 기원하며 포도주 잔을 비우고는, 다른 사람
들에게도 술을 권했다. 우스쩬까는 처녀들은 술을 마실 줄 모른
다고 사양했다.

"꿀을 타면 마실 수 있을 거예요." 처녀들 중 하나가 말했다.

꿀과 안주거리를 사가지고 구멍가게에서 방금 돌아온 졸병이
불려 들어왔다. 졸병은 선망도 경멸도 아닌 표정으로 그가 보기
에 한가한 패거리를 흘깃 쳐다보고는 잿빛 종이에 싼 꿀 덩어리
와 당밀과자를 정중하게 바치고 나서 과자 값과 거스름 돈에 대
해 장황하게 늘어놓기 시작했으나, 벨레츠끼는 그를 내쫓아버
렸다.

치히리를 따른 잔마다 꿀을 넣어 섞고, 3푼뜨나 되는 당밀과
자를 식탁 위에 쏟아놓은 다음, 벨레츠끼는 구석에 있는 처녀들

을 강제로 끌어 식탁에 앉히고는 그들에게 과자를 분배하기 시
작했다. 올레닌은 햇빛에 그을은 마리얀까의 조그만 손이 동그
란 박하과자 두 개와 갈색 당밀과자 한 개를 받고 그것을 어찌
하면 좋을지 몰라 망설이는 것을 알아차렸다. 우스쩬까와 벨레
츠끼의 허물없는 태도와 사람들의 흥을 돋구려는 노력에도 불
구하고 오가는 대화는 어색하고 불쾌한 것이 되어버렸다. 올레
닌은 침착함을 잃고 무슨 말을 해야 할까를 곰곰이 생각하는 한
편, 자신이 사람들의 호기심을 자극하고 있을 뿐이며 어쩌면 그
들이 자신을 비웃고 있는지도 모르고 자신의 수줍음을 다른 사
람에게 옮기고 있는지도 모른다는 생각을 했다. 그는 얼굴을 붉
히며, 자기 때문에 특히 마리야나가 어색해 하고 있다고 생각했
다.

'저들은 분명 우리가 돈을 주기를 기다리고 있다.' 그는 생각
했다.

'하지만 우리가 어떤 방법으로 돈을 준담? 어쨌든 빨리 돈을
주고 돌아가야 할 텐데!'

25. "어째서

너는 너희 집에 묵고 있는 사람을 모르지?" 벨레츠끼가 마리얀까를 보고 말했다.

"어떻게 내가 그를 알 수 있겠어요. 그는 한 번도 우리집에 온 일이 없는데?" 마리야나는 올레닌을 흘깃 쳐다보며 말했다.

올레닌은 무엇에 놀란 사람처럼 얼굴이 벌겋게 되어 자신도 모를 말을 중얼거렸다.

"난 당신 어머니가 무섭소. 처음에 내가 당신 집에 갔을 때 내게 욕을 했었소."

마리얀까는 소리 내어 웃음을 터뜨렸다.

"그래서 그렇게 놀랐던 거예요?" 그녀는 이렇게 말하며 그를 바라보았으나 이내 시선을 돌렸다.

이때 비로소 올레닌은 스카프를 눈까지 내려 쓴 얼굴이 아닌, 아름다운 그녀의 얼굴 전체를 처음으로 볼 수 있었다. 그녀가 마을에서 제일 가는 미인이란 평은 결코 틀린 말이 아니었다. 우스쩬까는 작고 통통하고 붉으스레하며, 언제나 미소를 머금고 있는 붉은 입술과 명랑한 갈색 눈동자를 가진, 잘 웃고 수다 떨기 좋아하는 귀여운 아가씨였다. 그러나 마리야나는 귀여운 아가씨라기보다는 아름다운 아가씨였다. 그녀의 얼굴은, 만일 그 늘씬한 키와 풍만한 가슴과 어깨, 특히 그 검은 눈썹 밑의 검은 그림자에 싸인 길고 검은 눈의 도도하고 부드러운 표정과 입가의 상냥한 미소가 없었다면, 거친 인상으로 보일 만큼 남성적인 얼굴이었다. 잘 웃는 편은 아니었지만, 그녀의 미소는 항상 사람의 마음을 사로 잡았다. 그녀에게서는 처녀다운 싱싱함과 건강함이 풍겨왔다. 처녀들은 모두 예뻤지만 그녀들 자신도, 벨레츠끼도, 과자를 사가지고 들어왔던 졸병도, 한번쯤 무의식적으로 마리야나를 쳐다보았던 사람들은 다른 처녀들에게 눈을 돌렸다가도 다시 그녀를 응시하곤 하는 것이었다. 그녀는 처녀들 가운데 가장 위엄있고 쾌활한 여왕처럼 여겨졌다.

벨레츠끼는 저녁 파티의 흥을 지속시키기 위해 쉴새없이 떠들어대며 처녀들에게 치히리를 권하기도 하고, 그들과 장난을 치기도 하며, 올레닌을 보고 마리얀까를 '당신의 여인'이라 부르며 그가 하는 것처럼 따라하라고 하는가 하면 그녀의 아름다움에 대해 프랑스 어로 무례한 평을 하기도 했다. 올레닌은 점점 더 괴로움에 휩싸였다. 결국 그는 벨레츠끼가 우스쩬까는 명명일(命名日. 역주. 자기의 세례명과 같은 이름의 성자의 제일(祭日))의 주인공이므로 손님들에게 키스와 함께 치히리를 권해야 한다고 선언했을 때, 이 자리를 도망 치기 위한 구실을 생각해 냈다. 우스쩬까는 그의 말에 동의했으나 결혼식 때처럼 그녀의 접시에 돈을 얹어주어야 한다는 조건을 내세웠던 것이다.

'제기랄, 뭣 때문에 이런 혐오스런 모임에 나를 데려온 거야!' 올레닌은 마음속으로 이렇게 중얼거리며 일어나 밖으로 나가려 했다.

"어디 가십니까?"

"가서 담배를 가져오려구요." 그는 빠져나가기 위해 이렇게 말했으나 벨레츠끼가 그의 손을 잡았다.

"내게 돈이 있어요." 그는 그에게 프랑스 어로 말했다.

'이젠 나갈 수도 없으니 여기서 돈을 내는 수밖에 없군.' 올레닌은 생각했다. 그러나 자신의 서툰 행동에 그는 그만 화가 치밀었다.

'나라고 해서 벨레츠끼가 하는 대로 못하란 법도 없지 않은가? 물론 이런 자리에 오지 않는 것이 좋았겠지만, 일단 참석한 이상 흥을 깨뜨릴 필요는 없다. 까자끄 식으로 마시자.'

그리고 그는 나무잔(컵으로 8잔이나 되는)에 술을 따라 거의 다 비웠다. 그가 술을 마시는 동안 처녀들은 의혹과 경악 어린 눈으로 그를 쳐다보았다. 그들에게는 그의 그러한 행동이 이상하고 점잖지 못한 것처럼 여겨졌던 것이다. 우스쩬까는 다시 한 잔씩 따라 손님들에게 권하고 두 사람에게 키스했다.

"애들아, 재미있게 놀자." 그녀는 사내들이 접시 위에 얹어 준 은화 4개를 짤랑거리며 이렇게 말했다.

올레닌의 마음은 이젠 거북하지 않았다. 그는 말을 많이 하기 시작했다.

"자, 마리야나, 이제 네가 술을 권하고 키스할 차례야." 벨레츠끼는 그녀의 손을 잡아 끌며 말했다.

"좋아, 그럼 이렇게 키스를 해주지!" 그녀는 그를 때릴 듯 손을 쳐들며 말했다.

"영감님에게라면 돈 안 받고도 키스해 줄 수 있지." 다른 처녀가 끼어들며 말했다.

"그래? 너 정말 똑똑하구나!" 벨레츠끼는 이렇게 말하며 달아나려는 처녀에게 키스를 했다.

"아니, 네가 술을 권해 봐!" 벨레츠끼는 마리야나에게 재촉했다.

"너희 집에 묶고 있는 사람에게 한잔 권하란 말야."

그리고 나서 그는 그녀의 손을 잡아 끌며 침대 겸 의자로 다가가 올레닌과 나란히 앉혔다.

"기막힌 미인이야!" 그는 그녀의 얼굴을 옆으로 돌리며 말했다.

마리야나는 빠져나가려 하지 않고 당당한 미소를 띠며 커다란 눈을 올레닌에게 돌렸다.

"정말 아름다운 아가씨야." 올레닌이 되풀이해 말했다.

'그래, 나는 정말 아름다워!' 마리야나의 눈길도 이렇게 말하는 것 같았다. 올레닌은 자신의 행동을 의식하지 못한 채 마리야나를 끌어안고 키스를 하려 했다. 그러나 그녀는 갑자기 그를 뿌리치며 벨레츠끼의 다리와 부딪쳐 식탁 위에 있던 뚜껑을 떨어뜨리며 뻬치까 쪽으로 물러났다. 탄성과 웃음소리가 일기 시작했다. 벨레츠끼가 처녀들에게 무언가 속삭이자 갑자기 그들은 모두 문간방으로 달려나가 방문을 닫아버렸다.

"벨레츠끼에겐 키스를 해주고 왜 내게는 하기 싫어하는 거요?" 올레닌이 물었다.

"그저 싫을 뿐이에요." 그녀는 아랫입술과 눈썹을 추켜 올리며 대답했다.

"그는 영감님이니까요." 그녀는 미소를 지으며 덧붙였다. 그녀는 문으로 다가가 문을 두드리기 시작했다.

"왜 문은 잠그고 난리들이야?"

"그냥 거기들 있으라고 해요. 우린 여기 있으면 되잖소." 올레닌이 그녀에게 다가가며 말했다.

그녀는 눈살을 찌푸리며 거칠게 그를 밀쳤다. 그러자 다시금 올레닌은 그녀가 도도할 만큼 훌륭하게 느껴져 정신을 차렸고 자신이 하고 있는 행동을 부끄럽게 생각하기 시작했다. 그는 문 쪽으로 다가가 문고리를 잡아당기기 시작했다.

"벨레츠끼, 문을 열어요! 왜 이런 바보같은 장난을 하시오?"

마리야나는 또다시 그 맑고 행복스런 웃음을 터뜨렸다.

"내가 무서운가 보죠?" 그녀가 말했다.

"그래, 당신도 당신 어머니처럼 신경질파니까."

"그보다 당신이 예로쉬까와 더 친해진다면 그만큼 처녀들도 당신을 좋아하기 시작할 거예요." 미소 띤 얼굴로 이렇게 말한 그녀는 가까이에서 그의 얼굴을 똑바로 쳐다보았다.

그는 무슨 말을 해야 좋을지 몰랐다.

"그럼 내가 당신 집에 놀러 간다면?" 그는 불쑥 물었다.

"그건 다른 문제지요." 그녀는 고개를 가로 저으며 말했다.

그때 벨레츠끼가 문을 열기 위해 안쪽으로 밀쳤고, 마리야나는 올레닌 곁에서 급히 물러나려다 그의 다리에 넓적다리를 부딪치고 말았다.

'지금껏 내가 생각하고 있었던 것은 모두 쓸데없는 것이었다. 사랑도, 자기희생도, 루까쉬까도……. 오직 행복이 있을 뿐이다. 누구나 행복한 자가 옳은 것이다.'

올레닌은 이런 생각을 했고, 자신도 모를 세찬 힘으로 마리얀까를 끌어안고 그녀의 관자놀이와 볼에 키스를 퍼부었다. 마리

야나는 화를 내지 않고 큰소리로 웃으며 다른 처녀들이 있는 쪽
으로 달아나버렸다.

　저녁 파티는 이렇게 끝이 났다. 노파인 우스쩬까의 어머니가
일터에서 돌아와 처녀들에게 호통을 치며 쫓아버렸던 것이다.

26. '그래.'

올레닌은 숙소로 돌아오며 생각에 잠겼다.

'여기서 내 자신의 고삐를 조금만 늦춰준다면 나는 이 까자끄 아가씨를 사랑하게 되리라.' 그는 이런 생각을 하며 잠자리에 들었으나, 머지않아 이러한 일들이 모두 지나가고 자신은 예전의 생활로 돌아가게 될 것이라 생각했다.

그러나 예전의 생활은 다시 돌아오지 않았다. 마리얀까에 대한 그의 태도는 예전과 다른 것으로 변하기 시작했다. 지금껏 그들을 갈라놓은 장벽은 무너지고 말았다. 올레닌은 이제 그녀와 마주칠 때마다 인사를 주고받게 되었던 것이다.

바깥주인은 방세를 받기 위해 자기 집에 돌아왔다가 올레닌이 인심 좋은 부자라는 사실을 알게 되자 자신의 집으로 그를 초대했다. 여주인도 상냥하게 그를 맞이했으므로 저녁 파티가 있었던 날부터 올레닌은 자주 주인집을 방문해 한밤중까지 안채에 머물게 되었다. 그는 외견상으로는 예전과 다름없는 생활을 하고 있었으나 그의 내부적으로는 모든 것이 방향을 바꾸고 있었다. 낮에는 온종일 숲속에서 시간을 보냈지만, 어두워지는 8시경이면 혼자서 또는 예로쉬까 아저씨와 함께 주인집을 찾아갔다. 주인집에서도 이제는 그에게 익숙해져 그가 나타나지 않으면 놀랄 지경이었다. 그는 술값도 잘 낼 뿐만 아니라 온순한 사람이었던 것이다. 바뉴샤가 그에게 차를 내올 때면, 그는 한쪽 구석 뻬치까 옆에 앉아 있고, 노파는 거리낌없이 자기 일을 계속하고 있었다. 그들은 차나 치히리를 마시며 까자끄들의 일이나, 이웃에 대한 이야기를 했다. 올레닌이 러시아에 대해 얘기할 때면 그들은 여러 가지를 묻기도 했다. 가끔씩 그는 책을 들고가 혼자 읽기도 했다. 마리야나는 마치 산양처럼 다리를 꺾고 뻬치까 위나 어두운 구석에 앉아 있었다. 그녀가 대화에 끼어들지는 않았지만, 올레닌은 그녀의 눈과 얼굴을 보거나 그녀의 움직임이나 씨앗 씹는 소리를 들으며 그녀가 숨을 죽이고 자신의 이야기에 귀를 기울이고 있음을 느꼈고, 말없이 책을 읽고 있을 때조차도 그녀의 존재를 의식하고 있었다. 가끔씩 그는 그녀의 시선이 자신에게 고정되어 있음을 느꼈고, 그녀의 반짝이는 눈과 마주칠 때면 자신도 모르게 입을 다물고 그녀를 응시하곤 했다. 그럴 때면 그녀는 곧 외면을 했고 그는 다시 노파와의 대화에 열중하는 체하며, 그녀의 숨결과 그녀의 모든 움직임에 주의를 집중한 채 또다시 그녀의 시선을 기다리는 것이었다. 그녀는 다른 사람들 앞에서는 그에게 친절하고 명랑하게 대했으나 단둘이 있을 때면 거칠고 무뚝뚝했다. 때때로 그는 마리야나가 아직 밖에서 돌아오기도 전에 안채에 들어가 있을 때도 있었다. 갑자기 그녀의 힘찬 발걸음 소리가 들려오며 열린 문 밖으로 그녀의 하늘빛 무명 루바쉬까가 아른거리고, 그녀가 방안으로 들어서 그를 발견하고 눈에 보일 듯 말 듯 부드러운 미소를 띠우면 그는 반가움과 두려움에 휩싸인다.

그는 그녀에게서 그 무엇도 바라지 않았으나, 날이 갈수록 그녀는 그에게 없어서는 안 될 존재가 돼가고 있었다.

올레닌은 이렇게 마을의 생활에 익숙해져 과거의 생활은 타고장의 일처럼 느껴졌고, 특히 현재 살고 있는 세계 밖의 미래는 전혀 그의 마음을 끌지 못했다. 집에서 온 편지나 친척, 친구들의 편지를 받을 때마다 그는, 자신이 이곳에서 살고 있는, 바로 이런 삶을 영위하지 않는 사람들을 타락한 인간으로 치부하고 있는 시점에서, 오히려 그들이 자신을 인생의 낙오자라고 걱정하는 데에 모욕감을 느끼곤 했다. 그는 예전의 생활에서 탈피하여 이 마을에서 독자적인 삶을 개척했다는 것을 앞으로도 후회하지 않으리라 확신하고 있었다. 원정에 나갔을 때도, 요새에 있을 때도 그는 모든 것이 좋았다. 그러나 이곳에서 예로쉬까 아저씨의 비호 아래 숲과 마을 변두리에 자리를 잡으면서, 특히 마리야나와 루까쉬까를 기억하게 되면서부터는, 그 당시조차도 분노하고 있었던 자신의 허위적인 예전생활이 더욱더 추악하고 우습게 여겨지는 것이었다. 그는 날마다 자신이 더욱더 자유로워지고 인간다워짐을 느끼고 있었다. 까프까즈는 그의 상상 속의 형상과는 전혀 다른 모습으로 그에게 나타났던 것이다. 이곳에서 그는 예전부터 자신이 상상하고 듣거나 읽어왔던 까프까즈의 묘사와 비슷한 것이라곤 하나도 발견할 수 없었다.

'이곳에는 그 어떤 밤색털의 말도, 낭떠러지도, 아말라뜨-베크도, 영웅도, 악한도 없다.' 그는 생각했다.

'사람들은 마치 자연처럼 살고 있다. 죽고, 태어나고, 결합하고, 또다시 태어나고, 싸우고, 마시고, 먹고, 즐기고 그리고 다시 죽고, 자연이 태양이나 풀, 짐승, 나무에게 부여한 불변의 조건 이외에 그들에게는 그 어떤 조건도 존재하지 않는다. 이외의 다른 법칙은 그들에게 존재하지 않는 것이다…….'

그리하여 그는 그들이 자신에 비해 아름답고 늠름하고 자유롭게 보였으며, 그들을 보고 있노라면 어쩐지 부끄럽고 서글픈 자신을 발견하곤 했다. 그래서 그는 모든 것을 버리고 까자끄에 편입되어 농가라도 한 채 사고 가축을 사서 까자끄 처녀와 결혼하고(그가 루까쉬까에게 양보한 마리야나만을 제외한 처녀와), 예로쉬까 아저씨와 함께 생활하며 그와 함께 사냥과 고기잡이를 다니며 까자끄들과 함께 원정을 다니리라는 생각을 자주 했다.

'그런데 왜 나는 이런 생각을 실천하지 못할까? 나는 무엇을 기다리고 있는 걸까?' 그는 스스로에게 물었다. 그는 자신에게 부끄러움을 느꼈고, 스스로를 격려했다.

'혹, 나는 내가 옳고 합리적이라 생각하는 것을 실행하기 두려워하는 것은 아닐까? 과연 평범한 까자끄가 되어 자연과 가까이에서 생활하고 누구에게도 해를 끼치지 않을 뿐만 아니라 사람들에게 선을 행하려는 것은, 또한 이러한 일을 상상한다는 것은 내가 예전에 장관이나 연대장이 되고자 상상했던 것보다 어리석은 일일까?'

그러나 그 어떤 목소리가 그에게 잠깐 기다리라고, 아직 결정하지 말라고 말하는 것처럼 들렸다. 그를 억제한 것은, 그는 결코 예로쉬까나 루까쉬까와 같은 생활을 영위할 수 없다는 생각이었고, 또한 그에게는 그들과 다른 행복이 있을 것이라는 막연한 의식이었다. 결국 행복이란 자기 희생 속에 존재한다는 신념이 그를 망설이게 했던 것이다. 루까쉬까를 대했던 그의 행동은 그에게 무한한 기쁨을 안겨주었다. 그래서 그는 항상 누군가에게 자신을 희생할 기회를 찾고 있었으나 그러한 기회는 좀처럼 오지 않았다. 가끔씩 그는 자신이 새롭게 발견한 이 행복의 근원이 무엇이었는지를 잊고, 자신도 예로쉬까 아저씨와 같은 생활을 영위할 수 있을 것처럼 생각할 때도 있었으나, 문득 제정신으로 돌아오면 의식적인 자기 희생의 신념을 일깨워 모든 사람들과는 다른 행복을 평온하고 담담한 위치에서 응시하는 것이었다.

27. 루까쉬까는

포도 수확기를 앞두고 말을 타고 올레닌에게 왔다. 그는 여느때보다 더욱 건장한 사내답게 보였다.

"그래, 자네 장가 들게 되는 건가?" 올레닌은 그를 반갑게 맞으며 물었다. 루까쉬까는 대답도 없이 본론으로 들어갔다.

"이 말을 당신이 준 말과 강 건너에서 바꿨지요! 훌륭하지 않습니까? 까바르진스끼 로프 낙인(역주. 까바르진스끼 말 사육장의 로프 낙인이 찍힌 말은 까프까즈에서 가장 좋은 말 중 하나로 손꼽힌다)이 찍힌 말입죠. 이래봬도 전 사냥꾼이거든요."

그들은 새 말을 살펴보고 올라타 뜰 안을 몇 바퀴 돌았다. 말은 정말 훌륭했다. 등이 넓고 허리가 긴 거세한 밤빛 말로 털에 윤기가 흐르고 꼬리가 탐스러우며 갈기와 목덜미가 순종답게 가늘고 부드러웠다. 루까쉬까는 이 말은 잔등에 누워 잠을 잘 수 있을 만큼 살이 올랐다고 했다. 발굽, 눈, 이빨… 모든 것이

순종에게서만 찾아볼 수 있는 특징이 아름답고 뚜렷하게 나타
나 있었다. 올레닌은 이 말에 반하지 않을 수 없었다. 그는 지
금껏 이 말처럼 아름다운 말을 까프까즈에게서 본 적이 없었던
것이다.

"타는 기분이 끝내주죠." 루까쉬까가 말의 목덜미를 두드리며
말했다.

"얼마나 잘 달리고 영리한지! 언제나 주인의 뒤를 따라다니지
요."

"그럼 말을 바꾸는 데 돈을 많이 주었나?" 올레닌이 물었다.

"아뇨, 돈은 주지 않았죠." 올레닌이 미소를 지으며 대답했
다.

"꾸낙을 맺은 친구로부터 구했으니까요."

"훌륭해. 정말 좋은 말이야! 얼마면 팔겠나?" 올레닌이 물었
다.

"백오십 루블에 팔라는 사람도 있지만, 당신이라면 그냥 드리
리다." 루까쉬까가 쾌활한 어조로 말했다.

"말만 하면 당장 드리지요. 안장을 내릴 테니 잡아줘요. 내게
는 아무 거나 타고 다닐 수 있는 걸로 주시고."

"아니, 그럴 필요는 없네."

"그렇다면 할 수 없죠. 당신 주려고 뻬쉬께쉬를 가져왔어요."
루까쉬까는 이렇게 말하며 혁대를 풀고는 허리에 차고 있던 두
자루의 단검 중 하나를 떼어냈다.

"강 건너에서 구한 거예요."

"정말 고맙군."

"그리고 포도는 어머니께서 직접 갖다드리겠다더군요."

"괜찮아. 앞으로 신세질 일도 많을 텐데, 뭘……. 그리고 이

단검 값은 치르지 않을 생각이네.”

“값을 치르다뇨! 꾸낙을 맺은 사인데! 그 단검도 강 건너에서 기레이-한이 자기 오두막으로 데리고 가서는 마음에 드는 걸로 가지라고 하지 않겠어요. 그래서 가져온 거예요. 그런 게 꾸낙을 맺은 사이의 법칙이지요.”

그들은 방으로 들어가 술을 마셨다.

“그래 자넨 이곳에 얼마나 있을 수 있나?” 올레닌이 물었다.

“실은 지금 작별인사를 하러 왔습니다. 이번에 초병선에서 쩨레끄 강 건너 기병중대로 파견되었거든요. 그래서 오늘 나자르까라는 친구와 떠나려던 참이에요.”

“그럼 결혼은 언제 하게 되지?”

“곧 돌아와서 약혼식을 치르고 다시 근무지로 돌아가야죠.” 루까쉬까는 마지못해 대답했다.

“그럼 색시도 안 만나고 떠난단 말인가?”

“어떻게 만날 수 있겠어요! 그리고 만나보면 뭐 합니까? 혹시 원정을 나오게 되면 우리 부대에 와서 루까쉬까 쉬로끼를 찾으세요. 거긴 멧돼지가 엄청 많아요! 나도 두 마리나 잡았어요. 안내해드리죠.”

“그럼 잘 가게! 신의 가호가 있길 빌겠네.”

루까쉬까는 말에 올라 마리얀까에게 들르지도 않고 능숙한 솜씨로 말을 몰아 벌써부터 나자르까가 기다리고 있는 거리로 내달렸다.

“어떡할래? 들르지 않을 거야?” 나자르까는 얌까 네 집 쪽으로 눈짓을 하며 물었다.

“들르자!” 루까쉬까가 말했다.

“그럼 먼저 이 말을 끌고 가. 혹시 내가 한참 동안 가지 않으면 말에게 건초 좀 주고. 어차피 내일 아침까지만 부대에 도착하면 되니까."

"그래 그 사관 후보생이 이번엔 아무 것도 주지 않던?"

"아니! 그에게 단검을 주길 잘했지. 하마터면 그가 말을 달라고 할 뻔했다니까." 루까쉬까는 말에서 내려 고삐를 나자르까에게 건네주며 말했다.

그리고 나서 그는 곧 올레닌의 창문 밑을 지나 재빨리 뜰 안으로 기어들어 주인집 창문 밑으로 다가갔다. 벌써 주위는 어두워져 있었다. 마리얀까는 루바쉬까만을 걸친 채 잠자리에 들기 위해 머리를 빗고 있었다.

"나야." 루까쉬까가 소근거렸다.

마리얀까의 얼굴은 엄하고 냉정했으나 자신의 이름을 부르는 소리를 듣자마자 갑자기 생기가 돌았다. 그녀는 창문을 들어올리고 놀랍고 반가운 듯 밖으로 얼굴을 내밀었다.

"왜 그래? 왜 왔어?" 그녀가 입을 열었다.

"문 좀 열어줘." 루까쉬까가 말했다.

"잠깐만이라도 들어가게 해줘. 그 동안 얼마나 보고싶었는지 알아? 정말이야!"

그는 창 너머로 그녀의 머리를 끌어안은 채 키스했다.

"문 좀 열어달라니까."

"왜 헛소릴 하는 거야? 안 된다고 했잖아. 이번엔 얼마나 있을 거야?"

그는 대답도 없이 그녀에게 키스를 퍼부었다. 그녀도 더 이상 묻지 않았다.

"봐. 창 밖에선 제대로 안을 수도 없잖아." 루까쉬까가 말했다.

“마리야누쉬까!” 노파의 목소리가 들려왔다.

“누가 왔니?”

루까쉬까는 모자를 보고 자신임을 알아챌까봐 얼른 그것을 벗어들고 창 밑에 움츠려 앉았다.

“어서 가.” 마리야나가 속삭였다.

“루까쉬까가 왔었어요.” 그녀는 어머니에게 대답했다.

“아버지게 물어볼 말이 있다면서.”

“그럼 이리 들어오라고 해라.”

“갔어요. 시간이 없대요.”

정말로 루까쉬까는 허리를 구부린 채 빠른 걸음으로 창 밑을 지나 뜰을 통과해 얌까 네 쪽으로 달려가고 있었다. 올레닌만이 그를 볼 수 있었다. 나무잔으로 치히리를 두 잔 마신 후, 루까쉬까는 나자르까와 함께 마을 밖으로 말을 몰고 나갔다. 밤은 따뜻하고 어두웠으며 고요했다. 그들은 묵묵히 말을 달렸고 말발굽 소리만이 고요한 공기를 울리고 있었다. 루까쉬까는 까자끄의 노래 〈민갈〉을 부르기 시작했으나 1절을 다 부르기도 전에 노래를 그만두고 나자르까에게 말을 걸었다.

“좀처럼 들여보내 주질 않아.” 그가 말했다.

“그래?” 나자르까가 말을 받았다.

“나도 들여보내지 않을 줄 알았어. 얌까가 그러는데 사관 후보생이 안채에 드나들기 시작했대. 게다가 예로쉬까 아저씨는 마리얀까를 붙여주고 후보생한테 총을 한 자루 얻었다고 자랑하더라는 거야.”

“망할 영감이 거짓말을 퍼뜨리고 다니는군!” 루까쉬까가 화를 내며 말했다.

“그앤 그런 여자가 아니야. 그 영감이 나한테 갈빗대가 부러지고 싶은 모양이군." 이렇게 말하고 그는 자기가 좋아하는 노래를 부르기 시작했다.

이즈마일로프 마을에서,

나리님이 좋아하는 새장에서,

아름다운 젊은이가 뛰쳐나왔네.

곧 그의 뒤를 젊은 사냥꾼이 말을 달려 쫓아왔다네.

사냥꾼은 오른손으로 손짓하며 그를 불렀네.

아름다운 젊은이가 대답했다네.

'너는 나를 황금 새장 속에 잡아둘 줄 모르고,

오른손 위에 앉히는 재주도 없어.

나는 지금 푸른 바다로 날 듯이 뛰어,

하얀 백조를 잡아,

맛있는 〈백조〉 고기나 실컷 먹을 테다'

28. 주인집에서는

약혼식이 있었다. 루까쉬까는 마을로 돌아왔으나 올레닌에게는 들르지 않았다. 그리고 올레닌도 주인인 까자끄 소위의 초대를 받았지만 약혼식에 참석하지 않았다. 올레닌은 서글픈 심정이었고 그것은 그가 이 마을에 자리잡은 이래 한 번도 느껴보지 못한 기분이었다. 그는 화려하게 옷을 차려 입은 루까쉬까가 어머니와 함께 저녁무렵 안채로 들어가는 것을 보았다. 어째서 루까쉬까가 자신에게 저렇게 냉담해졌을까 하는 생각에 그는 괴로웠다. 올레닌은 자기 방에 앉아 일기를 쓰기 시작했다.

'최근에 나는 많은 것을 곰곰히 생각해 보았고, 내가 많이 변했음을 느꼈다.' 올레닌은 이렇게 써나갔다.

'그리고 이제서야 입문서에 써 있는 정도에 도달했다. 행복한 인간이 되기 위해 필요한 것은 단 한 가지-사랑하는 것이고, 그 사랑은 자기 희생 속에 이루어지며 모든 사람, 모든 사물을 사랑하는 것이기에 사방에 사랑의 거미집을 지어 사방을 살펴 누구든 걸려드는 사람을 선택하는 것, 오직 이것만이 필요하다. 나는 그렇게 바뉴샤를, 예로쉬까 아저씨를, 루까쉬까를, 마리얀까를 선택했던 것이다.'

올레닌이 여기까지 썼을 때 예로쉬까 아저씨가 방에 들어왔다.

예로쉬까 아저씨의 기분은 더할 나위 없이 좋아 보였다. 며칠 전 저녁 무렵 올레닌은 그에게 들렀는데, 마침 그는 뜰에서 멧돼지를 앞에 놓고 자랑스런 얼굴로 조그만 칼을 가지고 능숙한 솜씨로 가죽을 벗기고 있었다. 개들은 그의 근처에 누워 꼬리를 흔들며 주인을 지켜보고 있었고, 그 중에는 그가 가장 사랑하는 개, 럄의 모습도 눈에 띄었다. 마을의 개구장이들도 평소처럼 그를 놀리려 들지 않을 뿐만 아니라 울타리 너머에서 존경 어린 눈으로 그를 주목하고 있었다. 그에게 별반 친절을 보이지 않던 아낙네들까지도 그날은 인사를 건네며 누구는 치히리 항아리를, 누구는 소스를, 누구는 밀가루를 그에게 가져왔다. 다음날 아침, 예로쉬까 아저씨는 헛간에서 피투성이가 된 채 신선한 고기를 1푼뜨씩 잘라 어떤 사람에게선 돈을 받고, 또 누구에게는 술을 받으며 분배해 주고 있었다. 그의 얼굴엔 이렇게 쓰어 있었다.

'하느님이 행운을 주셔서 짐승을 잡은 거야. 이제 이 아저씨가 필요해지기 시작한 거지."

그 결과 그는 사냥도 나가지 않고 마을에 들어앉아 벌써 나흘째 술만 퍼마시고 있었다. 게다가 그는 약혼식인 오늘도 술을 마신 것이다.

예로쉬까 아저씨는 새빨간 얼굴에 턱수염을 헝클어뜨린 채 잔뚝 취해 있었으나, 가슴팍에 금실줄을 장식한 새 베쉬메뜨 차림에 강 건너에서 얻은 호리병박으로 만든 발랄라이까(역주. 러시아의 현악기로 보통 3현)를 들고 안채에서 올레닌의 방으로 건너왔다. 그는 오래전부터 올레닌에게 발랄라이까를 들려주겠노라 약속했던 터라 매우 기분이 좋았다. 그러나 올레닌이 글을 쓰고 있는 것을 보자 실망한 모습이었다.

"쓰시게. 어서 써!" 그는 자신과 올레닌의 종이 사이에 그 어떤 영혼같은 것이라도 앉아 있다고 생각하는지 목소리를 낮춰 이렇게 소근거리고는, 그 영혼을 놀라지 않게 하려는 듯 조심스럽게 방바닥에 앉았다. 예로쉬까 아저씨는 술에 취할 때마다 방바닥에 앉는 버릇이 있었다. 올레닌은 뒤를 돌아보고, 바뉴샤에게 술을 내오라고 지시하고는 다시 쓰기 시작했다. 예로쉬까에게는 혼자 술을 마신다는 게 지루하게 느껴졌고 말을 걸고 싶어졌다.

"주인댁 약혼식에 다녀오는 길이오. 돼지같은 것들! 어울리고 싶지 않은 것들이야! 그래서 당신에게 온 거라오."

"그런데 발랄라이까는 어디서 가져온 거요?" 올레닌은 여전히 무언가를 쓰며 물었다.

"강 건너에서 구했지." 그는 아까처럼 조용히 말했다.

"나는 발랄라이까의 명수라오. 따따르 노래건, 까자끄 노래건, 귀족들의 노래건, 병사들의 노래건 원하는 대로 불러 줄 수 있소."

올레닌은 다시 한 번 그를 돌아보고 살며시 미소 짓고는 다시 쓰기를 시작했다.

이 미소에 노인은 힘을 얻었다.

"뭐, 내버려두시게! 그깟것들 내버려둬!" 그는 문득 무언가 결심한 듯 말했다.

"그들이 당신을 모욕한 건 사실이지만 내버려두고 침이나 뱉어주시구랴! 뭘 그렇게 쓰고 있소. 뭘 쓰냔 말이오! 대체 그게 무슨 의미가 있소?"

이렇게 말하고 그는 굵은 손가락으로 바닥을 두드리며 올레닌의 흉내를 냈고, 그 통통한 얼굴을 찌푸리며 누군가를 경멸하는 표정을 지었다.

"무슨 욕을 그렇게 쓰시오? 그보다 술이나 드시구랴. 그게 훨씬 사내답소이다!"

그는 글이라면 좋지 못한 욕으로밖엔 생각되지 않았던 것이다.

올레닌은 웃음을 터뜨렸다. 예로쉬까도 따라 웃었다. 그는 자기의 발랄라이까 솜씨와 따따르 노래 솜씨를 보여주기 위해 바닥에서 벌떡 일어섰다.

"무얼 그리 쓰시나이까, 젊은 양반! 당신은 내 노래나 들어보시오. 내 당신을 위해 부르리다. 뒈져버리면 노래를 들을 수 없나이다. 한잔 드시오!"

그는 먼저 자신이 지은 노래를 춤을 추며 부르기 시작했다.

아 디-디-디-디-디-리
어디서 저놈을 보았던가?
시장의 구멍가게에서,
바늘을 팔던 저놈.

그 다음 그는 옛친구인 상사에게 배운 노래를 불렀다.

월요일에 나는 사랑에 빠졌고,
화요일 내내 괴로워했고,
수요일에 사랑을 고백한 후에
목요일에 답신을 기다렸다네.
금요일에 답장이 도착했지만,
기다리지 말라는 무정한 소식.
그래서 화창한 토요일에
죽어버리자 결심했지만,
영혼을 구해야 한다고
마음을 고쳐 먹은 일요일.

그리고 그는 다시 이 구절을 반복했다.

212

아 디-디-디-디-디-리,
어디서 저놈을 보았던가?

그 다음엔 눈짓을 하고, 어깨를 움츠리려 춤을 추며 노래를
불렀다.

입맞추고 안아주마.
빨간 댕기 고쳐매주마.
너를 나제퀜까라 부르마.
나의 나제퀜까야,
정말 너는 나를 사랑하니?

그렇게 흥이 난 그는 씩씩한 몸짓을 하며 혼자서 온 방을 춤

추며 돌아다녔다.

〈디-디-리〉와 그와 비슷한 〈귀족의 노래〉는 단지 올레닌을 위해 부른 것이었지만, 치히리 석 잔을 들이켠 다음 그는 옛날을 회상하며 진짜 까자끄의 노래와 따따르 노래를 부르기 시작했다. 그는 자신이 가장 좋아하는 노래를 불렀는데, 중간에 갑자기 목소리를 떨며 발랄라이까를 칠 뿐, 얼마 후엔 입을 다물고 말았다.

"오, 소중한 내 친구여!" 그가 말했다.

노인의 목소리가 이상해지자 뒤를 돌아본 올레닌은 노인이 울고 있는 것을 보았다. 두 눈엔 눈물이 흥건히 고여 있었고, 눈물 한 줄기가 볼을 타고 흘러내렸다.

"내 젊은… 나의 젊은 시절은 다시는 돌아오지 않아." 그는 흐느껴 울며 이렇게 말하고는 다시 입을 다물었다.

"한잔 드시게. 왜 마시지 않소!" 그는 갑자기 흐르는 눈물을 닦을 생각도 않고 큰소리로 이렇게 외쳤다.

특히 그에게 감동을 준 노래는 따게스딴 지방의 노래였다. 노랫말은 길지 않았으나, 서글픈 후렴구가 매우 인상적이었다.

'아이! 다이! 달랄라이!'

예로쉬까는 그 노랫말을 해석해 주었다.

"젊은이가 두메마을에서 산으로 가축을 몰고 간 사이, 러시아인들이 와서 마을을 불태우고 사내들을 모두 죽이고 여자들을 죄다 잡아갔다네. 젊은이가 산에서 돌아와 보니, 마을이 있던 자리는 텅 비고 어머니도 형제도 집도 간데 없이 사라지고 나무만 한 그루 서 있었다네. 젊은이는 나무 밑에 앉아 울기 시작했다네. 홀로, 너처럼 홀로 남겨졌구나! 젊은이는 노래를 불렀다네. 아이! 다이! 달랄라이."

노인은 이 슬픈 후렴구를 몇 번이나 반복해 불렀다.

마지막 후렴구를 부르며 예로쉬까는 별안간 벽에서 총을 꺼내 들고 밖으로 달려나가 하늘을 향해 두 개의 총을 동시에 쏘았다. 또다시 슬픈 후렴구를 불렀다.

"아이! 다이! 달랄라이 아아!"

그리고 그는 입을 다물었다.

올레닌은 그의 뒤를 쫓아 현관 층계로 나가 그가 총을 쏜 어두운 밤하늘을 바라보았다. 안채에는 불이 켜져 있었고 사람들의 목소리가 들려오고 있었다. 뜰 안에서는 층계와 창문 밑에 처녀들이 모여 헛간과 현관 사이를 오가고 있었다. 몇 명의 까자끄들은 예로쉬까 아저씨의 후렴구와 총소리에 맞춰 탄성을 질렀다.

"당신은 왜 약혼식에서 나왔소?" 올레닌이 물었다.

"하느님이 그들과 함께하고 있소. 그들과 함께!" 노인은 그곳에서 무언가에 기분이 상한 듯 중얼거렸다.

"나는 그들을 사랑하지 않아. 사랑하지 않는단 말이야! 에이, 치사한 것들! 방으로 들어가세나! 그 사람들은 그 사람들끼리 놀고 우린 우리끼리 놀면 되지 않겠소."

올레닌은 방으로 돌아왔다.

"그래 루까쉬까는 좋아하던가요? 나한테 들른다고 하지 않았소?" 그가 물었다.

"루까쉬까! 그놈이 내가 당신에게 마리야나를 붙여주려 했다는 거짓말을 들은 거야." 노인은 귓속말을 했다.

"마리야나? 만일 원한다면 차지할 수 있지. 돈만 많이 주면 금방 이쪽으로 올 거야! 내가 정말로 그렇게 해줌세."

"아니오. 그녀가 사랑하지 않는다면 돈같은 건 소용없소. 이런 애긴 그만두는 게 낫겠소.”

“자네와 나는 미움을 받고 있다네. 고아들처럼!” 예로쉬까 아저씨는 불쑥 이렇게 말하고 다시 울기 시작했다.

올레닌은 노인의 말을 들으며 평소보다 훨씬 많은 술을 마셨다.

‘어쨌든 지금 나의 루까쉬까는 행복하겠지.’ 그는 생각했다. 그러나 그는 서글펐다. 이날 저녁 노인은 엄청나게 마셔대 결국 마룻바닥에 쓰러졌고, 바뉴샤는 병사들을 불러 연신 침을 뱉으며 노인을 끌어냈다. 그는 노인의 추태에 화가 치밀어 평소에 잘 쓰던 프랑스 어조차 한마디도 하지 못할 지경이었다.

29. 8월이었다.

머칠째 하늘에는 구름 한점 없었다. 햇빛은 참기 어려울 만큼
뜨겁게 내리쬐고, 아침부터 열풍이 불어와 도로에 뜨거운 모래
구름을 몰아쳐 갈대밭이며 숲, 마을의 공중에 뿌려대고 있었다.
풀과 나뭇잎은 먼지로 뒤덮이고, 도로와 늪은 소리가 날 만큼
굳게 말라붙어 있었다. 쩨레끄 강물은 오래전부터 줄어들기 시
작했고, 도랑 물은 눈에 띄게 빠져나가더니 드디어 바닥을 드러
냈다. 마을 근처의 못에서는 가축들에게 짓밟힌 가장자리의 진
흙이 드러나고, 온종일 아이들이 물장구 치며 떠들어대는 소리
가 끊이지 않았다. 초원에서는 이미 갈대나 늪이 마르기 시작했
고, 낮에는 가축들이 울음소리를 내며 초원을 넘어 들판으로 달
려가곤 했다. 짐승들은 더욱 먼 곳의 갈대밭이나 쩨레끄 강 건
너 산 속으로 자리를 옮겨갔다. 모기들은 구름처럼 떼를 지어
낮은 지대와 마을 위를 맴돌고 있었다. 눈 덮인 산들은 잿빛 안

개에 싸여 있었다. 공기는 희박했고, 악취를 풍기고 있었다. 빨
치산들이 얕아진 강을 건너 이쪽을 돌아다닌다는 소문이 돌았
다. 태양은 매일 저녁 붉게 타는 저녁 노을 속으로 떨어지곤 했
다. 마을은 일철이었다. 마을 사람들은 모두 수박밭이나 포도밭
에 나가 있었다. 과수원에는 덩굴이 검푸르게 우거져 서늘한 그
늘을 만들어내고 있었다. 가는 곳마다 햇빛이 스미는 넓은 잎사
귀 밑에 묵직한 포도 송이가 거뭇하게 보였다. 과수원으로 통하
는 먼지투성이의 길을 검은 포도를 가득 실은 바퀴 둘 달린 짐
마차가 꼬리를 물고 굴러가고 있었다. 바퀴 자국으로 주름진 먼
지투성이의 길 위에는 여기저기 포도 송이가 나뒹굴고 있었다.
포도즙에 더러워진 루바쉬까 차림의 아이들은 양손에 포도 송
이를 들고 그것을 입으로 따먹으며 어머니의 뒤를 따라다니고
있었다. 힘센 어깨에 포도 바구니를 멘 남루한 차림의 일꾼들이
쉴새없이 길을 오가고 있었다. 눈 위까지 스카프를 내려 쓴 아
주머니들이 포도를 잔뜩 실은 짐마차에 황소를 매어 끌고가곤
했다. 병사들은 짐마차를 만나면 포도를 달라고 졸랐고, 그러면
까자끄 여자들은 굴러가는 짐마차 위로 기어올라가 포도를 한
아름 안아다 병사들이 펼쳐든 외투 자락에 던져주었다. 벌써 몇
몇 집에서는 포도즙을 짜기도 했다. 그러면 그 근처는 온통 포
도즙 향기로 가득했다. 피처럼 붉은 포도주 통들이 처마 밑에
들어 차고, 걷어올린 바짓가랑이 아래 정강이를 붉게 물들인 나
가이 인 일꾼들의 모습이 뜰 안에 보였다. 돼지들은 거센 콧김
을 내뿜으며 포도 찌꺼기를 배불리 먹고는 뜰 한쪽 구석에 나자
빠져 있었다. 헛간의 평평한 지붕 위에는 햇볕에 시든 검은 빛
을 띤 호박색 포도 송이가 가득 널려 있었다. 까마귀와 까치들
은 포도 씨를 찾아 지붕 근처로 모여들어 날개를 퍼덕이며 자리

를 이리저리 옮겨다녔다. 1년 간의 노동의 결실이 즐겁게 거둬
들여지고 있었고, 올해는 풍작으로 포도의 질도 아주 좋았다.

그늘 진 푸른 과수원에서는 포도나무 사이로 웃음소리와 노랫
소리, 시끄러운 소리들과 여자들의 목소리가 들려왔고 울긋불
긋한 여자들의 옷자락도 눈에 띄었다.

마리야나는 한낮에 자기 집 과수원 복숭아나무 그늘에 앉아
소를 풀어놓은 짐마차에서 가족들의 점심을 꺼내고 있었다. 그
녀의 맞은편에는 학교에서 돌아온 소위가 앉아 물병의 물로 손
을 씻고 있었다. 방금 못에서 돌아온 그녀의 남동생은 팔소매로
얼굴을 훔치며 점심을 기다리는지, 누이와 어머니를 번갈아보
며 괴로운 듯 숨을 헐떡이고 있었다. 늙은 어머니는 햇볕에 그
을은 억센 팔을 걷어붙이고 포도와 말린 생선, 소스와 빵을 낮
고 둥근 따따르식 식탁 위에 차려놓았다. 소위는 손을 닦고 모
자를 벗은 다음 성호를 긋고 식탁에 다가앉았다. 사내아이는 물
병을 들고 게걸스럽게 마셔대기 시작했다. 어머니와 딸은 식탁
옆에 무릎을 꿇고 앉았다. 그늘 밑에서도 무더위는 견딜 수 없
이 뜨거웠다. 과수원 위의 공기는 악취로 가득 차 있었다. 나뭇
가지 사이로 불어오는 강한 열풍은 신선한 기운 하나 없이 배나
무, 복숭아나무, 뽕나무들을 같은 모양으로 휘어놓을 뿐이었다.
소위는 다시 한 번 기도문을 외고 나서 포도나무잎으로 싼 치히
리 병을 등뒤에서 꺼내 한 모금 마신 다음, 그의 마누라에게 건
넸다. 소위는 목 단추를 푼 루바쉬까 차림으로 털이 무성한 근
육질의 가슴을 드러내놓고 있었다. 그의 길고 교활한 얼굴은 마
냥 유쾌해 보였다. 태도나 말투에서도 여느때처럼 빈틈없는 모
습은 찾아볼 수 없었고, 명랑하고 자연스러웠다.

"저녁 때까지 라빠즈 저 끝까지 끝내버릴까?" 그는 젖은 턱수

염을 쓸며 말했다.

"그러지요." 노파가 대답했다.

"날씨만 훼방놓지 않는다면요. 젬낀 네는 아직 반도 못 거둬
들였다나봐요." 그녀가 덧붙여 말했다.

"우스쩬까 네는 혼자서 일하느라 죽을 지경인가 봐요."

"그 사람들이 우릴 따라올 수 있겠어!" 노인이 거만하게 말했
다.

"좀 마시지 그러니, 마리야누쉬까!" 노파가 딸에게 물병을 건
네며 말했다.

"하느님 덕분에 결혼식 때 쓸 만큼은 충분히 거둬들일 것같
구나." 노파가 말했다.

"그때 닥쳐봐야 알 일이지." 소위는 살며시 눈살을 찌푸리며
말했다.

처녀는 고개를 숙였다.

"왜 말을 하면 안 되남?" 노파가 말을 받았다.

"일이 다 결정된 판국이니 가까운 시기에 식을 올려야 할 거
아녜요?"

"앞일을 미리 점칠 필요는 없어." 소위가 다시 같은 말을 했
다.

"지금은 포도 수확이 우선이지."

"루까쉬까가 새로 구해 온 말을 보셨수?" 노파가 물었다.

"드미뜨리 안드레이치가 준 말은 벌써 없어요. 새 말과 바꿨
다나봐요."

"아니, 아직 못 봤는데. 그런데 오늘 바깥채에 든 하인에게
들은 말인데……." 소위가 말을 이었다.

"또 천 루블을 보내왔다는구만."

“부자는 부잔가보네.” 노파는 잘라 말했다.

가족들은 모두 즐겁고 만족스런 기분이었다.

일은 순조롭게 진행되었다. 포도는 그들이 기대했던 것 이상으로 양이 많았고 질도 좋았다.

마리야나는 점심을 먹은 후, 소들에게 풀을 주고 둘둘 만 베쉬메뜨를 베개 삼아 짐마차 아래 소발굽에 짓밟힌 싱싱한 풀에 누웠다. 그녀는 붉은 셔츠 한 장 차림-머리에 쓴 비단 스카프와 하늘빛 루바쉬까뿐이었으나 더워 죽을 지경이었다. 얼굴은 달아오르고, 다리는 어디에 두어야 할지 모를 만큼 거추장스럽고, 눈에는 졸음과 피로의 빛이 역력하고, 입술은 저절로 벌어지고, 가슴은 거친 숨결을 따라 높이 요동 치고 있었다.

농번기는 벌써 2주일 전부터 시작되어 쉴새없이 힘든 노동이 이 젊은 처녀의 모든 생활을 차지하고 있었다. 이른 아침, 하늘이 붉게 물들 무렵 일어나 찬물에 세수를 하고, 스카프를 머리에 동여매고는 곧 외양간으로 달려간다. 그리고는 재빨리 신을 신고, 베쉬메뜨를 걸치고 빵을 주머니에 넣은 다음 짐마차에 소를 매고 하루 종일 과수원으로 일하러 나간다. 과수원에서는 잠깐 쉴 뿐, 포도를 따기도 하고 바구니를 나르기도 하지만 저녁이 되면 피로한 기색 없이 즐거운 얼굴로 고삐를 끌고 긴 나뭇가지로 소를 몰며 마을로 돌아온다. 황혼이 깃들고 가축을 몰아넣고 나면 그녀는 루바쉬까의 넓은 옷소매에 씨앗을 넣고 처녀들과 웃으며 시간을 보내기 위해 길 모퉁이로 나온다. 그러나 저녁 노을이 사라지면 그녀는 이미 집에 돌아와 어두운 헛간에서 아버지, 어머니, 남동생과 함께 저녁을 먹고는 아무 걱정 없는 건강한 처녀가 되어 방에 들어가 뻬치까 위에 자리 잡고 앉아 반쯤 졸며 바깥채에 세든 사람의 이야기에 귀를 기울인다.

그가 돌아가면 그녀는 곧 잠자리에 몸을 던져 아침까지 한 번도 깨지 않고 단잠을 잔다. 다음날도 역시 같은 일과의 반복이다. 그녀는 약혼식이 있던 날 이후 루까쉬까를 보지 못했지만, 평온한 마음으로 결혼식을 기다리고 있었다. 그리고 그녀는 올레닌에게 익숙해져 자신을 응시하는 그의 눈길을 흡족한 마음으로 받아들이고 있었다.

30. 폭염을

피할 곳도 없었고, 모기는 짐마차의 그늘진 곳을 맴돌고, 옆에 누운 동생은 이리저리 뒤척이며 그녀를 밀치는 데도 불구하고 마리야나는 스카프로 얼굴을 덮고 푹 잠들어 있었다. 그때 갑자기 우스쩬까가 달려와 짐마차 밑으로 기어들어 그녀 옆에 누웠다.

"자자! 자자고!" 우스쩬까가 짐마차 밑에 자리를 잡으며 말했다.

"잠깐만." 그녀는 벌떡 일어서며 말했다.

"이렇게 하면 안 돼."

그녀는 달려가 잎이 무성한 나뭇가지를 꺾어다 짐마차 양쪽에 걸치고 다시 그 위에 베쉬메뜨를 펼쳐 걸었다.

"너는 저리 가." 그녀는 다시 짐마차 밑으로 기어들며 사내아이에게 소리 쳤다.

“까자끄가 처녀 옆에 붙어 있어도 되는 거야? 빨리 못 나가!”

짐마차 밑에 자신들만 남게 되자 우스쪤까는 갑자기 두 팔로 마리야나를 끌어안고 볼과 목덜미에 키스를 하기 시작했다.

“요 귀여운 것!” 그녀는 이렇게 말하고 그 가늘고 시원시원한 목소리로 웃어댔다.

“너 이거 그 영감님에게 배운 짓이로구나.” 마리야나가 몸을 뿌리치며 말했다.

“그만둬!”

그리고 그들은 둘 다 큰소리로 웃어댔고, 그러자 어머니가 그들에게 소리 쳤다.

“혹시 부러운 거 아냐?” 우스쪤까가 소근거렸다.

“바보같은 소리 하지 마! 잠이나 자자. 그런데 왜 온 거니?”

그러나 우스쪤까는 입을 다물지 않았다.

“너한테 할 말이 있어서 왔지!”

마리야나는 팔꿈치를 세우고 일어나 얼굴에 덮었던 스카프를 고쳐 썼다.

“무슨 얘긴데?”

“너네 집에 묵고 있는 사람에 대해 너는 뭘 좀 알지?”

“알긴 뭘 알아.” 마리야나가 대답했다.

“오호, 이런 거짓말쟁이!” 우스쪤까는 그녀를 팔꿈치로 찌르며 웃었다.

“아주 시치미를 뗄 셈이구나. 그 사람이 너네 집에 드나든다며?”

“그래. 근데 그게 왜?” 마리야나는 이렇게 말하고 갑자기 얼굴을 붉혔다.

“니가 알다시피 나는 솔직한 계집애야. 나는 모든 사람에게 솔직하게 말해. 무엇 때문에 나한테까지 숨기냔 말야."

우스쩬까는 이렇게 말했으나, 그 명랑하고 불그스레한 얼굴에 어두운 표정이 드러났다.

"내가 누구한테 나쁜 짓이라도 했나, 뭐? 그 사람을 사랑하는 것뿐이란 말야!"

"그 사람? 그 영감님말야?"

"그래."

"그건 좋지 않아!" 마리야나가 반박하듯 말했다.

"아아, 마쉔까! 우리같이 처녀 적에 재미를 보지 않으면 언제 재미를 볼 수 있겠니? 까자끄에게 시집 가면, 애들 낳아야지, 살림에 쪼들리는 건 말할 필요도 없고. 너도 루까쉬까에게 시집 가면, 즐거운 일은 하나도 없고 애들과 일거리만 생긴다는 걸 알아야 해."

224

"무슨 소리야! 다른 사람들은 시집 가서 잘만 살던데. 우리와 다를 바 없잖아!" 마리야나는 침착하게 대답했다.

"좋아. 너 한 번만이라도 좋으니 얘기해 봐. 루까쉬까와 너 사이에 무슨 일이 있었지?"

"있긴 뭐가 있어? 결혼 승낙이 있었지. 아버지가 1년만 기다려달라고 했지만, 저번에 약혼을 했으니까 가을엔 시집을 가게 될 거야."

"그래 그가 네게 뭐라던?"

마리야나는 미소를 지었다.

"뭐라고 했는지 뻔한 거 아냐? 사랑한다지, 뭐. 그리고 만날 때마다 함께 과수원으로 가자고 하던데."

"저런 엉큼한! 물론 너는 가지 않았겠지? 하지만 루까쉬까는 훌륭한 까자끄가 됐어! 제일 가는 유격병이야. 부대에서도 매일 놀고만 있대. 요전에 끄르까가 와서 그러는데 말도 아주 굉장한 걸로 바꿨대! 그래도 니가 없어서 지루할 거야. 그리고 루까쉬까가 또 뭐라고 하던?" 우스쩬까가 마리야나에게 물었다.

"너는 전부 알아야겠다는 심산이로구나." 마리야나가 웃으며 말했다.

"한번은 밤에 말을 타고 창문으로 다가와서는… 잔뜩 취해 있었는데 들여보내 달라는 거야."

"그래서, 들여보내진 않았겠지?"

"어떻게 그럴 수 있겠니! 전부터 안 된다고 말했었거든. 난 돌처럼 완강한 계집애야." 마리야나는 진지하게 대답했다.

"잘했어! 그렇지만 루까쉬까가 좋다고 하면 싫어할 처녀는 하나도 없을걸!"

"그럼 다른 여자한테나 가라고 하지 뭐." 마리야나는 도도하게 대답했다.

"너는 루까쉬까가 가엾지도 않니?"

"가여워. 하지만 나는 바보같은 짓은 하고 싶지 않아. 그건 나쁜 짓이라고 생각해."

우스쩬까는 별안간 마리야나의 가슴에 얼굴을 묻고 두 손으로 그녀를 껴안으며 웃음을 참느라 온몸을 흔들었다.

"넌 참 바보야!" 그녀는 숨을 헐떡이며 말했다.

"굴러온 행운을 차버리다니." 그녀는 또다시 마리야나를 간질이기 시작했다.

"아이, 이러지 마!" 마리야나는 깔깔대며 소리 쳤다.

"라주뜨까가 깔려죽겠어!"

"쟤들이 왜 저래? 그렇게 장난을 치고도 지치지도 않나." 짐마차 뒤쪽에서 잠에 취한 노파의 목소리가 다시 들려왔다.

“굴러온 행운을 차버리다니.” 우스쩬까는 몸을 일으키며 중얼
거렸다.

“하지만 너는 복도 많아! 모든 사내들이 너를 사랑하니 말야!
너처럼 그렇게 무뚝뚝한 여자를 좋아하다니. 내가 너라면 너희
집에 묵고 있는 그 사내를 휘감아버렸을 거야! 전에 우리집에
왔을 때, 그 사람을 보니까 꼭 너를 잡아먹을 것같은 눈빛이더
라. 우리 영감님, 그 사람도 나한테 뭐든지 다 줬어! 그렇지만
너희 집 사람은 러시아에서 제일 가는 부자래. 그 사람 졸병이
그러는데 그 사람은 노예들까지 거느리고 있대.”

마리야나는 비스듬히 일어나 무언가 생각하는 표정으로 미소
지었다.

“그 사람은 나한테 이런 말을 했었어. 우리집에 묵고 있는 사
람 말야.” 그녀는 풀잎을 씹으며 말했다.

“‘나는 루까쉬까나 당신 동생 라주뜨까같은 까자끄가 되고싶
소’라고 말야. 도대체 무슨 맘을 먹고 그런 소릴 했을까?”

“다 수작 부리는 짓이야.” 우스쩬까가 대답했다.

“우리 그 사람도 못하는 말이 없다니까! 어쩔 땐 환자같아!”

마리야나는 베쉬메뜨를 머리에 얹고 한 손을 우스쩬까의 어깨
에 걸친 채 눈을 감았다.

“그 사람, 오늘 과수원에 와서 일하고 싶댔어. 아버지가 불
렀거든.” 그녀는 이렇게 말했고, 잠시 침묵이 흐른 다음 그녀는
잠들어버렸다.

31. 태양은

어느새 짐마차에 그늘을 만들어주던 배나무 뒤에서 나와 비스듬한 빛으로 우스쩬까가 끼워놓은 나뭇가지 사이를 뚫고 짐마차 밑에서 자고 있는 처녀들의 얼굴에 내려 쪼였다. 마리야나는 잠에서 깨어나자마자 스카프를 머리에 썼다. 그리고 주위를 둘러보던 그녀는 문득 배나무 뒤쪽에서 어깨에 총을 둘러멘 채 아버지와 얘기를 나누며 서 있는 올레닌을 발견했다. 그녀는 우스쩬까를 쿡쿡 찌르며 말없이 웃음을 머금고 그를 가리켰다.

"어제도 나갔다왔는데, 한 마리도 구경 못했어요." 올레닌은 산만하게 주위를 둘러보며 말했고, 나뭇가지에 가려 마리야나를 알아보지 못했다.

"아, 저쪽 끝으로 곧장 가보세요. 거기에 황무지라 불리는 폐허가 된 과수원 터가 있는데 항상 토끼들이 우글거린답니다." 소위는 자신의 말투를 바꿔 말했다.

"이렇게 바쁜 일철에 토끼를 쫓아다니는 것도 뭣한 일 아니시오! 차라리 이리 와서 우리 일이나 도와주시구려. 계집애들과 일하는 맛도 괜찮을 거요." 노파가 명랑하게 말했다.

"얘들아, 이제 일어나거라!" 그녀가 소리 쳤다.

마리얀까와 우스쩬까는 짐마차 밑에서 소근거리며 겨우 웃음을 참고 있었다.

올레닌이 50루블이나 나가는 말을 루까쉬까에게 주었다는 사실을 알게 된 이후 주인 내외는 그에게 친절하게 대했다. 특히 소위는 그가 딸에게 접근하는 것을 은근히 만족스런 눈길로 바라보고 있었다.

"그렇지만 나는 일을 할 줄 모르오." 올레닌은 짐마차 아래 푸른 나뭇가지 사이로 마리야나의 담청색 루바쉬까와 빨간 스카프를 발견하고 그쪽을 보지 않으려 애쓰며 이렇게 말했다.

"자, 이쪽으로 오겠수. 말린 복숭아를 드릴 테니." 노파가 말했다.

"이건 예전의 까자끄 식 손님 초대 방법이지요. 할망구들의 바보같은 짓이라오." 소위는 마누라의 말투를 정정하기 위해 설명조로 말했다.

"러시아에서는, 제 생각으로는 이런 말린 복숭아 뿐만 아니라 파인애플 조림이나 물에 담근 파인애플을 기호에 맞게 드셨을 줄 압니다만…"

"그럼 그 폐허가 된 과수원 터에 분명히 있단 말씀이죠?" 올레닌이 물었다.

"가봐야겠는걸." 그는 이렇게 말하고 재빨리 푸른 나뭇가지 너머로 시선을 던지고는 털모자를 집어들고 곧바로 줄지어 늘어선 푸른 포도나무 사이로 사라져버렸다.

올레닌이 과수원에 있는 주인들에게로 돌아왔을 때는, 태양은 이미 과수원 울타리 뒤쪽으로 넘어가 그 투명한 이파리 사이로 잘게 부숴진 빛을 흘려보내고 있었다. 바람은 잠잠해지고, 신선한 기운이 포도밭에 퍼지기 시작했다. 아직 먼 발치에서부터 올레닌은 본능적으로 포도나무 줄기 사이에 마리야나의 담청색 루바쉬까를 알아보고 포도송이를 따며 그녀에게 다가갔다. 사냥개도 이따금 침이 흐르는 입으로 낮게 늘어진 포도 송이를 물어뜯곤 했다. 얼굴이 벌겋게 그을은 마리얀까는 소매를 걷어올리고 스카프를 턱 밑으로 끌어내린 채 재빠르게 묵직한 포도 송이를 잘라 바구니 속에 넣고 있었다. 그녀는 손에 쥐고 있던 넝쿨을 놓지 않고, 잠시 일손을 놓고는 상냥한 미소를 지어 보이며 다시 일하기 시작했다. 올레닌은 그녀에게 다가가며 손을 자유롭게 쓰기 위해 총을 어깨에 둘러멨다.

'식구들은 어디 갔소? 열심이구만! 당신 혼자요?' 올레닌은 이렇게 말하고 싶었으나, 아무 말도 못하고 모자를 조금 쳐들 뿐이었다. 그는 마리얀까와 단 둘이 있으면 마음이 거북했으나, 일부러 자신을 괴롭히기 위해 그녀에게 다가갔다.

"당신은 그 총으로 여자들을 쏠 셈인가요?" 마리야나가 말했다.

"아니, 쏘지 않소."

두 사람은 잠시 입을 다물었다.

"좀 거들어줄래요?"

그는 칼을 꺼내들고 말없이 포도를 따기 시작했다. 얼마 후 그는 푸른 이파리 밑에서 여기저기 포도 송이에 포도 알이 빈틈없이 들어 찬, 3푼뜨는 될 만한 포도 줄기를 꺼내 자기가 서 있는 곳에서 그것을 마리야나에게 내보였다.

“전부 딸까요? 이건 좀 푸른 것 같지 않소?”

“이쪽으로 주세요.”

그들의 손이 맞닿았다. 올레닌은 그녀의 손을 잡았고, 그녀는 그를 쳐다보며 미소 지었다.

“그래, 당신은 곧 시집을 가게 되는 거요?” 그가 말했다.

그녀는 대답하지 않고 시선을 돌렸으나 새침한 눈초리로 흘낏 그의 얼굴을 쳐다보았다.

“당신은 루까쉬까를 사랑하오?”

“그게 당신한테 어쨌다는 거예요?”

“부러워서 그러오.”

“허튼소리 그만둬요!”

“정말이오. 당신은 너무나 아름답소!”

순간 그는 자신이 한 말이 무섭고 부끄럽게 느껴졌다. 어쩐지 그에게는 자신의 말이 저속하게 들렸던 것이다. 그는 얼굴을 붉히며 그녀의 두 손을 움켜잡았다.

“어떻든 당신과는 상관없어요! 농담이예요, 뭐예요!” 마리야나는 이렇게 대답했으나, 그녀의 눈은 그의 말이 농담이 아니라는 것을 자신이 확실히 알고 있음을 말하고 있었다.

“농담이라구! 만일 당신이 알아준다면, 내가 얼마나…”

그의 말은, 그가 실제로 느끼고 있는 것과는 전혀 다르게 점점 더 저속하게 들려왔으나, 그는 계속 말을 이었다.

“당신 때문에 내가 무슨 일을 저지를지는 나 자신도 모르오.”

“그만둬요. 거짓말쟁이!”

그러나 그녀의 얼굴, 그녀의 반짝이는 눈, 그녀의 높이 솟은 가슴, 날씬한 다리는 다른 말을 하고 있었다. 그에게는 그녀가 자신이 한 말이 저속하다는 걸 잘 알고 있으나 그러한 경솔한 행동보다 그녀는 더 높은 위치에 있다고 생각되었고, 한편으로는 그녀가 그가 말하고 싶어하지만 그녀에게 말하지 못하는 그 모든 것을 잘 알고 있으면서도 그가 그녀에게 어떻게 말하는가를 직접 듣고 싶어하는 것처럼 생각되었다.

'그녀가 모를 리가 없어.' 그는 생각했다.

'내가 그녀에게 말하고 싶어했을 때, 그녀는 모든 걸 알고 있었을까? 그렇지만 그녀는 이해하려 들지 않았고, 대답하려 하지 않았던 거야.' 그는 이렇게 생각했다.

"어머!" 갑자기 멀지 않은 포도밭 뒤쪽에서 우스쩬까의 가는 웃음소리가 들려왔다.

"이리 와요, 드미뜨리 안드레이치. 나 좀 도와줘요. 나 혼자 있어요!" 그녀는 둥글고 순진한 얼굴을 포도나무 이파리 사이로 내밀며 올레닌에게 소리 쳤다.

올레닌은 아무런 대답도 하지 않았고, 그 자리에 꼼짝 않고 서 있었다.

마리얀까는 계속해서 포도를 따면서도 쉴새없이 올레닌을 응시했다. 그는 무슨 말인가를 하려다가 멈추고는 어깨를 움츠려 총을 둘러멘 채 빠른 걸음으로 과수원을 빠져나갔다.

32. 그는

두어 번 걸음을 멈추고, 한 곳에 모여 무언가 소리 치며 떠들어대는 마리야나와 우스쩬까의 웃음소리에 귀를 기울였다. 그날 저녁 올레닌은 사냥을 하러 숲속을 돌아다녔다. 그는 한 마리도 못 잡고 날이 저물어서야 집으로 돌아왔다. 뜰 안을 지나가다가 그는 주인집 헛간문이 열려 있고, 그 안에 그녀의 담청색 루바쉬까가 어른거리고 있는 것을 보았다. 그는 자기가 돌아왔음을 알리기 위해 유난히 큰소리로 바뉴샤를 불렀고, 언제나 앉는 층계에 앉았다. 주인집 식구들은 이미 과수원에서 돌아와 있었다. 그들은 올레닌이 헛간을 나와 방으로 들어가는데도 그에게 들어오라는 말을 하지 않았다. 미라야나는 두 번이나 대문 밖으로 나갔다 들어왔다. 한 번은 그를 쳐다본 것처럼 생각되었다. 그는 탐욕스럽게 그녀의 움직임을 뒤쫓았으나 그녀에게 다가갈 용기가 나지 않았다. 그녀의 모습이 안채로 사라지자 그는 층계를 내려와 안뜰을 걷기 시작했다. 그러나 마리야나는 나오지 않았다. 올레닌은 밤새 주인집에서 들려오는 소리에 일일이 귀기울이며 한숨도 자지 못했다. 그는 저녁에 그들이 얘기하는 소리, 밥먹는 소리, 이불을 꺼내 잠자리에 드는 소리 그리고 마리얀까가 무엇 때문인지 웃는 소리도 들었다. 그리고는 모든 것이 잠잠해졌다. 소위와 노파는 무엇인가를 소근거렸고, 누군가의 숨소리도 들려왔다. 그는 자기 방으로 들어갔다. 바뉴샤는 옷을 입은 채 잠들어 있었다. 올레닌은 그를 부러운 눈길로 바라보며 다시 뜰로 나와 내내 무언가를 기다리며 거닐기 시작했다. 그러나 아무도 나오거나 몸을 뒤척이지 않았고, 단지 세 사람의 고른 숨소리만이 들려올 뿐이었다. 그는 마리야나의 숨소리를 알고 있었기에 내내 그 숨소리에만 귀를 기울이며 자신의 심장 박동 소리를 들었다. 마을은 온통 고요함에 휩싸였다. 늦은 달이 떠올라 뜰 안에 누워 있거나, 어슬렁 일어나거나, 숨을 헐떡이는 가축들의 모습을 선명하게 비추기 시작했다. 올레닌은 자신이 못마땅한 듯 스스로에게 물었다.

'내게 무엇이 필요한 거지?'

그러나 그는 이 밤의 매력을 뿌리칠 수가 없었다. 문득 그는 주인집 방에서 나는 발자국 소리와 마루가 삐걱거리는 소리를 분명하게 들었다. 그는 방문 쪽으로 달려갔으나, 평온한 숨소리 외에는 아무 것도 들리지 않았다. 뜰 안에서는 거친 숨을 내쉰 암물소가 무릎으로 몸을 일으켜 꼬리를 흔들며 건조한 뜰 안의 점토 위에 무언가 두드리는 듯한 규칙적인 소리를 냈다. 그리고는 또다시 흐릿한 달빛 아래 한숨을 내쉬었다. 그는 자신에게 물었다.

'나는 도대체 무얼 하려는 것인가?'

그리고 그는 결심한 듯 잠자리로 향했다. 그러나 또다시 어떤 소리가 들려왔고, 그의 상상 속에 이 흐릿한 달밤에 뜰을 거닐기 위해 나온 마리얀까의 모습이 떠올라 그는 다시 창가로 달려갔다. 그리고 다시 발자국 소리를 들었다. 날이 밝아올 무렵 그는 창가로 다가가 덧문을 두드리고는 곧 방문 앞으로 달려갔고, 이번에는 정말로 마리얀까의 한숨 소리와 발자국 소리를 들었다. 그는 문고리를 잡고 소리를 냈다. 맨발 소리가 조심스럽게 마룻바닥을 밟으며 방문 쪽으로 다가왔다. 문고리가 벗겨지고, 문이 삐걱거리는 소리를 내며 박하와 호박 냄새가 풍겨나며 마리얀까의 온몸이 문지방에 나타났다. 그러나 그는 그녀의 모습을 달빛 속에 한순간 보았을 뿐이었다. 그녀는 문을 닫아버리고 무언가 중얼거리며 가벼운 걸음걸이로 되돌아 사라져버렸다. 올레닌은 가볍게 문을 두드렸으나 아무런 대답도 없었다. 그는 다시 창가로 다가가 귀를 기울였다. 그때 갑자기 낮고 째지는 듯한 사내의 목소리가 그를 놀라게 했다.

"훌륭하군!" 흰 털모자를 쓴 자그마한 *까자끄*가 뜰에서 올레닌에게 다가오며 말했다.

"나는 봤습니다. 훌륭하군요!"

올레닌은 그가 나자르까라는 것을 알았으나 어떻게 해야 할지, 무슨 말을 해야 할지 몰라 잠자코 있었다.

"훌륭하십니다! 촌장에게 가서 설명하고 이 집 주인에게도 말해 주죠. 소위의 딸이라 과연 굉장하구만! 사내 하나론 부족한 모양이지."

"자네 나한테 뭘 원하는 거야! 뭐가 필요해?" 올레닌이 입을 열었다.

"아무 것도 필요없어요. 단지 촌장에게 말하겠다는 것뿐입니다."

나자르까는 일부러 그러는 것처럼 큰소리로 말했다.

"정말 약삭빠른 사관 후보생이시구만!"

올레닌은 파랗게 질려 몸을 떨었다.

"저리 가세, 저리로!" 그는 나자르까의 손을 세차게 움켜쥐고 자기 방 쪽으로 끌고갔다.

"정말 아무 일도 없었네. 그녀는 나를 들여보내지 않았고, 나는 아무 짓도… 그녀는 결백하네."

"거기서 뭐가 있었는지 조사해 보면 알 일이고……." 나자르까가 말했다.

"어쨌든 자네에게 줌세……. 잠깐 기다리게!"

나자르까는 입을 다물었다. 올레닌은 자기 방으로 뛰어들어가 까자끄에게 10루블을 갖다주었다.

"정말 아무 일도 없었다네. 어쨌든 내 잘못일세. 자 받게! 제발 다른 사람이 알지 못하게 해 주게나. 아무 일도 없었으니까……."

"그럼 안녕히 계세요." 나자르까는 웃으며 이렇게 말하고는 밖으로 나갔다.

이날 밤 나자르까는 루까쉬까의 부탁으로-훔쳐온 말을 숨겨둘 장소를 마련하기 위해-마을에 와 자기 집 쪽으로 걸어가다 발자국 소리를 들었던 것이었다. 다음날 아침 그는 부대로 돌아가 자신이 얼마나 잽싸게 10루블을 빼앗았는지에 대해 동료들에게 자랑삼아 늘어놓았다. 올레닌은 다음날 아침 주인댁 내외를 만났지만 누구도 간밤의 일을 모르는 눈치였다. 그는 마리야나에게 말을 건네지 못했고, 그녀는 그를 보자 살며시 웃어보일 뿐이었다. 그날 밤도 그는 뜰 안을 거닐며 밤을 새웠다. 그 다음날은 일부러 사냥을 나갔고, 저녁에는 자기 자신에게서 도망치기 위해 벨레츠끼를 찾아갔다. 그는 자기 자신을 두려워했고, 때문에 다시는 주인집에 드나들지 않겠노라 맹세했다. 그 다음날 밤 상사가 올레닌을 깨웠다. 중대가 즉시 출동한다는 것이었다. 올레닌은 이런 기회를 얻게 된 것을 기뻐했고, 다시는 마을에 돌아오지 않으리라 생각했다.

습격은 나흘 간 계속되었다. 연대장은 친척인 올레닌을 만나기 위해 그에게 본부에 남아 있기를 권했지만 올레닌은 거절했다. 그는 자신이 까자끄 마을을 떠나서는 살 수 없을 것같다고, 집으로 돌아가게 해달라고 부탁했다. 습격의 공로로 받은, 예전에 그가 그토록 원했던 병사 십자훈장도 그에게는 별 관심의 대상이 되지 못했고, 장교 임관이 늦어지는 것은 더더욱 관심 밖의 이야기였다. 그는 바뉴샤와 함께 아무 일 없이 전선을 통과하여 자기 중대보다 몇 시간 빨리 마을에 도착했다. 올레닌은 그날 저녁 마리야나를 바라보며 층계에서 시간을 보냈다. 그리고 그는 또다시 아무런 목적도, 아무런 생각도 없이 밤새 뜰 안을 거닐었다.

33. 다음날

아침, 올레닌은 잠에서 늦게 깨어났다. 주인집 가족은 이미 집 안에 없었다. 그는 사냥에 나가지도 않고 책을 들춰보기도 하고, 층계에 나가보기도 하고, 다시 방에 들어와 침대에 누웠다. 바뉴샤는 그가 병이 났다고 생각했다. 저녁이 되기 전 올레닌은 결심한 듯 일어나, 펜을 들고 늦은 밤까지 편지를 썼다. 그는 편지를 다 썼으나 그것을 부치지는 않았다. 왜냐하면 누구도 그가 말하고자 하는 참뜻을 이해할 수 없을 뿐만 아니라, 올레닌 자신 외에는 누구도 그것을 이해할 필요가 없다고 생각했기 때문이었다. 그는 편지에 다음과 같이 썼다.

〈나는 러시아로부터 동정의 편지를 자주 받는다. 그들은 내가 이 시골에서 파멸해 묻혀버리지나 않을까 걱정하고 있다. 그들은 나에 대해 말한다. '그는 거칠어지고, 모든 면에서 뒤처질 것이며, 술을 마시기 시작하고, 마침내는 까자끄 여자와 결혼할 것이다' 예르몰로프가, 까프까즈에서 십 년 근무한 자는 술꾼이 되든가, 음탕한 계집과 결혼을 하든가 둘 중 하나라고 한 말은 이유있는 말이라고들 한다. 정말 두렵다! 하긴 운이 좋으면 Б (베)백작의 사위가 되든가 시종이 되든가 귀족단장이라든가 하는 커다란 행운을 잡을는지 모르는데 무엇 때문에 스스로 파멸의 길을 택할 필요가 있겠느냐고 생각하는 것도 별반 무리는 아닐 것이다.

그러나 그대들은 내게 있어 모두 추악하고 가련한 존재들일 뿐이다! 그대들은 행복이 무엇인지, 삶이 무엇인지 알지 못한다! 인간이란 누구나 한 번쯤은 삶을 자연 그대로의 아름다움 속에서 경험할 필요가 있는 것이다. 그대들은 내가 날마다 눈앞에 보고 있는 것을 보고 이해할 필요가 있다. 영원히 근접할 수 없는 눈 덮인 산, 조물주의 손으로 창조된 최초의 여자가 지녔음이 틀림없는 원시적인 아름다움을 지금도 간직하고 있는 위대한 여자를 말이다. 그때야 비로소 그대들은 스스로를 파멸시키는 것이 누구이며 진실 속에 사는 자가 누구이고 거짓 속에 사는 자가 누구인가를—그대들인지 나인지 분명히 깨닫게 될 것이다. 만일 그대들이, 기만하며 살고 있는 그대들이 내게 얼마나 추악하고 가련하게 보이는지 알아준다면!

나는, 나의 오막살이, 나의 숲, 나의 사랑 대신 그대들의 응접실, 가발에 포마드를 잔뜩 바른 그대들의 여자들, 그 부자연스럽게 움직이는 입술, 가려져 있지만 환자같이 나약한 사지, 대화라고는 도저히 말할 수 없는 응접실의 무의미한 혀 짧은 소리를 생각하자마자 나는 참을 수 없는 혐오감에 사로잡힌다. 그리고 또 그 여자들의 생기없는 얼굴, 혼기에 찬 부잣집 딸들의 얼굴은 이렇게 말한다.

'괜찮아요. 가까이 오세요. 난 돈 많은 신부감이랍니다.'

이쪽에 앉혔다 저쪽에 앉혔다 하며 짝지워주는 뚜쟁이의 입김, 그리고 끊임없는 수다와 위선적인 행동 누구에게는 악수를 하고, 누구에게는 고개를 끄덕이고, 누구에게는 말을 주고 받는 식의 불문율 그리고 세대에서 세대로 전해 내려오며 우리의 피 속에 내재되어 있는 영원한 권태(이것은 모두 의식적으로 필요불가결한 것이라는 신념으로 전해 내려왔다)가 머리에 떠오른다. 그대들은 한 가지를 이해하든가 아니면 믿어야 한다. 먼저 진실과 아름다움이 무엇인가를 보고 이해해야 하며, 그렇게 하면 그대들이 말하고 생각하는 것 모두 먼지 속으로 사라져버리고, 나를 위한, 그대들 자신을 위한 행복의 바람도 사라져버릴 것이다. 행복이란 자연과 함께하며 자연을 보고 자연과 대화를 나누는 것이다.

'뿐만 아니라 그는 평범한 까자끄 여자와 결혼하여 출세의 길을 완전히 잃게 될 것이다.'

모두들 나를 진심으로 동정해 이렇게 말을 하리라는 걸 나는 잘 알고 있다. 그러나 내가 원하는 건 단 하나, 그대들이 완전히 파멸하리라는 것이다. 나는 평범한 까자끄 여자와 결혼하기를 원하지만, 그렇게 하지 못하는 이유는 그러한 행복을 누리기에는 내가 아직 부족한 인간이라는 걸 잘 알기 때문이다.

내가 까자끄 처녀 마리야나를 처음 본 이래 석 달이 흘러갔다. 그때까지만 해도 내가 떠나온 지 얼마 되지 않는 과거 세계의 견해와 편견이 생생히 남아 있었다. 그때 나는 내가 이 여자를 사랑하게 되리라는 걸 믿지 않았다. 나는 마치 산이나 하늘의 아름다움을 사랑하듯 그녀를 사랑했으며, 사랑하지 않을 수 없었다. 그것은 그녀가 산이나 하늘처럼 그렇게 아름다웠기 때문이었다. 그 후 나는 이 아름다움을 관조하는 것이 내 인생에서 꼭 필요하다는 것을 깨달았고, 내가 그녀에게 연정을 품고 있는 것은 아닐까 라는 자문을 하게 되었다. 그러나 나는 내가 상상하고 있던 연정과 비슷한 감정을 내 내부에서 발견할 수 없었다. 그것은 고독에서 오는 우울함이나, 부부 생활에 대한 욕구, 정신적인 사랑, 더욱이 내가 경험한 육체적인 사랑과는 전혀 다른 감정이었다. 나는 그녀를 보고, 그녀의 목소리를 듣고, 그녀가 내 가까이에 있는 것을 느끼고 싶을 뿐으로, 내가 행복한 인간이라고는 할 수 없을지 모르지만 적어도 나는 마음의 평정을 누리고 있었던 것이다.

그녀와 함께했던 그리고 그녀와 사귀게 되었던 그 저녁 파티 이후, 나는 나 자신과 그녀 사이에 도저히 잘라버릴 수 없는 어떤 끈이 존재한다는 사실을 느끼기 시작했다. 그러나 나는 이러한 감정과 투쟁하며 스스로에게 말했다. 도대체 내 인생에서 정신적인 흥미를 영원토록 이해하지 못할 그런 여자를 사랑할 수 있단 말인가? 도대체 아름답다는 이유 하나로 조각상같은 여자를 사랑할 수 있단 말인가? 나는 스스로에게 이렇게 자문해 보았고, 비록 지금도 여전히 나의 감정을 믿지 못하고 있지만, 나는 그녀를 사랑하고 있었던 것이다.

내가 처음으로 그녀와 얘기를 나누었던 그 저녁 파티 이후, 우리의 관계는 변화되었다. 그 전까지 그녀는 내게 있어 장엄한 외부적 자연의 대상일 뿐이었으나, 저녁 파티 이후 그녀는 내게 인간이 되었던 것이다. 나는 그녀와 만나기 시작했고, 그녀와 얘기를 나누었으며, 때로는 그녀의 아버지가 일하는 곳으로 찾아가기도 했고, 저녁 내내 그 집에 머무르기도 했다. 이렇게 가까이 지내면서도 그녀는 여전히 접근하기 어려운 장엄한 존재로 내 눈길 속에 남아 있었다. 그녀는 모든 것에 대해 항상 침착하고, 도도하고 명랑하며 무관심한 태도로 대답했다. 그녀는 가끔 상냥한 태도를 보이기도 했으나, 그 하나 하나의 눈길, 한마디 한마디의 말, 하나 하나의 동작이 경멸적인 것은 아니었어도 압도하는 듯한 매혹적인 무관심을 드러내고 있었다. 날마다 나는 어설픈 미소를 입가에 띄우고 그 어떤 흉내를 내려 애쓰며 가슴에 타오르는 정열과 욕망의 괴로움을 억제한 채 농담조로 그녀와 이야기를 나누었다. 그녀는 내가 가면을 쓰고 있다는 것을 알고 있었으나 솔직하고 발랄하며 순결한 눈으로 나를 바라보았다. 나는 이러한 상황을 이겨낼 수 없게 되었다. 나는 그녀를 거짓으로 대하고 싶지 않았고, 내가 생각하고 내가 느끼는 모든 것을 솔직히 말하고 싶었다. 나는 유난히 초조해 있었다. 그것은 과수원에서의 일이었다…….

나는 회상하기에 부끄러운 말로 그녀에게 나의 사랑을 고백하기 시작했다. 내가 부끄럽게 생각하는 점은 그녀는 내 말이나, 그 말로 내가 표현하려 했던 감정보다 훨씬 높은 위치에 있었고, 결국 나는 그녀에게 하지 말았어야 하는 말을 했다는 것이었다. 나는 입을 다물었고, 그날부터 나는 견딜 수 없는 곤경에 빠져들었다. 나는 예전처럼 농담 섞인 태도로 그녀를 대하며 스스로를 비하시키고 싶지 않았으나, 그렇다고 그녀를 솔직한 태도로 대할 수 있을 만큼 성숙되어 있지도 않다고 느꼈다.

나는 절망하며 스스로에게 물었다. 어찌하면 좋은가? 터무니없는 공상 속에 나는 그녀를 정부로, 아내로 상상했고, 증오에 가득 찬 다른 생각으로 이러한 공상을 떨쳐버렸다. 그녀를 정부로 삼는다는 것은 무서운 일이다. 이것은 살인과 마찬가지다.

그녀를 드미뜨리 안드레예비치 올레닌의 아내로 삼는다는 것은, 마치 우리 동료 중 한 장교가 까자끄 여자와 결혼한 것보다 더욱 좋지 않은 일이다. 만일 내가 루까쉬까와 같은 까자끄가 되어 말을 훔치고, 치히리에 잔뜩 취하고, 큰소리로 노래 부르고, 사람을 죽이고, 술에 취해 한밤중에 창문을 넘어 그녀에게 기어든다면, '나는 누구일까?', '나는 왜 살까?' 라는 생각 없이 산다면, 그때는 문제가 달라서 그녀와 내가 서로를 이해할 수 있을 것이고, 나도 행복해질 수 있을 것이다. 나는 이런 생활에 몸을 던지고 싶어했으나, 나 자신의 나약함과 병적인 성향을 한층 더 뼈저리게 느낄 뿐이었다. 나는 나 자신과, 복잡하고 혼란스러우며 추악한 과거를 잊을 수 없었던 것이다. 그리고 나의 미래는 더욱더 절망적으로 변해 갔다. 나의 눈앞에는 언제나 눈 덮인 먼 산들과, 장엄하고도 행복한 여자가 서 있었다. 그러나 이 세상에서 유일하게 내게 행복을 줄 수 있는 이 여자는 나를 위해서 존재하는 사람이 아니었다!

내게 있어 가장 두렵고 가장 감미로운 상황은, 나는 그녀를 이해하고 있지만 그녀는 영원토록 나를 이해하지 못하리라는 것이었다. 그녀가 나를 이해할 수 없는 이유는 그녀가 나보다 낮은 위치에 있기 때문이 아니라 그녀가 나를 이해할 필요가 없는 위치에 있기 때문이다. 그녀는 행복하다. 그녀는, 마치 자연처럼, 평온하게 자신으로 존재하는 것이다. 그러나 불완전하고 나약한 존재인 내가 그녀에게 자신의 추악함과 괴로움을 이해해 주길 바라고 있는 것이다. 나는 며칠 밤을 자지 않고, 아무런 목적도 없이 그녀의 창문 밑에서 시간을 보내면서도 자신에게 무슨 일이 일어나고 있는지 대답도 구하지 않았다.

18일에 우리 중대는 습격에 출동했다. 사흘 간 나는 마을을 떠나 있었다. 나는 모든 것에 무관심했고, 서글퍼했다. 부대에 있는 동안에는 노래와 카드, 주연(酒宴), 포상에 대한 논의가 그 어느 때보다도 싫었다. 나는 오늘 마을로 돌아와 그녀와 나의 오막살이, 예로쉬까 아저씨, 눈 덮인 산들을 보았고, 그러자 모든 것을 분명히 깨달을 수 있는 강하고 새로운 기쁨에 휩싸였다. 나는 이 여자를 내 인생의 처음이자 유일한 참된 애정으로 사랑하는 것이었다. 나는 나의 감정을 비하시키는 것을 두려워하지 않으며, 나의 사랑을 부끄러워하지 않을 뿐더러 그것을 자랑스럽게 생각한다. 내가 그녀를 사랑하게 된 것은 내 잘못이 아니다. 그것은 내 의지와 무관하게 이루어진 것이므로……

나는 자기 희생이라는 명목 하에 자신의 사랑에서 달아나려 했고, 까자끄인 루까쉬까와 마리얀까의 사랑 속에서 기쁨을 찾으려 했지만, 그것은 다만 자신의 사랑과 질투에 기름을 붓는 결과를 초래할 뿐이었다. 이것은 이상적인 사랑이 아니며 일찍이 내가 경험한 고결한 사랑도 아니다. 자신의 사랑을 황홀한 시선으로 응시하고, 자신의 내부에서 자기 감정의 원천을 느끼고, 스스로 무슨 일이든 다 할 수 있는 그런 동경의 감정도 아니다. 나는 이것을 경험했다. 그것은 쾌락의 욕망은 더더욱 아니며 무언가 다른 것이었다. 아마도 나는 그녀의 내부에 있는 자연을, 자연이 지닌 온갖 아름다움의 구현을 사랑하는지 모른다. 그러나 나는 자신의 의지를 소유하지 못한 채, 어떤 불가항력적인 힘, 신의 세계 전체가 나를 통해 그녀를 사랑하는 것이며, 자연 전체가 내 영혼 속에 이 사랑을 밀어넣고 이렇게 말하려 한다. 사랑하라. 나는 이성으로 그녀를 사랑하는 것이 아니요, 상상으로 사랑하는 것도 아니며 오로지 나의 존재를 다 바쳐 그녀를 사랑하는 것이다. 그녀를 사랑하면서 나는 나 스스로를 행복한 신의 세계의 불가분의 일부라 느낀다.

나는 앞서 나의 고독한 생활에서 얻은 새로운 신념에 대해 썼다. 그러나 그 신념이 어떤 어려움 속에서 내가 이룬 것인지, 어떤 기쁨으로 내가 그것을 인식한 것인지, 그리고 어떻게 인생의 새로운 길을 발견한 것인지 그것은 누구도 알 수 없는 일이다. 내게는 이 신념보다 고귀한 것은 하나도 없었다.

그러나… 사랑이 찾아들었고, 그러한 신념은 이제는 없지만 나는 그것에 대해 애석하게 생각하지 않는다. 또한 내 자신이 예전에는 그처럼 일방적이고, 냉철한, 지적인 기분을 존중할 수 있었다는 사실을 지금은 이해하기 어렵다. 아름다움이 등장하자 자신의 크나큰 내적 노력은 먼지처럼 털어버린 것이다. 그리고 사라져버린 것에 대해 애석하게 생각지 않는다!

자기 희생-이것은 어리석은 잠꼬대같은 말이다. 이것은 오만이고, 내가 받아들여야 할 불행으로부터의 도피이며, 타인의 행복에 의존해 내 스스로를 구제받으려는 것이다. 타인을 위해 살며 선을 행한다고? 무엇 때문에? 지금 나의 마음속에는 오직 자신에 대한 하나의 사랑과 하나의 바람이 있다-그것은 그녀를 사랑하고, 그녀와 더불어 살며 그녀의 인생에 끼어드는 것. 나는 지금 타인을 위해, 루까쉬까를 위해 행복을 염원하는 것이 아니다. 이제 나는 이러한 타인들을 사랑하지 않는다. 예전 같으면 나는 이것이 옳지 않다고 스스로에게 말했을 것이다. 그리고 '그녀는 어떻게 될까?', '나는 어떻게 될까?', '루까쉬까는 어찌 될까?' 이런 의문으로 괴로워했을 것이다.

그러나 지금은 아무렇지도 않다. 나는 나 스스로 살고 있는 것이 아니라 나보다 강한 그 무엇이 내 인생을 이끌어가고 있음

을 느낀다. 괴롭다. 그러나 예전의 나는 죽은 사람이나 다를 바
없었지만, 지금은 살아 있는 나로서 살고 있노라고 말할 수 있
다. 나는 오늘 그녀를 찾아가 모든 얘기를 할 것이다〉

34. 편지를

다 쓰고 나서, 올레닌은 늦은 저녁 안채로 들어갔다. 노파는 뻬치까 뒤 침대 겸 의자 위에 앉아 누에고치의 실을 뽑고 있었다. 마리야나는 스카프를 쓰지 않은 채 촛불 밑에서 바느질을 하고 있었다. 올레닌을 보자 그녀는 벌떡 일어나 스카프를 집어들고 뻬치까 쪽으로 향했다.

"왜 그러니. 함께 앉지 않구, 마리야누쉬까." 어머니가 말했다.

"아니예요, 맨머리라서 그래요." 그녀는 이렇게 말하고 뻬치까 위로 올라갔다.

올레닌의 눈에는 그녀의 무릎과 늘어뜨린 날씬한 다리가 보일 뿐이었다. 그는 노파에게 차를 내오게 했다. 노파는 마리야나를 시켜 소스를 대접했다. 그러나 식탁 위에 접시를 갖다놓자마자 마리야나는 다시 뻬치까 위로 올라가버려 올레닌은 단지 그녀의 눈길을 느꼈을 뿐이었다. 그들은 농장에 대해 이야기를 나누었다. 울리뜨까 할머니는 점점 흥분하기 시작하더니 나중에는 손님 접대에 여념이 없었다. 그녀는 올레닌을 위해 물에 담근 포도와 포도를 넣어 구운 과자 그리고 고급 포도주를 꺼내와 육체 노동으로 자신의 끼니를 해결하는 사람들에게서만 볼 수 있는, 서민적이고 가식없는 자랑 섞인 환대로 올레닌을 대접하기 시작했다. 처음 만났을 때 거칠고 무뚝뚝한 태도로 올레닌을 놀라게 한 노파는 이제는 빈번히 딸을 대하는 것과 같은 소박한 친절로 그를 감동시켰다.

"하느님을 노하게 할 일 없다우! 하느님 덕분에 우리는 치히리도 담갔고, 소금 절임도 끝냈고, 포도주도 3보치까(역주. 액량 단위. 40배럴. 492리터)쯤 팔 생각이지만 그래도 우리가 마실 건 남는다우. 고향에 돌아가게 되더라도 좀 미루시구랴. 결혼식 때 함께 재미나게 놉시다, 그려."

"결혼식이 언제죠?" 올레닌은 온몸의 피가 얼굴로 솟구쳐올라 심장이 세차게 요동 치는 것을 느끼며 물었다.

뻬치까 뒤에서 인기척이 나며 씨 까먹는 소리가 들려왔다.

"다음주에 올렸으면 하는데 어찌될는지……. 우리는 준비가 다 끝났다우." 노파는 마치 올레닌이 이 세상에 존재하지 않는 것처럼 쉽고 태연스레 대답했다.

"나는 마리야누쉬까를 위해 죄다 끌어모아 장만해 두었다우. 남부럽지 않게 보낸다우. 그저 걱정거리가 있다면 루까쉬까 녀석이 웬일인지 술 마시고 노는 데 정신이 팔려 있다는 게, 그게 걱정이지. 진종일 퍼마셔대니! 여간 장난이 심해야지! 저번에 중대에서 온 까자끄가 그러는데, 글쎄 그 녀석이 나가이에 갔다 왔다더구려."

"붙잡히면 어쩌려고 그러지." 올레닌이 말했다.

"그래서 내가 늘 타이른다우. 얘, 루까쉬까! 위험한 장난은 하지 말거라! 그래, 젊으니까 뽐내고 싶은 건 당연하지. 그렇지만 무슨 일이든 다 때가 있는 법이란다. 그래 넌 적도 물리쳤고, 도둑질도 해봤고, 빨치산도 죽여봤지, 훌륭해! 그만하면 이제 얌전해져야지. 언제까지나 그러면 좋지 않단다."

"예, 나도 파견대에 나갔을 때 두 번 봤는데 언제나 마셔대더군요. 게다가 말까지 팔아버렸다더군요." 올레닌은 이렇게 말하며 뻬치까 위를 올려다보았다. 커다란 검은 눈이 그를 향해 적의를 드러낸 채 반짝이고 있었다. 그는 자신이 한 말이 부끄러워지기 시작했다.

"뭐라구요? 그 사람은 누구한테고 나쁜 짓은 하지 않아요." 별안간 마리야나가 말했다.

"자기 돈으로 술 마시는 게 뭐가 어때요." 그녀는 이렇게 말하고 두 발을 밑으로 내리고는 뻬치까에서 뛰어내려 방문을 세차게 닫고 나가버렸다.

올레닌은 그녀가 방안에 있는 동안에는 그녀 쪽만을 주시했으나, 그녀가 나가버리자 이번에는 방문 쪽만을 바라보며 기다렸다. 울리뜨까 할머니는 마리야나가 그에게 무슨 말을 한 건지 하나도 이해할 수 없었다. 얼마 후 손님이 몇 명 들어왔다. 울리뜨까 할머니의 오라버니라는 노인과 예로쉬까 아저씨 그리고 그 뒤로 마리야나와 우스쩬까가 들어왔다.

"안녕들 하세요?" 우스쩬까가 짹짹거렸다.

"한가하신 모양이네?" 우스쩬까가 올레닌을 향해 말을 걸었다.

"그래요, 한가해요." 올레닌은 이렇게 대답했으나 어쩐지 겸

연쩍은 기분이 들었다.

그는 돌아가고 싶었으나 그럴 수 없었다. 그렇다고 입 다물고 있는 것 역시도 불가능한 일인 것 같았다. 이때 노인이 그를 도와주었다. 노인은 한잔 하자고 권했고 그들은 건배하고 마셨다. 그리고 나서 그는 예로쉬까와 건배하고 마셨다. 그리고 또 다른 까자끄와 건배하고 마셨다. 그리고 다시 예로쉬까와 건배하고 마셨다. 올레닌의 마음은 술을 마시면 마실수록 더욱 무거워질 뿐이었다. 그러나 노인들은 더욱 흥을 내기 시작했다. 처녀들은 둘 다 뻬치까 위에 올라앉아 그들을 바라보며 소근거렸고, 그들은 저녁까지 술을 마셨다. 올레닌은 아무 말 없이 누구보다 많은 술을 마셨다. 까자끄들은 무어라 소리를 질렀다. 노파는 그들을 밖으로 내쫓고 더 이상 치히리를 내오지 않았다. 처녀들은 예로쉬까 아저씨를 놀려댔고, 그들이 현관 층계로 나왔을 때는 벌써 10시가 되어 있었다. 노인들은 자신들이 먼저 올레닌의 숙소에 가서 밤새 마실 것을 제의했다. 우스쩬까는 자기 집으로 돌아갔다. 예로쉬까는 까자끄를 바뉴샤에게 끌고갔다. 노파는 헛간을 정리하러 갔다. 안채에는 마리야나 혼자만 남아 있었다. 올레닌은 방금 잠에서 깬 것같은 상쾌함을 느꼈다. 그는 노인들을 먼저 보내고 나서 안채로 돌아왔다. 마리야나는 잠잘 준비를 하고 있었다. 그는 그녀에게 다가가 무언가 말하려 했으나 아무 말도 하지 못했다. 그녀는 침대 위에 다리를 모으고 앉아 그를 피하려는 듯 구석으로 물러나 놀라고 거친 눈길로 말없이 그를 바라보고 있었다. 그녀는 분명 그를 두려워했다. 올레닌은 그런 사실을 느끼고 있었다. 그는 자신이 가엾고 부끄럽다는 생각이 들었으나, 한편으로는 그런 감정이나마 그녀의 마음속에 불러 일으킬 수 있었다는 것에 자신이 생겼다.

"마리야나!" 그가 말했다.

"당신은 한 번도 내가 불쌍하다고 생각해 본 적이 없소? 나는 모르겠소. 내가 당신을 얼마나 사랑하는지 말이오."

그녀는 더욱 멀리 물러났다.

"술김에 하는 말이겠지요. 당신에게 관심없어요!"

"아니오. 술김에 하는 말이 아니오. 루까쉬까에게 시집 가지 마시오. 당신과 결혼할 사람은 나요(내가 무슨 말을 하는 거지?)." 그는 이 말이 입 밖에 나오자마자 이런 생각이 들었다.

'내일도 나는 같은 말을 할 수 있을까?'

'할 수 있어. 아마 할 수 있을 거야. 지금도 반복할 수 있어.' 그의 내부의 목소리가 이렇게 대답했다.

"나와 결혼해 주겠소?"

그녀는 깜짝 놀란 얼굴이 되었다가 이내 침착한 표정으로 그를 바라보았다.

"마리야나! 나는 미칠 것 같소. 나 자신도 알 수 없소. 당신이 하라는 대로 뭐든지 다하겠소." 이렇게 터무니없고 부드러운 말들이 그를 통해 저절로 흘러나왔다.

"거짓말하지 말아요." 그녀는 그의 말을 가로막으며, 별안간 그가 내밀고 있던 손을 움켜쥐었다. 그러나 그녀는 그의 손을 뿌리치지 않고, 그 억세고 거친 손가락에 힘을 주어 힘껏 움켜쥐었다.

"영주들이 아줌마들과 결혼한다면 그게 말이 되는 소린가요? 어서 돌아가세요!"

"그래 나와 결혼해 주겠소? 내가 모든 걸……."

"그럼 루까쉬까는 어떡하구요?" 그녀는 웃으며 말했다.

올레닌은 그녀가 쥐고 있는 손은 빼내어 그녀의 싱그러운 몸을 힘껏 껴안았다. 그러나 그녀는 사슴처럼 뛰어올라 맨발로 현관 충계 쪽으로 달려나갔다. 올레닌은 제정신으로 돌아와 소스라치게 놀랐다. 그는 또다시 자기 자신이 그녀와 비교해 말할 수 없이 추악하다는 사실을 드러내고 말았던 것이다. 그러나 그는 자신이 한 말을 조금도 후회하지 않은 채 숙소로 돌아와 자신의 방에서 술을 퍼마시는 노인들을 쳐다보지도 않고 침대에 누워 오랜만에 깊은 잠에 빠져들었다.

35. 다음날은

명절이었다. 저녁이 되자 마을 사람들 모두가 기울어져 가는 태
양빛을 받아 반짝이는 명절복 차림으로 거리로 나왔다. 올해 담
은 포도주는 예년보다 훨씬 양이 많았다. 사람들은 노동으로부
터 해방되어 있었다. 까자끄들이 한 달 후에 원정을 떠날 예정
이어서인지 많은 집에서 결혼식 준비를 서둘렀다.

　마을 사무소 앞 광장에 있는 두 개의 구멍가게(한 군데는 간식
거리와 씨앗 등을 팔았고, 다른 곳은 스카프와 무명 따위를 팔고 있었
다) 근처에는 다른 곳보다 더 많은 사람들이 몰려와 있었다. 마
을 사무소 주위의 토담 위에는 허리띠도 장식도 없는 회색과 검
정색의 단정한 겉옷 차림의 노인들이 앉거나 서 있었다. 노인들
은 엄숙하고 무관심한 눈초리로 젊은 세대를 바라보며 침착하
고 점잖은 목소리로 자신들끼리 작황에 대해, 젊은이들에 대해
그리고 마을의 공공 사업과 옛날 일에 대해 이야기를 나누고 있

었다. 그들 앞을 지날 때면 아낙네들과 처녀들은 걸음을 멈추고 머리를 숙였다. 그리고 젊은 까자끄들은 공손히 걸음을 멈추고 털가죽 모자를 벗어 잠깐 동안 그것을 머리 앞에 받쳐들고 걸었다. 그럴 때마다 노인들은 입을 다물었다. 그리고 어떤 사람은 엄하게, 어떤 사람은 상냥하게 지나가는 이들을 바라보며 천천히 털가죽 모자를 벗었다가 다시 쓰곤 했다. 까자끄 여자들은 아직 하라보드(역주. 슬라브 여러 민족의 원무, 윤무)를 시작하지 않았고, 화려한 빛깔의 베쉬메뜨 차림에 흰 스카프를 눈까지 내려 쓴 채 비스듬히 내리쬐는 저녁 햇살을 피해 땅바닥이나 토담 위에 옹기종기 모여앉아 큰소리로 수다를 떨며 웃고 있었다.

사내 녀석들과 계집 아이들은 청명한 하늘 높이 공을 쳐올리며 공치기 놀이를 하거나, 환성과 아우성을 지르며 광장을 뛰어다니기도 했다. 그보다 좀 성숙한 소녀들은 광장 저쪽 구석에서 벌써 둥그렇게 손을 맞잡고 가늘고 작은 목소리로 노래를 부르고 있었다. 글을 쓸 줄 알아 병역을 면제받은 이들과 명절 휴가를 얻어 돌아온 젊은이들은, 화려한 흰 옷과 새로 만든 붉은 체르께스 차림으로 명절다운 들뜬 표정으로 두세 명씩 손을 맞잡고 아낙네들과 처녀들이 모여 있는 곳을 어슬렁거리며 농담을 걸거나 장난을 치기도 했다.

아르메니아 인 구멍가게 주인은 언저리에 장식이 달린 얇은 나사천으로 만든 푸른 체르께스 차림으로 손님이 나타나기를 기다리고 있었다. 그는 갖가지 빛깔의 스카프를 진열해 놓은 것이 들여다보이는, 활짝 열어놓은 문턱에 서서 동방의 상인다운 거만함과 자신의 위엄을 의식한 듯한 표정으로 서 있었다. 쩨레끄 강 건너에서 명절 구경을 온 붉은 턱수염을 기른 두 명의 체첸 인은 아는 사람 집에 앉아 작은 곰방대를 빨다가는 아무 데

나 침을 내뱉으며 길에 나온 사람들을 구경하며 껄끄러운 음성으로 서로 말을 주고받았다. 간혹, 명절복 차림이 아닌 낡은 외투 차림의 병사가 화려한 군중 사이를 헤치고 광장을 지나기도 했다. 여기저기서 벌써 까자끄들의 술 취한 노랫소리가 들려오기 시작했다. 집집마다 문을 잠갔고, 현관 층계는 어제부터 깨끗이 씻겨져 있었다. 노파들까지도 거리에 나와 있었다. 건조한 거리에는 발 밑 먼지 속에 수박 껍질과 호박씨가 흩어져 있었다. 훈훈한 공기는 움직임이 없었고, 청명한 하늘은 끝없이 푸르고 투명했으며 지붕 너머로 보이는 윤기없이 흰 산줄기는 지는 햇빛에 분홍빛으로 물들어 더욱 가깝게 보였다. 이따금 생각난 듯 강 건너에서 먼 포성이 울려오곤 했다. 그러나 마을은 온통 명절의 즐거운 갖가지 소음들이 어우러져 맴돌 뿐이었다.

올레닌은 마리야나를 만나기를 기대하며 아침 내내 뜰 안을 걷고 있었다. 그러나 그녀는 옷을 차려입자마자 아침 예배를 드리러 나갔다가, 그 다음엔 씨앗을 까먹으며 처녀들과 토담 위에 앉아 있다가, 또 친구와 함께 잠깐 들러 명랑하고 상냥한 눈길을 그에게 건네기도 했다. 올레닌은 다른 사람이 있는 데서 그녀에게 농담을 걸기를 꺼려 했다. 그는 어제 자신이 그녀에게 못다한 말을 다하고 그녀의 확실한 대답을 듣고 싶어했다. 그는 어제 밤과 같은 그런 순간이 오기를 기다렸으나, 그런 기회는 오지 않았고, 이런 애매한 상태를 지속한다는 것은 도저히 자신이 견뎌내기 어려울 것 같았다. 그녀가 다시 거리로 나가자 어디로 가는지도 모르는 채 그도 그녀를 따라나섰다. 그는 그녀가 부드러운 담청색 베쉬메뜨를 반짝이며 앉아 있는 길모퉁이를 지날 때, 가슴이 아려옴을 느끼며 자신의 등뒤에서 들려오는 처녀들의 웃음소리를 들었다.

벨레츠끼의 숙소는 광장 근처에 있었다. 올레닌은 근처를 지나다 벨레츠끼의 목소리를 들었다.

"들어오십시오."

그는 안으로 들어갔다. 그들은 몇 마디 얘기를 주고받으며 창가에 앉았다. 얼마 후 새 베쉬메뜨 차림의 예로쉬까가 들어와 그들 옆 마루에 앉았다.

"보세요. 저것들이 소위 이 고장의 상류층이지요." 벨레츠끼는 광장 한쪽에 모여 있는 화려한 옷차림의 무리를 권련으로 가리켜 미소 지으며 말했다.

"내 귀염둥이도 있군. 저기, 보이죠. 빨간 옷을 입은… 새로 산 옷입니다. 왜 하라보드는 시작하지 않는 거야?" 벨레츠끼는 창 밖으로 얼굴을 내밀며 소리 쳤다.

"조금만 기다리십시오. 어두워지면 우리도 나가자구요. 그 다음에 우스쩬까 네 집으로 그들을 불러야겠어요. 그들에게 무도회를 베풀어야죠."

"그럼 나도 그쪽으로 가겠소." 올레닌이 결심한 듯 말했다.

"마리야나도 올까요?"

"오고 말고요. 꼭 오세요!" 벨레츠끼는 조금도 놀라는 기색 없이 말했다.

"모두들 정말 아름답지요." 그는 화려한 옷차림의 처녀들을 가리키며 이렇게 덧붙였다.

"예, 대단히요!" 올레닌은 태연한 척 애쓰며 그의 말을 받았다.

"이런 명절날에는… " 올레닌이 말을 이어나갔다.

"나는 언제나 놀라는데, 왜 저렇게들, 무엇 때문에… 예를 들어 오늘은 보름날이다 하면, 갑자기 모든 사람들의 기분이 들뜨고 흥겨워지냔 말입니다. 모든 것이 명절같이 보입니다. 그들의 눈, 얼굴, 목소리, 움직임, 옷차림, 공기, 그리고 태양-모든 것이 명절 기분에 넘쳐나고 있어요. 하지만 우리 러시아에선 이미 명절들이 사라졌지요.”

“예.” 논쟁을 싫어하는 벨레츠끼는 간단하게 대답했다.

“그런데 노인 양반은 왜 마시지 않소?” 그는 예로쉬까에게 말을 걸었다.

예로쉬까는 올레닌에게 벨레츠끼 쪽으로 눈짓을 해보이며 눈으로 말했다.

‘참 저 친구, 거만하구만. 자네와 꾸냑인지 뭔지 맺은 친구 말일세!’

벨레츠끼는 술잔을 들었다.

“알라 비르드이!” 그는 이렇게 말하고 잔을 비웠다(알라 비르드이는 ‘하느님이 주셨다’ 는 뜻으로 이것은 흔히 까프까즈 사람들이 술을 건배하며 마실 때 쓰는 인사말이다).

“싸우 불(건강을 위해)!” 예로쉬까도 미소를 띠며 이렇게 말하고 잔을 비웠다.

“자네는 명절 기분이 난다고 말했지만…” 예로쉬까는 일어서 창 밖을 보며 올레닌에게 말했다.

“이건 명절이라고 볼 수 없소! 자네에게 옛날 명절을 보여줄 수 있다면! 여자들은 깃에 수를 단 싸라판(역주. 러시아 농부의 주로 소매가 없고 띠가 달린 긴 의복. 소매가 없는 부인복의 일종)을 입고 나왔소. 가슴에는 두 줄로 금화를 꿰어 매달고, 머리에는 금빛 두건을 쓰고 말이오. 여자들이 지나갈 때면 프르! 프르! 하는 소리가 났다오. 여자라는 여자는 모두 공작부인처럼 보였소. 떼를 지어 부르며 밤새 놀았다오. 까자끄들은 술통을 뜰에 내다놓고 빙 둘러앉아서 날이 샐 때까지 마셔댔소. 그렇지 않으면 손에 손을 잡고 라바 전법(역주. 까자끄들이 적을 생포할 때 쓰는 공격 전술로 일렬로 대오를 이룬다)으로 마을을 싸돌아다녔다오. 그리고 만나는 사람들을 대오로 끌어들여 이집 저집 돌아다니는 거요. 어떤 때는 사흘 동안 술을 퍼마셔대기도 했소. 지금도 기억하지만, 그때 우리 아버지는 얼굴이 새빨갛게 되어, 배가 잔뜩 불러가지고는 모자도 없이 돌아와 누워버리곤 했다오. 어머니도 이미 무슨 일이 있었는지 훤히 알아차리고 신선한 물고기 알과 해장술로 치히리를 차려놓고, 아버지 모자를 찾아 온 마을을 뒤지고다니곤 했다오. 아버지는 그렇게 이틀 동안 잠만 주무셨소! 이제 옛날엔 어떤 사람들이 있었는지 아시겠소? 그런데 요즘은 어떻소이까?"

"그래, 그 싸라판을 입은 처녀들은 어떻게 놀았소? 자기들끼리만 놀았소?" 벨레츠끼가 물었다.

"물론이지! 간혹 까자끄들이 말을 타고 하라보드를 깨뜨리겠다고 나타날 때도 있지만, 처녀들이 몽둥이를 들고 나섰다오. 사육제 때 어떤 젊은이가 하라보드를 깨뜨리려고 뛰어들자, 처녀들이 덤벼들어 말도 때리고 그 녀석도 때렸소. 그런데 그 녀석은 벽을 뚫고 자기가 사랑하는 처녀를 끌고 도망쳐 나왔다오. 그때 여자들은 마음 맞는 사내들과 서슴없이 놀아났소. 처녀들도 그때는 정말 대단했지! 꼭 여왕같았으니까!"

36. 이때

옆 골목에서 말을 탄 두 명의 *까자끄*가 광장에 나타났다. 나자르까와 루까쉬까였다. 갈기에 윤기가 흐르는 늠름한 머리를 휙휙 내저으며 굳은 땅을 가벼운 걸음으로 걸어오는 살오른 밤색 까바르다 산 말 위에 루까쉬까는 몸을 비스듬히 젖힌 채 앉아 있었다. 케이스 속에 넣은 소총과 권총을 등에 메고, 안장 뒤에 둘둘 만 외투를 동여맨 차림으로 보아 루까쉬까가 평화로운 곳이나 가까운 곳에서 오는 길이 아님을 알 수 있었다. 비스듬히 말을 타고 앉은 멋진 폼과, 들릴듯 말듯 가볍게 말의 옆구리를 채찍질하는 태연한 손놀림, 특히 거만스럽게 눈을 찡그리고 주위를 둘러보는 번들거리는 검은 눈에는 권력에 대한 자각과 젊음에 대한 자신감이 드러나보였다. 이렇게 늠름한 모습을 처음들 보시나? 주위를 둘러보는 그의 눈은 이렇게 말하는 것처럼 보였다. 균형 잡힌 말과 은 장식이 달린 마구와 무기들 그리고 그 말 주인인 멋진 까자끄의 모습은 광장에 모인 사람들의 눈길을 끌기에 충분했다. 깡마른 몸집에 작은 키의 나자르까는 루까쉬까에 비해 훨씬 초라한 행색을 하고 있었다. 노인들 앞을 지날 때, 루까쉬까는 잠시 말을 멈춰 복슬복슬한 흰 털가죽 모자를 짧은 머리 위에 쳐들어보였다.

"그래, 나가이 말은 많이 훔쳤나?" 험상궂은 눈매의 깡마른 노인이 물었다.

"내가 훔친 말을 세보셨나 보죠? 그렇게 묻는 걸 보니." 루까쉬까는 이렇게 대답하고 고개를 돌렸다.

"그게 문제야. 그런 놈과 어울리니 말이야." 노인은 더욱 음산한 표정으로 말했다.

"제기랄, 죄다 알고 있구만!" 루까쉬까는 이렇게 중얼거렸고, 그의 얼굴에 꺼림찍한 표정이 드러났으나, 많은 까자끄 처녀들이 모여 있는 것을 보자 그들에게로 말머리를 돌렸다.

"애들아, 잘지냈지?" 그는 갑자기 말을 세우며 커다란 목소리로 소리 쳤다.

"내가 없으니까 많이들 맞이 갔구나." 그는 이렇게 말하며 웃었다.

"안녕, 루까쉬까!"

"안녕, 독설가!"

명랑한 목소리들이 여기저기서 들려왔다.

"돈은 많이 가져왔니?"

"우리한테 한턱 내야 해!"

"오래 있다 갈 거야?"

"오랜만에 보는 것 같애."

"나자르까 하고 하룻밤만 놀다 가려고 날아온 거야." 루까쉬까는 채찍을 치켜올려 처녀들 쪽으로 말을 몰며 대답했다.

"마리얀까는 너를 잊은 지 오래야." 우스쩬까는 팔꿈치로 마리야나를 쿡쿡 찌르며 웃음 섞인 가느다란 목소리로 말했다.

마리야나는 말을 피해 옆으로 물러서 머리를 뒤로 젖히고는 반짝이는 커다란 눈으로 조용히 까자끄를 응시했다.

"왜 오랫동안 마을에 얼씬도 안한 거야! 지금 말로 밟아 죽일 셈이야?" 그녀는 무뚝뚝하게 말하고 얼굴을 옆으로 돌렸다.

루까쉬까는 유난히 유쾌해 보였다. 그의 얼굴은 용감함과 기쁨으로 빛나고 있었다. 마리야나의 냉담한 대답은 분명 그를 깜짝 놀라게 했다. 그는 눈살을 찌푸렸다.

"등자(鐙子)에 발을 걸어, 산으로 데려다줄 테니!" 불쾌한 생각을 떨쳐버리려는 듯 루까쉬까는 처녀들 사이로 말을 몰아 들어가며 소리 쳤다. 그는 마리야나에게 몸을 굽혔다.

"키스해 줄게. 자, 이리 와. 왜 그러는 거야!"

마리야나는 그와 눈이 마주치자 갑자기 얼굴을 붉혔다. 그녀는 뒷걸음질 쳤다.

"왜 이러는 거야! 다리 부러지겠어." 그녀는 이렇게 말하며 머리를 숙여 양쪽에 수를 놓은 하늘빛 긴 양말 밑으로 가느다란 은모로 테를 두른 빨간 새 추뱌끼를 신은 자신의 날씬한 다리를 내려다보았다.

루까쉬까가 우스쩬까에게 얼굴을 돌리자 마리야나는 아기를 앉고 있는 까자끄 여자 옆에 나란히 앉았다. 아기는 마리야나 쪽으로 몸을 뻗으며 통통하고 작은 손으로 그녀의 담청색 베쉬메뜨에 달린 목걸이 줄을 잡았다. 마리야나는 아기에게 몸을 굽히며 곁눈으로 루까쉬까 쪽을 바라보았다. 그때 루까쉬까는 체르께스 밑의 검은 베쉬메뜨 호주머니 속에서 과자와 씨앗을 꺼내고 있었다.

"이거 나눠 먹어." 그는 이렇게 말하며 우스쩬까에게 봉지를 내밀고는 미소 띤 얼굴로 흘깃 마리얀까를 쳐다보았다.

또다시 처녀의 얼굴에 당황하는 빛이 역력했다. 그 아름다운 눈은 마치 안개에 휩싸인 듯했다. 그녀는 스카프를 입술 밑까지 끌어내리고는 갑자기 자신의 목걸이를 잡고 있는 아기의 하얀 얼굴에 탐욕스럽게 입을 맞추기 시작했다. 아기는 처녀의 불룩한 가슴을 조그만 손으로 떠밀며 이도 나지 않은 입을 벌려 울음을 터뜨렸다.

"왜 숨막히게 하니?" 아기 엄마는 그녀에게서 아기를 빼내어 젖을 먹이기 위해 단추를 풀며 말했다.

"그렇게 입을 맞추고 싶으면 저 친구하고나 하렴."

"말을 매놓고 나자르까와 함께 올 테니, 우리 밤새 놀아보자구." 루까쉬까는 채찍을 휘두르며 처녀들을 남겨둔 채 자기 집 쪽으로 말을 몰았다.

나자르까와 함께 골목에 접어들자, 그들은 집 두 채가 나란히 서 있는 자기들의 집으로 달려갔다.

"옷이 다 해졌어! 빨리 우리집으로 와!" 루까쉬까는 나자르까에게 이렇게 소리 치고는 이웃집 뜰에서 말을 내려 자기 집 사립문 안으로 조심스럽게 말을 끌고들어갔다.

"잘 지냈어, 스쩨쁘까!" 그는 명절 옷차림의 벙어리 누이가 말을 받아넣기 위해 길에서 들어오는 것을 보고 인사를 했다. 그리고 손짓으로 말에게 건초를 주고 안장은 그대로 두라고 했다.

벙어리 누이는 말을 가리키며 신음소리를 내기도 하고, 혀 차는 소리를 내기도 하며 말의 코에 입을 맞추었다. 이것은 자기는 이 말을 사랑하고 말이 매우 멋지다는 뜻이었다.

"안녕하세요, 엄마! 아직도 밖에 나가지 않으셨어요?" 루까쉬까는 총을 들고 층계로 뛰어오르며 소리 쳤다.

늙은 어머니는 그에게 문을 열어주었다.

"루까쉬까! 네가 오리라고는 상상도 못했다!" 어머니가 말했다.

"끼르까가 너는 오지 못할 거라고 그러더구나."

"치히리 좀 갖다주세요, 엄마. 나자르까가 올 거예요. 명절 술 좀 마셔야죠."

"그래, 루까쉬까. 내 얼른 갖고 오마." 어머니가 대답했다.

"마을 여자들은 모두 놀러나갔다. 아마 네 누이도 나갔을 게다." 그녀는 이렇게 말하고 열쇠를 집어들고는 헛간으로 서둘러 나갔다.

262

나자르까는 자기 말을 매고, 총을 내려놓고는 루까쉬까 네 집으로 들어갔다.

37. "건강을

위하여!" 루까쉬까는 어머니가 가득 따라주는 치히리 잔을 받아
들고, 머리를 숙여 조심스레 입가로 가져가며 말했다.

"아무래도 뭔가 이상해." 나자르까가 말했다.

"부를라끄 할아버지가 '말은 많이 훔쳤나?' 라고 했잖아. 뭔가
아는 것 같아."

"요술쟁이같은 영감탱이!" 루까쉬까가 짧게 대답했다.

"걱정할 것 없잖아?" 그는 고개를 저으며 덧붙였다.

"말들은 이미 강 건너에 있는데, 뭐. 찾아보라지!"

"모든 게 좀 이상해."

"뭐가 이상하다는 거야? 내일 그 영감탱이한테 치히리나 갖다
주면 돼. 그렇게 해놓으면 문제될 일 없어. 지금은 실컷 놀아보
자구. 마셔!" 루까쉬까는 예로쉬까 아저씨와 똑같은 목소리로
말했다.

"길거리에 있는 처녀애들한테나 가서 실컷 놀자. 너 가서 꿀 좀 사올래? 아니, 벙어리 누이한테 시키는 게 낫겠다. 아침까지 실컷 마시기나 하자구."

나자르까는 빙그레 웃었다.

"그럼, 오래 있을 거야?" 그가 말했다.

"어쨌든 재미있게 노는 거야! 빨리 가서 보드까 좀 사와! 자, 돈!"

나자르까는 순순히 얌까 네로 달려갔다.

예로쉬까 아저씨와 예르구쇼프는 마치 탐욕스런 새들처럼 술 냄새를 맡아 찾아다니다가 둘 다 얼큰하게 취해 루까쉬까 네 집으로 들이닥쳤다.

"반 통만 더 가져오세요!" 루까쉬까는 그들의 인사말에 대한 대답으로 어머니에게 이렇게 소리 쳤다.

"그래, 말해보게. 제기랄, 어디서 훔쳤나?" 예로쉬까 아저씨가 큰소리로 말했다.

"훌륭해! 난 자넬 사랑하네!"

"뭐라구요? 나를 사랑한다구요?" 루까쉬까가 웃으며 대답했다.

"사관 후보생한테 과자 봉지를 날라다 처녀들에게 준다면서요. 도대체 나이 드신 양반이!"

"거짓말이야. 그건 거짓말이라구! 아니, 마르까(노인은 껄껄 웃었다)! 그 녀석이 나한테 부탁한 건 사실이야! 소개해 달라고 말이야. 총도 주더라구. 하지만 어림없지! 내가 맘만 먹으면 잘 처리할 수 있었지만 자네가 가엾잖은가. 그보다 어디 갔었는지, 그 얘기나 해주게." 이렇게 말하고 나서 노인은 따따르 어로 지껄이기 시작했다.

루까쉬까는 그에게 원기왕성하게 대답했다.

따따르 어를 잘 모르는 예르구쇼프는 가끔씩 러시아 말로 끼어들었다.

"내 말이 그 말이야. 말을 훔친 게 틀림없어. 내가 확실히 알지." 그는 맞장구를 쳤다.

"우리는 기레이까(역주. 기레이-한의 애칭)와 함께 갔었어요." 루까쉬까가 말했다(그가 기레이-한을 기레이까라고 부른 것은 젊은 까자끄에게는 괄목할 만한 일이었다).

"강 건너에서 그가 자기는 초원에 대해 훤히 알고 있다며 곧장 데려다주겠다고 큰소리를 치길래 말을 타고 떠났지요. 그런데 깜깜한 밤이라 나의 기레이까가 길을 잃어 한참을 헤매다녔지만 헛고생이었지요. 마을은 찾을 수 없었고, 그것으로 그만인 셈이었죠. 아마 우리가 너무 오른쪽으로 치우쳤던가봐요. 한밤중까지 무턱대고 찾아다녔지요. 그런데 고맙게도 개 짖는 소리가 들리지 않겠어요."

"바보같은 놈들!" 예로쉬까 아저씨가 말했다.

"우리도 밤중에 초원에서 길을 잃은 적이 있었지. 제기랄, 어디가 어딘지! 하지만 그럴 때는 언덕 위에 올라가 승냥이 울음소리를 내는 거야. 이렇게(그는 두 손을 입에 대고 마치 늑대 무리가 우는 것 같은 단조로운 울음소리를 냈다)! 이렇게 하면 틀림없이 개들이 짖어대지. 그럼 계속하게. 그래, 말은 찾았는가?"

"잽싸게 말에 단강(端綱)을 달았지요. 그런데 나자르까가 나가 이 여편네들에게 붙잡힐 뻔했어요. 정말로요!"

"예, 정말 그랬어요." 때마침 돌아온 나자르까가 내뱉듯 말했다.

"돌아오는 길에 기레이까가 또다시 길을 잃어, 다른 쪽으로,

완전히 파도 속으로 들어갈 뻔했어요. 모두들 쩨레끄 강 쪽으로 간다고 생각했는데 정반대 쪽으로 갔던 거예요."

"별을 보고 방향을 잡았으면 좋았을걸." 예로쉬까 아저씨가 말했다.

"내 말이 그 말이라니까." 예르구쇼프가 맞장구를 쳤다.

"예, 그렇지만 쳐다봐도 모든 게 깜깜하기만 했어요. 어쨌든 엄청나게 고생했지요! 암말을 한 마리 잡아 단강을 달고, 내 말은 그냥 내버려두었지요. 내 말이 길을 안내할 거라고 생각했지요. 그런데 어떻게 됐는지 아세요? 땅에다 코를 대고 세차게 콧김을 내뿜더니… 마을을 찾아 곧장 내닫기 시작하는 거예요. 다행히도 이미 날이 밝아 훔쳐온 말을 숲속에 감추어두었지요. 강 건너에서 나기므가 와서 말을 사갔어요."

예르구쇼프는 머리를 저었다.

266

"그러게 내가 말하는 거야. 얼마나 재빠른 친구야! 그래 돈은 많이 받았는가?"

"전부 여기 있어요." 루까쉬까는 호주머니를 두드리며 말했다.

그때 노파가 방으로 들어왔다. 루까쉬까는 말을 끝맺지 않았다.

"자, 마셔요!" 루까쉬까가 소리 쳤다.

"나도 기르치끄 하고 밤늦게 말을 훔치러 간 적이 있는데…" 예로쉬까가 말을 시작했다.

"흥, 아저씨 얘길 듣자면 끝이 없어요!" 루까쉬까가 말했다.

"그럼 나는 가봐야겠군." 루까쉬까는 이렇게 말하고 나무 잔의 술을 끝까지 마시고는 혁대를 졸라매고 거리로 나갔다.

38. 루까쉬까가

거리로 나왔을 때는 이미 어두워져 있었다. 가을 밤은 신선했
고, 바람도 없었다. 황금빛 보름달이 광장 한쪽에 줄지어 늘어
선 시커먼 포플러 나무 뒤에서 얼굴을 내밀고 있었다. 헛간 굴
뚝에서 연기가 솟아올라 안개와 뒤섞여 마을을 뒤덮고 있었다.
여기저기의 창문마다 불빛이 빛나고 있었다. 말린 쇠똥 타는 냄
새와 포도주 찌꺼기 냄새가 안개 내음과 함께 공기 중에 맴돌고
있었다. 얘기 소리, 웃음소리, 노랫소리, 씨앗을 까는 소리가
그렇게 뒤섞였으나 낮보다는 한결 분명하게 들려왔다. 흰 스카
프와 털가죽 모자들이 울타리나 집 옆 어둠 속에 모여 있는 것
이 보였다.

　환하게 불을 켜놓고 활짝 문을 열어놓은 광장의 구멍가게
앞에서는 떼를 지어 몰려든 까자끄들과 처녀들이 언뜻언뜻 보
였고, 그곳으로부터 커다란 노랫소리, 웃음소리, 얘기 소리가

들려왔다. 처녀들은 손에 손을 맞잡고 원을 그리며 먼지 낀 광
장 위를 사뿐사뿐 걸으며 빙글빙글 돌고 있었다. 그들 중 깡마
르고 가장 못생긴 처녀가 노래를 부르기 시작했다.

숲 뒤에서, 어두운 숲 뒤에서
아이-다-룰리!
정원 뒤에서, 푸른 정원 뒤에서
드디어 두 명의 젊은이가 나타났고,
둘 다 젊고, 총각이었다네.
그들은 나타나, 걸음을 멈추었고,
그들은 걸음을 멈추고, 욕하기 시작했다네.
그들에게 아름다운 처녀가 나타났고,
그들에게 나타나, 그들에게 말했다네.
〈당신들 중 누구에게든 시집을 가겠어요.
시집을 가겠어요, 피부가 하얀 분에게.
피부가 하얗고, 금발머리인 분께요〉
금발의 그는, 오른손을 잡았다네.
그는 처녀를 데리고, 원을 따라 돌아다녔다네.
모든 친구들에게 자랑했다네.
〈어떠냐, 형제들아! 내 색시가!〉

노파들은 노랫소리가 들리는 곳 가까이에서 귀를 기울이고 있
었다. 사내아이들과 계집아이들은 원을 그리며 어둠 속에서 서
로서로를 쫓아 뛰어다녔다. 까자끄들은 둥글게 모여 지나가는
처녀들을 건드리기도 하고, 하라보드의 원을 뚫고 안으로 들어
가기도 한다. 문 어두운 쪽에는 체르께스 차림에 털가죽 모자를

쓴 벨레츠끼와 올레닌이, 사람들의 시선을 받고 있음을 느끼며 큰소리는 아니지만, 까자끄의 대화투가 아닌지라 잘 들리는 자신들의 말투로 얘기를 나눈다. 하라보드의 원 속에는 붉은 베쉬메뜨 차림의 통통한 우스쩬까와 새 루바쉬까와 베쉬메뜨 차림의 마리야나의 의젓한 모습이 보인다. 올레닌은 벨레츠끼와 함께 어떻게 하면 하라보드에서 마리얀까와 우스쩬까를 빼낼 수 있을까 하는 문제에 대해 이야기를 나누고 있다. 벨레츠끼는 올레닌이 단지 즐거움만을 원할 뿐이라 생각했지만 올레닌은 자신의 운명이 결정되기를 기다리고 있었다. 그는 무슨 일이 있어도 오늘 마리야나를 따로 만나, 그녀에게 모든 것을 얘기하고, 아내가 되어줄 수 있는지 없는지 그녀 스스로 자신의 아내가 되기를 원하는지 그렇지 않은지를 묻고 싶었다. 이 물음은 이미 오래전부터 그에게 부정적인 결론을 주었음에도 불구하고, 그는 아직도 자신에게는 그가 느끼는 모든 것을 그녀에게 모두 털어놓을 힘이 있고 그녀 역시 자신을 이해해 주리라는 희망을 버리지 않았던 것이다.

"왜 진작 제게 말씀하시지 않았죠." 벨레츠끼가 말했다.

"우스쩬까를 통해서 성사시킬 수 있는 일인데 말입니다. 당신은 참 이상한 분이시군요!"

"이제 어쩌죠? 언제든 되도록 빨리, 당신에게 모든 걸 말하죠. 지금은 다만, 제발 그녀가 우스쩬까 네 집으로 오도록 힘써 주세요."

"좋습니다. 그건 쉬운 일이죠……. 그래, 너도 피부가 흰 사람에게 시집 갈 거니? 마리얀까, 그래? 루까쉬까가 아니고 말이야?" 벨레츠끼는 먼저 마리얀까에게 아는 체를 하고, 대답을 기다리지도 않은 채 우스쩬까에게 다가가 마리얀까를 데리고 집으

로 가라고 부탁하기 시작했다. 그가 말을 마치기도 전에 선창자
가 다른 노래를 부르기 시작했고, 처녀들은 손을 맞잡고 움직이
기 시작했다. 그들은 노래를 불렀다.

정원 뒤에, 정원 뒤에
거리를 따라 끝까지
젊은이가 거닐며 산책을 하네.
맨 처음 그가 왔을 때,
오른손을 흔들고,
그 다음에 왔을 땐,
털모자를 흔들고,
세 번째 왔을 땐
걸음을 멈추고,
걸음을 멈추고, 옷 매무시를 매만졌다네.
〈나는 네게 가고 싶었고,
네게, 내 사랑, 나를 꾸짖어다오.
왜, 내 사랑아,
너는 정원에 나와 산책을 하지 않느냐?
혹시 너는, 내 사랑아,
내게 거드름 피는 것은 아닌지?
이 다음엔, 내 사랑아,
네 마음도 가라앉겠지.
결혼을 하게 되면,
너와 결혼을 하련다.
나를 남편으로 맞게 되면,
나로 해서 우는 날도 있으리라〉

나도 이미 그이가 하는 말을 알고 있었지만,
대답할 수 없었다오.
나는 대답할 수 없었고,
정원으로 산책을 나갔다오.
나는 푸른 정원으로 나가,
사랑하는 그이에게 인사했다오.
〈아아, 나의 낭자여, 고마움의 표시로,
내 손의 스카프를 받아다오.
내 사랑아, 받아주려무나.
그 흰 손으로 받아다오.
그 흰 손으로 받아,
나를 나의 낭자여, 사랑해다오.
나는 어찌하면 좋은지 몰라,
내 사랑에게 무엇을 선물해야 할지,
커다란 스카프를
내 사랑에게 선물하네.
내가 네게 스카프를 선물하면
다섯 번 키스하게 해다오.〉

루까쉬까는 나자르까와 하라보드의 원을 뚫고 처녀들 사이를 돌아다니기 시작했다. 루까쉬까는 날카로운 소리로 노래를 따라 부르며 두 손을 흔들면서 하라보드의 가운데를 왔다갔다 했다.

"자, 어떤 아가씨가 나올래?" 그가 말했다.

처녀들은 마리얀까를 쿡쿡 찔렀으나, 그녀는 나가려들지 않았다. 노랫소리 뒤로 가느다란 웃음소리, 등을 때리는 소리, 키스하는 소리, 소근거리는 소리가 들려왔다.

올레닌의 옆을 지날 때, 루까쉬까는 공손히 그에게 머리를 숙였다.

"드미뜨리 안드레이치! 당신도 구경 나오셨소?" 그가 말했다.

"그래." 올레닌은 단호한 태도로 무미건조하게 대답했다.

벨레츠끼는 허리를 구부려 우스쩬까의 귀에 대고 무언가 소근거렸다. 그녀는 대답하려 했으나 기회를 놓쳐 다음번에 돌아왔을 때 말했다.

"좋아, 갈게요."

"마리야나도 함께?"

올레닌은 마리야나에게 몸을 굽혔다.

"오겠소? 부탁이오. 잠깐만이라도 좋소. 당신에게 할 말이 있소."

"다른 애들이 가면, 나도 갈게요."

"그럼 내가 물어봤던 것, 대답해 주겠소?" 그는 다시 그녀에게 몸을 굽혀 물었다.

"오늘 좋아 보여요."

그녀는 이미 그의 곁을 떠나 있었다. 그는 그녀를 쫓아갔다.

"대답해 줄거지?"

"무슨 대답요?"

"그저께 내가 물어본 것 말이오." 올레닌은 그녀의 귀에 입을 대고 말했다.

"나하고 결혼하겠느냔 말이오."

마리야나는 잠깐 생각했다.

"말할게요." 그녀가 대답했다.

"오늘 대답할게요."

어둠 속에서 그녀의 눈은 청년을 향해 명랑하고 부드럽게 빛났다.

그는 여전히 그녀를 따라다녔다. 그는 그녀 가까이 몸을 굽히고 있는 것이 즐거웠던 것이다.

그러나 루까쉬까는 계속 노래를 부르며 그녀의 손을 세차게 움켜쥐고 하라보드에서 가운데로 끌어냈다. 올레닌은 겨우 이 말만을 속삭일 수 있었다.

"우스쩬까 네로 오시오."

그리고는 자기 친구 곁으로 돌아왔다. 노래가 끝났다. 루까쉬까는 입술을 닦았고, 마리얀까도 그렇게 했고, 그들은 키스를 했다.

"안 돼, 다섯 번은 해야지." 루까쉬까가 속삭였다. 얘기 소리, 웃음소리, 뛰어다니는 소리가 춤추는 듯한 움직임과 춤추는 듯한 소리로 바뀌었다. 이미 상당히 취한 듯한 루까쉬까는 처녀들에게 과자를 나눠주었다.

"자 모두 받아." 그는 자랑스럽게, 희극적이고 감동 어린 자기 만족의 어조로 말했다.

"하지만 군인에게 놀러갈 사람은 하라보드에서 나와 저쪽으로 가." 그는 이렇게 말하고 갑자기 적의에 찬 눈초리로 올레닌을 쳐다보았다.

처녀들은 그에게서 과자와 씨앗을 받아 히히덕거리며 서로서로 빼앗고 있었다. 벨레츠끼와 올레닌은 다른 쪽으로 물러났다.

루까쉬까는 자신의 행동이 부끄러웠는지 털가죽 모자를 벗어 손으로 이마를 닦으며 마리얀까와 우스쩬까에게 다가갔다.

"혹시 너는, 내 사랑아, 내게 거드름 피는 것은 아닌지?" 그는 방금 부른 노래 가사를 마리얀까를 응시하며 되풀이했다.

“내게 거드름 피는 것은 아닌지?” 그는 성난 어조로 다시 되풀이했다.

“나를 남편으로 맞게 되면, 나로 인해서 우는 날도 있으리라.” 그는 우스쩬까와 마리야나를 한꺼번에 끌어안으며 덧붙였다.

우스쩬까는 그의 팔에서 몸을 빼내자 그의 등을 자기 손이 아플 만큼 세차게 내리쳤다.

“어때, 한판 더 출래?” 그가 물었다.

“애들이 원한다면.” 우스쩬까가 대답했다.

“그렇지만 난 집에 가야겠어. 그리고 마리얀까도 함께 가고 싶다고 했구.”

까자끄는 마리야나를 끌어안은 채, 사람들을 헤집고 어두운 집 모퉁이로 데려갔다.

“가지 마, 마쉔까.” 그가 말했다.

“마지막으로 나하고 놀아. 집으로 가 있어. 내가 너한테 갈게.”

“집에서 뭘 하란 말이야? 놀라고 있는 명절이잖아. 우스쩬까네로 가겠어.” 마리야나가 말했다.

“결국은 똑같아. 결혼하게 될 거야.”

“괜찮아.” 마리야나가 말했다.

“나중에 알게 될 테니까.”

“그래, 가겠다는 거야?” 루까쉬까는 엄하게 말하고는 그녀를 끌어안고 볼에 키스했다.

“그만둬! 왜 귀찮게 따라다녀?” 마리야나는 이렇게 말하고 그를 뿌리치며 뒤로 물러났다.

“아휴, 망할 계집애 같으니! 재미없을 줄 알아.” 루까쉬까는 비난하듯 말하고, 우뚝 멈춰서 머리를 내저었다.

“나로 인해서 우는 날도 있으리라.” 그는 이렇게 말하고 그녀를 외면한 채 처녀들을 향해 소리 쳤다.

“시작해. 뭐 하는 거야!”

마리야나는 그의 말에 놀라는 듯했으나 한편으로는 화가 난 듯했다. 그녀는 걸음을 멈추었다.

“재미없을 줄 알라고?”

“그래!”

“‘그래’ 라니.”

“그래, 너희 집에 묵고 있는 군인이랑 놀아나느라 내가 싫어진 것 아니냔 말야.”

“싫으니까 싫어진 거야. 너는 내 아버지도 아니고, 어머니도 아니야. 도대체 뭘 원하는 거야? 누굴 사랑하든 그건 내 맘이야.”

“그래, 그래!” 루까쉬까가 말했다.

“잘 기억해 둬!” 그는 구멍가게로 다가갔다.

“애들아!” 그가 소리 쳤다.

“왜들 서 있는 거야? 한번 더 하라보드 추며 놀자구. 나자르까! 얼른 가서 치히리 좀 가져와.”

“그래, 그들이 온답니까?” 올레닌이 벨레츠끼에게 물었다.

“곧 올겁니다.” 벨레츠끼가 대답했다.

“자, 갑시다. 무도회 준비를 해야지요.”

39. 이미

늦은 밤, 올레닌은 마리야나와 우스쩬까의 뒤를 따라 벨레츠끼의 숙소를 나왔다. 처녀들의 하얀 스카프가 어두운 거리에서 더욱 희게 보였다. 황금빛으로 빛나는 달은 초원 쪽으로 떨어지고 있었다. 은빛 안개가 마을 위에 자욱히 깔려 있었다. 모든 것이 고요했고, 불빛은 어디에도 보이지 않았으며, 멀어져가는 처녀들의 발자국 소리만 들려올 뿐이었다. 올레닌의 심장은 세차게 요동 치고 있었다. 달아 오른 얼굴에 습기 찬 공기가 한결 신선하게 느껴졌다. 그는 하늘을 쳐다보기도 하고, 방금 나온 벨레츠끼의 숙소를 돌아보기도 했다. 숙소의 불은 꺼져 있었으므로 올레닌은 다시 멀어져가는 처녀들의 그림자를 바라보기 시작했다. 흰 스카프도 안개 속으로 사라져버렸다. 그는 혼자 남겨진다는 사실이 두려웠다. 그는 그렇게 행복했던 것이다! 그는 층계에서 뛰어내려 처녀들의 뒤를 쫓아갔다.

"왜 그래요! 누가 보면 어쩌려구!" 우스쩬까가 말했다.

"괜찮소."

올레닌은 마리얀까에게 달려가 그녀를 끌어안았다. 마리얀까는 피하지 않았다.

"아직도 키스를 못다 한 모양이네." 우스쩬까가 말했다.

"키스는 결혼한 다음에 해도 늦지 않아요. 지금은 좀 참아요."

"그럼 안녕, 마리야나. 내일 내가 당신 아버지를 찾아가서 직접 얘기하겠소. 그때까지 아무 말 마시오."

"내가 무슨 말을 하겠어요!" 마리야나가 대답했다.

처녀들은 둘 다 달려갔다. 올레닌은 오늘 밤에 있었던 모든 일을 회상하며 걷기 시작했다. 그는 저녁 내내 삐치까 근처 구석에서 그녀와 시간을 보냈다. 우스쩬까는 잠시도 밖으로 나가지 않고 다른 처녀들과 벨레츠기와 함께 수다를 떨었다. 올레닌은 마리얀까에게 말했다.

"나와 결혼해 주겠소?" 그가 그녀에게 물었다.

"거짓말 말아요. 결혼할 생각도 없잖아요." 그녀는 명랑하고 침착하게 대답했다.

"그럼 당신은 나를 사랑하오? 제발 대답해 주시오!"

"어떻게 내가 당신을 사랑하지 않을 수 있겠어요. 당신은 애꾸눈도 아닌데!" 마리야나는 그 억센 손으로 그의 손을 움켜쥐며 미소 띤 얼굴로 대답했다.

"당신 손은 어쩌면 이렇게 희고, 보드라울까? 꼭 소스같아." 그녀가 말했다.

"나는 농담하는 게 아니오. 말해 봐요. 나와 결혼해 주겠소?"

"어떻게 결혼하지 않을 수 있겠어요. 아버지가 하라고 할 텐데?"

"잘 기억해요. 만일 당신이 나를 속이면 난 미쳐버릴 거요. 내일 당신의 부모에게 말하고 결혼 신청을 하겠소."

별안간 마리야나는 소리 내어 웃기 시작했다.

"왜 그러는 거요?"

"우스우니까 그렇지요."

"정말이라니까! 나는 과수원도 사고, 집도 사고, 까자끄로 등록도 하고…"

"잘 들어요. 그땐 다른 처녀를 좋아하면 안 돼요! 난 그런 건 참지 못하는 성미니까."

올레닌은 즐거운 마음으로 이러한 모든 말들을 되새겼다. 이러한 회상 속에 가슴이 아프기도 했고, 숨 막힐 듯한 행복감에 빠져들기도 했다. 그가 가슴이 아팠던 것은, 그녀의 태도가 침착했고, 그와 얘기를 나누면서도 여느때와 조금도 다를 바 없었기 때문이었다. 이런 낯선 상황 속에서도 그녀는 조금도 동요하지 않는 것처럼 느껴졌다. 그녀는 그의 말을 믿지 않아 미래에 대해서는 전혀 생각조차 않는 것처럼 보였다. 또한 그녀는 지금 일시적으로 그를 사랑하고 있을 뿐이며 그와 함께하는 미래같은 것은 그녀에게는 존재하지도 않는 것처럼 느껴졌다. 그리고 그가 행복을 느꼈다는 것은, 그녀가 한 모든 말은 진실이며, 또한 그녀가 그의 것이 되기를 완전히 승낙한 것처럼 생각되었기 때문이다.

'그래.' 그는 스스로에게 말했다.

'그녀가 완전히 나의 것이 되었을 때, 그때만이 우리는 서로서로를 이해하게 될거야. 이런 사랑에는 말이 필요없고, 생활이 필요한 것이며, 함께하는 삶이 최선이야. 내일이면 모든 것

이 분명해지리라. 나는 더 이상 이렇게 살 수 없고, 내일 그녀
의 아버지에게 모든 것을 말하리라. 벨레츠끼에게도, 마을 사람
모두에게도…'

　루까쉬까는 이틀 밤이나 잠을 자지 않은 데다 명절에 술을 많
이 마셔, 처음으로 잔뜩 취해 얌까 네서 골아떨어지고 말았다.

40. 다음날

올레닌은 평소보다 일찍 잠을 깼고, 눈을 뜨는 순간 이제 자신이 해야 할 일에 대한 생각이 떠올랐다. 그는 즐거운 마음으로 그녀와의 키스와 억센 그녀의 손길, 그녀의 말을 떠올렸다.

'어쩜 그녀의 손은 그렇게 흴까!'

그는 벌떡 일어서고는 당장이라도 주인 내외를 찾아가 마리야나에게 청혼을 하고 싶었다. 아직 해도 떠오르지 않았으나, 올레닌에게는 길거리가 유난히 떠들썩한 것처럼 여겨졌다. 사람들이 걸어다니거나, 말을 타고 다니거나, 얘기하는 것처럼. 그는 체르께스를 걸치고 층계로 달려나갔다. 주인집 식구들은 아직 일어나지 않고 있었다. 말을 탄 다섯 명의 까자끄들이 무언가에 대해 떠들썩하게 얘기를 나누고 있었다. 맨 앞에는 살찐 까바르다 산 말을 탄 루까쉬까가 보였다. 까자끄들은 제각기 떠들어대고 소리를 질러 무슨 말을 하는지 알아들을 수 없었다.

“상류 쪽 초소로 가야 해!” 한 사람이 소리 쳤다.

“빨리 안장을 매고 쫓아가.” 다른 사람이 말했다.

“문쪽으로 가는 게 가까워.”

“웬 잔소리들이야.” 루까쉬까가 소리 쳤다.

“가운데 문으로 나가야 해.”

“그래, 그쪽으로 나가는 게 가까워.” 땀에 흠뻑 젖은 채 말에 올라탄 먼지투성이의 까자끄가 맞장구를 쳤다.

루까쉬까의 붉은 얼굴은 어제의 과음으로 부시시해 보였고, 털가죽 모자는 뒤통수로 흘러내려와 있었다. 그는 상관처럼 고함을 치고 있었다.

“왜 그러나? 어디로 가는 거야?” 올레닌은 까자끄들의 주의를 자신에게 돌리려 애쓰며 물었다.

“빨치산을 잡으러 갑니다. 폭포 근처에 숨어 있답니다. 곧 떠나려는데 아직 사람들이 다 모이지 않았습니다.”

그리고 까자끄들은 사람들을 모으기 위해 소리 치며 길을 따라 앞으로 나갔다. 올레닌에게도 자신도 함께 가지 않으면 좋지 못할 것이라는 생각이 들었고, 곧 돌아오리라 마음 먹었다. 그는 옷을 입고 총에 총알을 장전하고 나서 바뉴샤가 서둘러 안장을 채운 말에 올라타 마을 어귀까지 달려 까자끄들과 합류했다. 까자끄들은 말에서 내려 둥그렇게 둘러서 마을에서 가지고 온 술통에서 나뭇잔에 치히리를 따라 서로 돌려 마시며 제각기 자신들의 출정의 무운을 빌었다.

그들 중에는 마을에 묵고 있는 젊은 멋쟁이 소위가 끼어 있었는데, 그가 모여 있는 아홉 명의 까자끄들을 지휘하고 있었다. 까자끄들은 모두 졸병들뿐이었다. 젊은 소위가 상관 행세를 하는데도 불구하고 모두들 루까쉬까의 말만을 따랐다.

그들은 올레닌에게 전혀 주의를 돌리지 않았다. 그들이 모두 말을 타고 출발하고 난 뒤, 올레닌은 소위에게 다가가 어찌된 영문인지를 물었는데 여느때는 그렇게 친절하던 소위조차도 거드름을 피우며 무시하는 태도를 보였다. 올레닌은 애쓰고, 애써 그로부터 사건의 전모를 들을 수 있게 되었다. 빨치산을 수색하기 위해 파견된 순찰대가 마을에서 8베르스따 떨어진 폭포 근처에서 몇 명의 빨치산을 발견했던 것이다. 빨치산들은 구덩이 속에 들어앉아 총을 쏘며 죽어도 항복하지 않겠노라 대항했다. 두 명의 까자끄를 데리고 순찰을 돌던 하사는 그들을 지키기 위해 그곳에 남고 지원을 요청하기 위해 까자끄 한 명을 마을로 보냈던 것이었다.

해는 이제서야 얼굴을 내밀기 시작했다. 마을에서 3베르스따 가량 떨어진 곳부터는 사방으로 초원이 펼쳐져 있었고, 여기저기 가축의 흔적이 남아 있는 황량하고 단조로운 건조한 모래밭 외에는 보이는 것이 없었다. 다만 시든 풀과 낮은 곳에서 자란 키 작은 갈대와, 겨우 알아볼 수 있는 통행자들의 발자국이 보이고, 멀리 아주 멀리 지평선 위에 나가이 인 유목민의 야영지가 보일 뿐이었다. 어느 곳을 보아도 나무 그림자 하나 없는 황량한 지형에 일행은 충격을 받았다. 태양은 언제나 붉게 떠오르고 떨어진다. 바람이 불 때면 커다란 모래산이 옮겨진다. 그러나 이 아침처럼 고요할 때면 하나의 움직임, 작은 소리도 없는 완전한 적막이 사람들에게 더욱 큰 충격을 안겨주게 된다. 이 아침의 초원은 해가 떠올랐음에도 불구하고 음산하고 고요했다. 왠지 공허하고 부드러운 느낌이었다. 공기는 움직임이 없었고, 말발굽 소리와 말이 콧김을 내뿜는 소리가 들릴 뿐이었으나, 그 소리도 희미하게 그러다간 이내 사라져버리는 것이었다.

까자끄들은 묵묵히 말을 달렸다. 그들은 언제나 무기를 아무 소리도 나지 않게 지니고 다녔다. 무기를 소리 나게 지니고 다닌다는 것은 까자끄로서 가장 큰 치욕이었기 때문이다. 마을에서 두 명의 까자끄가 일행을 뒤쫓아와 몇 마디 말을 주고받았다.

그런데 갑자기 루까쉬까의 말이 무엇에 발이 걸리거나, 풀포기에 채이지도 않았는데 허둥대기 시작했다. 이것은 까자끄들 사이에서 불길한 징조로 통하는 징후였다. 까자끄들은 그쪽을 돌아보았으나 이런 순간에 특히 중요한 의미를 띠는 그와 같은 징후에 주의를 돌리지 않으려 애쓰며 다시 급히 얼굴을 돌렸다. 루까쉬까는 고삐를 힘껏 잡아당기며 무섭게 눈살을 찌푸리고는 이를 악물고 머리 위로 채찍을 휘둘렀다. 순종적인 까바르다 산 말은 어느 쪽 발부터 내디뎌야 할지 몰라하더니 날개를 타고 공중으로 날아오르려는 듯 갑자기 네 발로 제자리 걸음을 하기 시작했다. 루까쉬까가 그 살오른 배를 두세 번 채찍으로 내리치자 까바르다 산 말은 이를 허옇게 드러내고 꼬리를 쭉 펴고 거친 숨소리와 함께 뒷발로 벌떡 일어서며 다른 까자끄들로부터 몇 걸음 물러섰다.

"어휴, 대단한 준마로구만!" 소위가 말했다.

그가 말이라 하지 않고 준마라 한 것은 그 말에 대한 대단한 찬사였다.

"사자같은 말이죠." 나이 지긋한 까자끄 중 하나가 맞장구를 쳤다. 까자끄들은 때로는 속보로, 때로는 구보로 묵묵히 말을 몰고 있었으므로 단지 이 한 가지 사건만이 한순간 그들의 엄숙한 정적을 깨뜨리는 일이 되었다. 초원을 따라 약 8베르스따를 가는 동안 그들이 만난 살아 움직이는 것이라고는 그들로부

터 1베르스따 떨어진 앞쪽에 느리게 굴러가는 나가이 인 유목민
의 포장마차뿐이었다. 그것은 가족과 함께 새로운 유목지를 찾
아 이동해 가는 나가이 인의 마차였다. 그리고 그들은 또 어느
낮은 지대에서 허름한 옷차림의, 광대뼈가 불거져 나온 두 명의
나가이 인 여자를 만났다. 여자들은 등에 바구니를 지고 연료로
쓰기 위해 초원을 지나는 가축들의 똥을 거둬모으고 있었다. 터
키 어에 서툰 소위가 여자들에게 무엇인가를 물어보았으나, 여
자들은 그의 말을 알아듣지 못하고 겁먹은 표정으로 서로의 얼
굴을 바라볼 뿐이었다.

루까쉬까가 말을 멈추고, 활기 차게 인사말을 건네자 나가이
여자들은 반가운 표정으로 마치 자기들의 형제와 말하는 것처
럼 자유롭게 말하기 시작했다.

"아이, 아이, 꼬프, 아브레끄(역주. 빨치산)!" 여자들은 호소하
듯 까자끄들이 가는 방향을 가리키며 말했다. 올레닌은 그들의
말을 알아들었다.

"빨치산들이 우글대고 있어요!"

예로쉬까 아저씨에게 얘기를 들어 대충 짐작은 하고 있었으나
아직 한 번도 실제로 이러한 사건을 목격한 일이 없는 올레닌은
까자끄들에게 뒤떨어지지 않고 모든 것을 봐두어야겠다고 생각
했다. 그는 까자끄들의 모습을 바라보기도 하고, 주위를 둘러보
기도 하고, 귀를 기울이기도 하며 나름대로의 관찰을 게을리하
지 않았다. 자신도 단검을 차고, 장전한 총을 지니고 있었지만
까자끄들이 자신을 멀리하는 것을 눈치 채고는 어떤 사태에도
관여하지 않기로 결심했다. 자신의 용기는 지난번 습격에서 충
분히 증명되었다고 생각했기 때문이기도 했지만 가장 중요한
이유는 그가 더없이 행복한 몸이었기 때문이었다.

별안간 먼 곳에서 총소리가 들려왔다.

소위는 흥분하여 몇 명씩 조를 나누어 어느 쪽으로 적에게 접근할 것인가에 대해 지시를 내리기 시작했다. 그러나 까자끄들은 그의 지시에는 전혀 관심을 두지 않고, 루까쉬까가 하는 말에만 귀를 기울이며 그를 바라보기만 할 뿐이었다. 루까쉬까의 얼굴과 모습에는 태연함과 위엄이 드러나보였다. 그는 다른 말들이 뒤따라올 수 없을 만큼 앞으로 질주하는 자신의 까바르다산 말을 견제하며 계속 전방을 주시하고 있었다.

"저기, 말 탄 놈이 온다." 그는 말 고삐를 당겨 다른 말들과 말머리를 나란히 하며 말했다.

올레닌은 눈을 집중해 앞을 바라보았으나 아무 것도 보이지 않았다. 이윽고 까자끄들은 말 탄 두 사람의 모습을 알아차리고 그들을 향해 침착하게 속보로 말을 몰았다.

"저들이 빨치산인가?" 올레닌이 물었다.

까자끄들은 누구도 대답하지 않았다. 그들의 눈에 이 질문은 무의미한 것이었던 것이다. 바보가 아닌 이상, 이쪽으로 말을 타고 올 빨치산은 절대로 없을 것이기 때문이었다.

"저기, 손을 흔드는 건 로지까 아저씨야. 틀림없어." 루까쉬까는 이제 분명히 보이기 시작한 두 명의 기병을 가리키며 말했다.

"우리 쪽으로 달려오고 있어."

정말로 얼마 후에는 그 기병들이 순찰을 나갔던 까자끄라는 것이 판명되었고, 하사가 루까쉬까에게 다가왔다.

41. "아직

멀어요?" 루까쉬까는 이렇게 물었을 뿐이었다.

바로 그때 30보 가량 떨어진 곳에서 짧은 총성이 들려왔다. 하사는 빙그레 웃었다.

"우리의 그루까가 쏘고 있어." 그는 턱으로 총소리가 난 방향을 가리키며 말했다.

다시 몇 걸음 앞으로 나가자 그들은 모래 언덕 뒤에서 총에 장전을 하고 있는 그루까를 발견했다. 그루까는 저쪽 구덩이 속에 들어앉은 산적들과 총격전을 벌이고 있었던 것이다. 총알이 쌩 하고 이쪽으로 날아들었다. 소위는 파랗게 질려 허둥대고 있었다. 루까쉬까는 말에서 내리자 고삐를 다른 까자끄에게 던져주고 그루까에게 다가갔다. 올레닌도 역시 루까쉬까처럼 하고 그의 뒤를 따랐다. 그들이 총을 쏘고 있는 그루까에게 다가가자마자 두 발의 총알이 그들의 머리 위를 지나갔다. 루까쉬까는 웃는 얼굴로 올레닌을 돌아보며 허리를 굽혔다.

"다시 당신에게 총을 쏴댈겁니다, 안드레이치." 그가 말했다.

"뒤쪽으로 물러나는 게 좋을거요.. 여기선 당신이 할 일이 없으니깐."

그러나 올레닌은 기필코 빨치산들을 보리라 결심했다.

이백 보 가량 떨어진 모래 언덕 위에서 그는 모자와 총을 발견했다. 그리고 갑자기 그곳에서 연기가 피어오르며 또 한 발의 총알이 날아들었다. 빨치산들은 모래 언덕 뒤 습지에 숨어 있었다. 그들이 숨어 있는 장소를 보고 올레닌은 섬뜩함을 느꼈다. 그곳은 초원의 어느 곳과 다를 바 없는 곳이었으나, 빨치산들이 그곳에 숨어 있다고 생각하자 갑자기 다른 장소와는 달리 특별한 형태를 띠고 있는 것처럼 보였다. 뿐만 아니라 그에게는 저런 곳이 바로 빨치산들이 잠복하기에 알맞은 장소라는 생각까지 들었다. 루까쉬까가 말이 있는 곳으로 되돌아가자 올레닌도 그의 뒤를 따랐다.

"건초를 실은 짐마차가 있어야겠어." 루까쉬까가 말했다.

"그렇지 않으면 총에 맞게 돼. 저기, 언덕 너머에 건초를 실은 나가이 짐마차가 있군 그래."

소위는 그의 말을 순순히 듣고 있었고, 하사가 동의했다. 건초 실은 짐마차를 끌고 와서, 까자끄들은 그 뒤에 숨어 건초를 뒤집어쓰기 시작했다. 올레닌은 모든 것이 훤히 보이는 언덕 위로 말을 몰았다. 건초를 실은 짐마차가 움직이기 시작했고, 까자끄들은 그 뒤로 몸을 움츠렸다. 까자끄들은 움직이기 시작했으나 체첸 인들은(그들은 9명이었다) 서로 무릎을 대고 일렬로 나란히 앉은 채 총을 쏘지 않았다.

모든 것이 조용했다. 그때 갑자기 체첸 인들이 있는 쪽에서 예로쉬까 아저씨의 '아이-다-라-라이'와 비슷한 서글픈 노랫소리가 들려왔다. 체첸 인들은 그들이 도망 치지 못한다는 사실을 깨닫고, 도주의 유혹을 떨치기 위해 가죽끈으로 서로의 무릎을 묶고 앉아 총을 겨눈 채 죽음을 앞둔 노래를 부르기 시작한 것이었다. 까자끄들은 건초를 실은 짐마차와 함께 조금씩 조금씩 그곳으로 접근해 갔다. 올레닌은 어서 총격전이 벌어질 것을 기다렸으나, 빨치산들의 슬픈 노랫소리만이 주위의 정적을 깨뜨리고 있었다. 갑자기 노랫소리가 끊기고 짧은 총성과 함께 총알이 짐마차의 횡목에 명중되더니, 체첸 인들의 욕설과 부르짖음이 들려왔다. 뒤이어 연달아 총성이 일며 총알이 계속 짐마차로 쏟아졌다. 그러나 까자끄들은 총을 쏘지 않고 다섯 보 이내까지 돌진해갔다.

288

잠시 후, 까자끄들은 함성을 지르며 달구지 양 옆에서 뛰어나갔다. 루까쉬까가 앞장을 서고 있었다. 올레닌은 몇 방의 총성과 함성 그리고 신음소리만을 들었을 뿐이었다. 그는 연기와 피를 본 것처럼 느꼈다. 그는 말에서 뛰어내려 정신없이 까자끄들에게 달려갔다. 공포가 그의 눈앞을 가로막았다. 그는 아무 것도 분간할 수 없었지만, 모든 것이 끝났다는 것만은 알아차릴 수 있었다. 흰 스카프처럼 창백한 얼굴의 루까쉬까는 부상당한 체첸 인을 두 손으로 누르며 소리 치고 있었다.

"이놈은 죽이지 마! 내가 사로 잡겠어!"

그 체첸 인은 루까쉬까에게 죽은 빨치산의 형으로 시체를 인수하러 왔던 바로 그 붉은 턱수염의 사내였다. 루까쉬까는 그의 두 팔을 뒤로 비틀었다. 순간 체첸 인은 루까쉬까의 팔을 뿌리치며 권총을 발사했다. 루까쉬까가 쓰러졌다. 그의 배에서 피가 스며 나왔다. 그는 벌떡 일어났으나 다시 쓰러졌고, 러시아 어와 따따르 어로 욕설을 해댔다. 쓰러진 그의 몸 위에서 그리고 밑에서 피가 더욱더 많이 흘러나왔다. 까자끄들은 그에게 달려가 허리띠를 풀기 시작했다. 그들 중, 나자르까는 루까쉬까에게 손을 대기 전에 단검을 칼집에 꽂으려 했으나 검을 거꾸로 쥐고 있었던 터라 한참 동안 씨름을 해야 했다. 단검은 온통 피로 물들어 있었다.

콧수염을 짧게 깎은, 붉으스레한 체첸 인들은 총이나 칼에 무참히 난자당해 죽어 나자빠져 있었다. 단지 낯익은 한 사람, 루까쉬까를 쏜 그 체첸 인만이 만신창이가 된 채 아직 살아 있었다. 그는 정통으로 총을 맞은 독수리처럼 온몸이 피투성이가 되어(오른쪽 눈 밑에서도 피가 흐르고 있었다), 창백하고 험상궂은 얼굴로 이를 악물고 분노에 불타는 커다란 눈으로 주위를 둘러보며 웅크린 채 단검을 움켜쥐고 다시 방어 태세를 갖추었다. 소위는 그에게로 다가가 지나치는 척하며 재빠른 동작으로 그의 귀에 대고 권총을 쐈다. 체첸 인은 급히 달려나가다 이내 쓰러지고 말았다.

까자끄들은 숨을 헐떡이며 시체를 끌어내고 그들의 무기를 거둬모았다. 이 붉으스레한 체첸 인들도 인간이었고, 저마다의 특징을 지니고 있었다. 루까쉬까는 짐마차로 운반되었다. 그는 쉴 새없이 러시아 어와 따따르 어로 악을 쓰고 있었다.

"뭐라고! 목 졸라 죽일 테다! 내 손아귀를 빠져나갈 수 없어! 아나 쎄니!" 그는 이렇게 몸부림 치며 외쳤다. 곧 그는 기진맥진하여 입을 다물었다.

올레닌은 집으로 돌아왔다. 저녁에 그는, 루까쉬까는 생명이 위험하지만 강 건너에서 온 따따르 인이 약초로 치료를 시작했다는 말을 들었다.

몇 구의 시체가 마을 사무소로 운반되었다. 아낙네들과 사내아이들은 그것을 구경하려고 급히 달려갔다.

올레닌은 해질 무렵 돌아왔고, 오랫동안 자신이 목격한 인상으로부터 정신을 차릴 수가 없었다. 그러나 밤이 되자 다시 어제의 기억들이 되살아났다. 그는 창 밖을 보았다. 마리야나는 안채와 헛간을 오가며 살림살이들을 정리했다. 어머니는 포도밭에 나가 있었다. 아버지는 마을 사무소에 있었다. 올레닌은 그녀가 일을 다 끝낼 때까지 기다리지 않고 그녀에게 다가갔다. 그녀는 안채에서 그에게 등을 돌리고 서 있었다. 올레닌은 그녀가 부끄러워하고 있다고 생각했다.

"마리야나!" 그가 말했다.

"마리야나! 들어가도 되겠소?"

갑자기 그녀가 몸을 돌렸다. 그녀의 눈에는 보일 듯 말 듯한 눈물이 고여 있었다. 그 얼굴에는 슬픔이 아름답게 서려 있었다. 그녀는 위엄있는 눈길로 묵묵히 그를 바라보았다.

올레닌은 다시 입을 열었다.

"마리야나! 내가 온 건…"

"그만둬요." 그녀가 말했다. 그녀의 얼굴 표정은 변하지 않았으나 눈에서 눈물이 흘렀다.

"아니, 마리야나, 우는 거요? 왜 울지?"

"뭐라구요?" 그녀는 거칠고 무뚝뚝하게 말했다.

"까자끄들이 총에 맞았다잖아요! 그래서 우는 거예요."

"루까쉬가 말이오?" 올레닌이 말했다.

"가세요! 당신한테 필요한 게 뭐예요!"

"마리야나!" 올레닌은 그녀에게 다가가며 물었다.

“다시는 당신과 상대하고 싶지 않아요.”

“마리야나, 그렇게 말하지 마오.” 올레닌이 애원했다.

“가세요! 역겨워요!” 그녀는 이렇게 소리 치며, 발을 구르고는 위협적인 태도로 그에게 다가갔다. 그녀의 얼굴에는 그에 대한 혐오와 경멸과 증오가 역력히 드러나 있었다. 올레닌은 이제는 아무런 희망이 없으며, 예전에 이 여자는 가까이 하기 힘든 여자라 생각했던 자신의 판단이 옳았음을 깨달았다.

올레닌은 아무 말 없이 안채를 달려나왔다.

42. 자기

방으로 돌아온 그는 두 시간 가량 꼼짝 않고 침대에 누워 있다가 자리에서 일어나 중대장을 찾아가 본부로 보내 달라고 부탁했다. 그리고 누구에게도 작별 인사를 하지 않고, 바뉴샤를 시켜 주인집에 계산을 끝낸 다음 연대본부가 있는 요새로 떠날 준비를 했다. 예로쉬까만이 그를 배웅했다. 그들은 마시고, 마시고, 또 마셨다. 그가 모스크바를 떠나올 때처럼 마부 딸린 삼두마차가 현관 앞에 서 있었다. 그러나 올레닌은 지금, 그때처럼 자신의 생활을 청산한다든가, 자신이 이곳에서 생각하고, 행동한 것이 모두 잘못된 것이었노라고 스스로에게 말하지는 않았다. 그리고 이제는 자신에게 새로운 생활을 약속하지도 않았다. 그는 마리얀까를 예전보다 더 사랑하고 있었지만, 이제는 영원히 그녀의 사랑을 받을 수 없음을 알고 있었다.

"그럼… 잘 가시게, 형제여!" 예로쉬까가 말했다.

"원정에 나가게 되면, 현명하게 대처하게나. 이 늙은이 말을 귀담아 듣게. 습격에 나가거나 어디 가거든(이래봬도 나는 노련하다네. 모든 걸 다 봤으니까), 총격전이 벌어지면 여럿이 모여 있는 곳은 피해야 하네. 사람들은 겁이 나면 한 곳으로 몰리고, 그렇게 하는 것이 든든하다고 생각하지. 그렇지만 그게 가장 안 좋은걸세. 사람들이 몰리면 집중 사격을 받는 법이라네. 나는 언제나 동료들한테서 떨어져 혼자 행동했지. 그래서 나는 한 번도 다치지 않았던 거라네. 내가 일평생 겪어보지 않은 일이 뭐가 있겠나?"

"하지만 당신 등엔 총알이 들어앉아 있잖소." 방안에서 짐을 챙기던 바뉴샤가 말했다.

"그건 까자끄가 장난 친 거야." 예로쉬까가 대답했다.

"까자끄가 무엇 때문에?" 올레닌이 물었다.

"그렇게 됐다네! 술을 마시고 있었지. 반까 씨뜨긴이라는 까자끄가 있었는데, 그놈이 잔뜩 취해 가지고는, 탕 울렸는데… 총알이 곧장 나한테 날아와 여기에 명중한 거지."

"그래, 아프지 않았소?" 올레닌이 물었다.

"바뉴샤, 곧 떠나게 되나?" 올레닌이 덧붙여 말했다.

"에이! 어딜 그렇게 서두르는 건가! 그러지 말고 내 얘기나 듣게……. 그래서 그놈이 쏜 총알이 뼈를 뚫고 나가지 못하고 여기 남게 된걸세. 그래, 내가 말했지. '이봐, 형제여 자넨 나를 죽인 거야. 그렇잖은가? 자네가 내게 무슨 짓을 한 건가? 나는 자네와 이렇게 헤어질 수 없네. 나한테 술을 한 통 사게'."

"그래서 아프지 않았소?" 올레닌은 노인의 말에 귀를 기울이지 않고 이렇게 다시 물었다.

"내 말을 끝까지 듣게나. 그래서 술을 한통 가져왔더군. 마셨지. 그런데 피가 계속 흘렀다네. 집 안이 온통 피로 물들었지. 그때 부를라끄 할아버지가 말하기를, '아무래도 이 친구는 숨을 거둘 것같네.   자, 달콤한 술을 한 되 더 내게. 그렇지 않으면 우리가 자넬 엄벌에 처하겠네.' 하더군. 그래서 다시 술을 가져와 마시고 마셨지……."

"그래, 아프지 않았소?" 올레닌이 다시 물었다.

"아프긴! 말 좀 가로채지 말게. 끝까지 들어봐. 그래서 아침까지 퍼마시다가 잔뜩 취해 뻬치까 위에서 잠들어버렸지. 아침에 눈을 떴는데 꼼짝도 할 수 없었다네."

"굉장히 아팠겠소?" 올레닌은 이번엔 틀림없이 자신의 물음에 대답할 것이라 생각하며 다시 한 번 되풀이했다.

"아팠다고 해야 속이 시원하겠나. 아프지 않았네. 움직이거나 걸을 수가 없었을 뿐이지."

"그래, 다 아물었소?" 올레닌은 미소도 짓지 않은 채 말했다. 마음이 그만큼 무거웠던 것이었다.

"아물긴 했지만 총알은 여기 박혀 있다네. 자, 만져보게." 그는 이렇게 말하며 루바쉬까를 걷어올려 건장한 등을 내보였고, 등골 가까이에 총알이 박혀 있었다.

"봐, 움직이지!" 그는 마치 그것이 재미있는 장난감이라도 되는 듯 말했다.

"봐. 허리쪽으로 내려오는군."

"그런데 루까쉬까는 살아날 것 같소?" 올레닌이 물었다.

"하느님이 아시겠지! 의사가 없어 부르러 갔다네."

"그로즈나야에서 불러오는 거요?" 올레닌이 물었다.

"아닐세.   자네네 러시아 의사같은 건 내가 왕이라면 벌써 교수형에 처했을걸세. 그것들은 무턱대고 갈라놓는 재주밖에 없

어. 바끌라쇼프라는 동료 까자끄도 다리를 잘라버려 인간도 아
니게 만들어버렸지. 바보짓을 한 거지. 이제 바끌라쇼프가 어디
에 필요하겠나? 진짜 의사는 산에 있다네. 예전에 기르치끄라는
내 친구가 원정을 나갔었는데, 바로 여기 가슴에 총을 맞았지.
자네들 의사가 못 고치겠다는 걸 싸이브라는 산에서 온 의사가
고쳐냈지. 좋은 약초를 많이 알고 있거든."

"허튼소리 마쇼." 올레닌이 말했다.

"그보다 내가 본부에서 약사를 보내주겠소."

"허튼소리!" 노인이 말을 받았다.

"바보같구만! 허튼소리! 약사를 보내다구! 자네들 약사가 그
렇게 잘 고친다면 까자끄나 체첸 인들이 모두 찾아갈 게 아닌
가. 하지만 자네 장교들이나 연대장들도 산에서 의사를 부르잖
나. 자네들 의사는 가짜야. 하나같이 모두 가짜란 말이야."

올레닌은 대꾸하지 않았다. 그가 지금껏 살아왔고, 지금 돌아
가려는 그 세계에는 모두 가짜투성이라는 걸 그는 너무나 잘 알
고 있었던 것이다.

"그래, 루까쉬까는 어떻소? 그에게 가보기는 했소?" 올레닌이
물었다.

"죽은 사람처럼 누워 있더군. 먹지도 마시지도 않고 보드까만
넘기는 모양이야. 보드까를 마실 정도라면… 괜찮아. 죽어버린
다면 너무나 가엾어. 훌륭한 유격병이었는데, 나처럼. 나도 한
번 그렇게 죽을 뻔했었다네. 노파들이 벌써 울기 시작했지. 머
리가 불처럼 달아올랐다네. 사람들이 성상 밑으로 나를 옮기더
군. 그냥 누워 있으려니 머리맡에 있는 뻬치까 위에 요만한 애
들이 쉴새없이 북을 두드리고 있더란 말일세. 내가 고함을 치니
까 고것들이 더욱 세차게 두드려대더군(여기서 노인은 껄껄 웃었

다). 그런데 얼마 후에 여편네들이 성가대의 선창자를 불러다 나를 매장하려 드는 게 아닌가. 그러면서 말하기를, '저자는 여편네들과 계집질을 해 영혼을 망쳤고, 재계일에 고기를 먹었고, 발랄라이까를 연주했다. 그러니 죽기 전에 참회하라.' 그러더군. 나는 참회를 하기 시작했다네. '나는 죄인입니다' 이렇게. 신부가 무슨 말을 해도, '나는 죄인입니다' 라는 말만 했지. 신부가 발랄라이까에 대해 묻기 시작했다네. 그래도 나는 '나는 죄인입니다' 그랬지. '그 저주받을 악기는 어디 있느냐? 얼른 내놓고 부숴버려라' 그러지 않겠어. '나한테 없어요.' 라고 말했지. 사실은 그걸 헛간 그물 속에 숨겨뒀는데 그걸 아무도 못 찾아낼 거라는 걸 알고 있었거든. 결국 나를 내팽개치고 가더군. 한숨 돌렸지. 그 다음에도 나는 발랄라이까를 쳤다네⋯⋯. 그런데 내가 무슨 얘길 했었더라⋯" 그는 계속 말을 이었다.

296

"잘 들어보게. 어쨌든 자네는 사람들이 몰리는 곳엔 가지 말게. 그렇지 않으면 죽게 돼. 이건 정말이야. 자넨 술꾼이라서 맘에 들어. 자네네들은 말을 타고 모래 언덕을 돌아다니길 좋아하는 것같더군. 예전에 이곳에 러시아에서 온 사람이 있었는데 언제나 말을 타고 모래 언덕을 오르내리더군. 모래 언덕을 홀끄라고 부르더구만. 모래 언덕만 보면 곧장 말을 몰아 달려갔다네. 언덕 위에 올라가서는 이렇게 만족스러운 표정을 짓곤 했지. 그런데 체첸 인의 총에 맞고 죽어버렸다네. 체첸 인들은 총가(銃架)에 올려놓고 쏘는 데는 귀신이야! 나보다 더 잘 쏘지. 어쨌든 그런 개죽음은 질색이야. 자네들 병사들을 보면 정말 어이가 없다네. 그런 멍청한 짓이 어디 있겠는가! 젊은 것들이 한데 몰려서 붉은 옷깃까지 달고 다니니 말일세. 총에 맞지 않을 리 없지! 하나가 총에 쓰러지면 곧 뒤로 끌고가서는 다른 하나를 내보내거든. 그런 바보같은 짓이 어디 있담!" 노인은 머리를 저으며 반복해 말했다.

"그러니까 한 사람씩 떨어져 양쪽으로 걸어가는 게 상책이야. 이렇게 점잖게 가는 거야. 그렇게 하면 총을 겨누지 않지. 내 말대로 하게나."

"어쨌든 고맙소! 그럼 안녕히 계시오. 인연이 있으면 또 만나게 되겠지요." 올레닌은 일어나 방문 쪽으로 걸어가며 말했다.

노인은 바닥에 앉아 일어나지 않았다.

"아니, 이렇게 헤어지는 법이 어디 있나? 바보! 바보!" 그가 입을 열었다.

"쯧쯧… 매정한 세상이 되었구만! 사이좋게 일 년 동안 어울리며 돌아다니다가 '안녕' 하고는 가버린다고. 나는 자네를 좋아해. 정말 아끼고 있어! 자네는 왜 그리 고독한 거야. 언제든지 혼자, 혼자란 말일세. 자네처럼 사귀기 힘든 사람은 없어! 난 어느 때는 자지 않고 자네 생각만 한 적도 있어. 나는 그만큼 자네를 아긴단 말일세. 노랫말에도 있잖은가.

형제여,
타향에서 살기란, 어려운 일이라네!

이게 바로 자네를 두고 한 말일세."

"그럼 안녕히 계시오." 올레닌이 다시 말했다.

노인은 일어서 올레닌에게 손을 내밀었고, 올레닌은 그의 손을 잡고 나가려 했다.

"얼굴 좀… 얼굴 좀, 이리로…"

노인은 두 손으로 그의 머리를 끌어안고 축축한 콧수염과 입술로 세 번 키스하고 울음을 터뜨렸다.

"자네를 좋아하네, 그럼 안녕히!…"

올레닌은 마차에 올랐다.

"그래 이대로 떠난단 말인가? 기념으로 뭐라도 하나 주시게. 총이라도 선물하게. 두 자루씩이나 필요없잖은가." 노인은 진심에서 우러나는 눈물을 흘리며 말했다.

올레닌은 총을 꺼내 노인에게 주었다.

"저 영감탱이한테 벌써 얼마를 줬는데!" 바뉴샤가 투덜거렸다.

"그게 적어? 거지같은 영감탱이! 지독한 놈들뿐이라니까." 그는 외투로 몸을 감싸고 앞자리에 앉으며 이렇게 덧붙였다.

"닥쳐! 돼지같은 놈!" 노인이 웃으며 소리 쳤다.

"너야말로 구두쇠로구나!"

마리야나는 헛간을 나와 무심하게 삼두 마차 쪽을 바라보고 인사를 하고는 방안으로 들어가버렸다.

"아가씨!" 바뉴샤는 눈을 깜빡이며 프랑스 어로 이렇게 말하고는 너털웃음을 웃었다.

"자, 가자!" 올레닌이 성난 목소리로 소리 쳤다.

"그럼 잘 가게! 안녕히! 자네를 잊지 않을걸세!" 예로쉬까가 소리 쳤다.

올레닌은 뒤를 돌아보았다. 예로쉬까 아저씨와 마리얀까는 자신들의 이야기를 나누는 듯했고, 노인도 처녀도 그를 쳐다보지 않았다.

작가연보

1828년	뚤스까야 현청 소재지 야스나야 빨야나에서 톨스토이 백작가(家)의 4남으로 출생.
1844-47년	까잔 대학의 동양학부에 입학. 법학부로 전과하지만, 중도에 학교를 그만둠.
1847년	야스나야 빨야나에서 상속받은 영지를 경영함.
1851-53년	까프까즈의 의용병으로 입대, 후에 포병대 장교로 근무함.
1851년	창작 활동 시작. 첫 소설 『유년시대』 탈고.
1854년	도나우 부대에서 근무.
1854-55년	쎄바스또뽈 전투에 직접 참가함. 『소년시대』 집필.
1855년	『쎄바스또뽈 이야기』 집필. 뻬쩨르부르그로 옴.
1856-59년	문학의 형식을 포함한 문학에서의 새로운 방향 탐구.

1857년	프랑스, 이탈리아, 스위스, 독일, 벨기에 등지를 여행함. 『청년시대』 집필.
1859-62년	농민의 아이들의 위해 야스나야 빨야나에서 학교를 설립하고, 교육 잡지(야스나야 빨야나)를 창간함.
1860-61년	교육적 경험을 쌓기 위해 두 번째로 독일, 프랑스, 벨기에, 영국, 이탈리아를 여행함. 단편 『류쩨른』, 중편 『알베르뜨』, 장편 『가족의 행복』 집필.
1862년	소피아 안드레예브나 베르스와 결혼. 1852년에 구상한 『까자끄 사람들』 탈고.
1863-89년	『전쟁과 평화』 집필. 1865년 발표 시작해 1869년 탈고.
1873년	『안나 까레니나』 집필. 1876-1877년 발표.
1879-80년	사상적 변환기. 『참회』 집필. 1884년 발표.
1881년	모스크바로 옴.
1884-86년	중편 『이반 일리이치의 죽음』 집필.
1888년	희곡 『어둠의 힘』 집필.
1887-89년	중편 『크로이체르 소나타』 집필.
1889-99년	소설 『부활』 집필. 1899년 발표.

1896-1904년	중편 『하지-무라트』 집필.
1897-98년	논문 『예술이란 무엇인가?』 집필.
1900년	희곡 『산송장』 집필.
1903년	단편 『무도회가 끝난 뒤』 집필.
1903-4년	논문 『셰익스피어에 대하여 그리고 연극에 관하여』 집필.
1910년	자신의 모든 작품들의 저작권을 거부함.
1910년	10월 28일에 야스나야 빨야나를 떠나, 얼마 뒤 아스따쁘보 기차역에서 폐렴으로 사망. 야스나야 빨야나에 안장됨.

『까자끄 사람들』을 옮기고 나서

세계 문학을 논할 때 빼 놓을 수 없는 러시아 문학, 그중에서도 톨스토이는 국내에도 작품 대부분이 번역 출간되어 있는 작가인 만큼 우리에게 친숙하다.

러시아 문학은 바탕에 풍자적인 요소가 매우 짙게 깔려 있다. 모스크바 유학 시절, 유명한 연극인으로부터 안똔 체홉의 『반야 외숙』이 코메디 같은 작품이라는 말을 듣고 매우 놀란 적이 있었다. 그리고 그 말은 내게 화두가 되었다. 진지하기만 한 그 작품이 어째서 코메디일까? 나는 여러 번 연극 『반야 외숙』을 보았고, 그제서야 그 속에 다분히 희극적인 요소가 숨겨져 있다는 것을 깨달았다. 그리고 그러한 깨달음 속에 『반야 외숙』을 대하게 되자 그 진정한 맛을 음미할 수 있었다. 또한 그 발견은 러시아 문학을 좀더 쉽게 이해할 수 있는 계기가 되었다.

러시아 문학 작품 하면 국내의 일반 독자들은 어떤 느낌을 떠올릴까? 장편? 난해함? 지루함? 한 가슴으로 다 안을 수 없는 광활함? 시대에 맞지 않는 자질구레한 삶의 모습? 사회주의 리얼리즘? 한눈에 들어오지 않는 등장 인물의 이름들? …그러나 세계 문학을 평정한 19세기 문학에 뿌리를 두고 있는 러시아 문학에는 그들만의 진정한 매력이 있다. 바로 그들의 작품이 다분히 희극적이고, 풍자적이라는 것이다. 이러한 희극적, 풍자적 실핏줄은 러시아 현대 문학 속에도 젖줄처럼 힘을 발휘한다.

숨막히는 장면, 위급한 상황, 도저히 농담을 할 수 없는 분위기 속에서 거친 입담이 터져 나온다. 이러한 농담이나 거친 입담은 작품의 맛을 배가시키고 흥미를 유발시키는 역할을 한다. 따라서 국내의 독자들이 러시아 문학 작품을 대할 때, '왜 이런 상황에서 이런 말을 했을까' 라는 생각이 든다면 그 속에 숨겨진 의미, 즉 거친 입담의 의미를 새겨 볼 필요가 있다. 물론 농담이나 거친 입담이 러시아 문학의 전체를 좌우하는 것은 아니지만 이 한 가지를 머리 속에 주지시킨다면 러시아 문학에 대한 선입견은 달라질 것이며 작품의 흥미진진함에 빠져 들게 될 것이다. 『까자끄 사람들』의 경우 예로쉬까 아저씨가 그 역할을 훌륭히 해 내고 있다.

국내에 알려지지 않은 『까자끄 사람들』은 톨스토이 최초의 창작 활동 10년(1850-1860년)의 문학적 전형의 완성을 보여주는 작품이다. 『유년시대』, 『소년시대』, 『청년시대』, 『쎄바스또뽈 이야기』가 톨스토이에게 작가로서의 명성을 확립하는 계기가 되었다면, 『까자끄 사람들』은 톨스토이의 이들 작품들의 완성도를 집약적으로 보여 주는 작품이다.

『까자끄 사람들』은 귀족 가문의 아들 올레닌이 방탕한 모스크바의 생활을 청산하고, 까프까즈로 자원 입대하는 장면으로부터 전개된다. 올레닌은 여행길에서 말로만 듣고, 책에서만 읽어 왔던 산을 보게 되고(모스크바에는 산이 없음) 감명을 받게 된다. 난생 처음 보는 까프까즈의 거대한 산들……. 그리고 모스크바 사교생활에서 만나 왔던 여자들과는 전혀 다른 이미지의 까자끄 아가씨 마리야나와의 만남…….

올레닌은 그녀가 젊은 까자끄, 루까쉬까의 결혼 상대라는 사실을 알고 그녀를 단지 산이나 하늘처럼 좋아하리라 한다. 그리고 그녀와 루까쉬까의 행복을 기원하며 재담가 사냥꾼인 예로쉬까 아저씨와의 사냥 속에 까프까즈의 자연의 아름다움에 점차 동화되어 가며 자기 희생을 염원한다.

그러던 어느 날 올레닌은 자신이 산과 하늘을 사랑하는 것 같은 관조의 의미로서가 아닌 함께하고픈 마음으로 그녀를 사랑하고 있음을 깨닫는다. 올레닌은 마리야나와 결혼하리라 결심하고 행동하지만, 뜻밖의 일로 그녀는 다시 산처럼 멀어지고 올레닌은 다른 곳으로 떠나간다…….

이상이 『까자끄 사람들』의 대략적인 줄거리다. 톨스토이 작품 속의 주인공들의 스타일이 그러하듯 『까자끄 사람들』의 주인공 올레닌도 생각이 깊고 스스로에게 불만스런 인물이다. 똘스또이는 주인공 올레닌을 자연과 더불어 사는 까자끄 사람들의 독특한 민중적 삶 속에 자리 잡게 함으로써 소설의 형식을 서사시의 형식과 연결하려는 시도를 하고 있다.

그러나 『까자끄 사람들』은 미완의 상태로 끝을 맺는다. 톨스토이는 원래 『까자끄 사람들』의 2편을 계획하고 있었지만, 실행되지 못했다. 그리하여 올레닌이 어떤 방향으로 삶을 살아갈 것인지, 예로쉬까 아저씨는 얼마나 많은 술을 더 마시며 입담을 쏟아내는지, 중상을 입은 루까쉬까의 운명은 어찌될는지, 마리야나의 사랑은 누가 얻게 되는지 등, 이후의 이야기를 전개하는 것은 독자들의 몫이 되었다.

톨스토이는 작품 『까자끄 사람들』을 자신이 직접 참가했던 까프까즈 전투 속에서 구상했다. 그는 까프까즈의 광활한 자연 속에서, 그곳 사람들 속에서 직접 삶을 체험했던 것이다. 1852년에 작품 구상을 시작해 1862년에 탈고한 『까자끄 사람들』은, 작품을 쓰는 동안 몇 번이나 형식과 내용, 주인공의 이름, 성격 등이 바뀌었는데, 이러한 작업 속에 작가는 눈앞에 펼쳐지는 듯한 까프까즈의 자연과 까자끄들의 생활방식 그리고 살아 있는 『까자끄 사람들』의 등장인물들을 창조할 수 있었다.

많은 비평가들은 『까자끄 사람들』이라는 작품이 푸쉬킨의 『집시들』, 레르몬또프의 『우리시대의 영웅』과 소재가 반복되고 있다는 점만을 지적하며 이 『까자끄 사람들』이라는 작품을 과소평가해 왔다. 그러나 『까자끄 사람들』은 톨스토이의 창작세계 발전 단계의 일획을 긋는 중요한 작품이다.

러시아의 시인 페뜨는 『까자끄 사람들』을 읽고 난 후 톨스토이에게 보낸 편지에서 이 작품을 이렇게 극찬했다.

"…평범한 민중들의 삶을 표현한 모든 작품들은 당신에 의해 살해되었습니다. 『까자끄 사람들』을 읽고 난 후의 미소 없이는 결코 그것들을 읽을 수 없습니다."

끝으로 『까자끄 사람들』을 옮김에 있어, 까자끄 사람들의 사투리 재현은 불가능하다라는 푸념 속에 부족함을 인정하며 좀더 발전적인 모습으로 다음 작품에서 만날 것을 약속드린다. 세상으로의 걸음마를 시작해 여기저기 머리를 부딪히며 길찾기를 하는 우리 동하에게 사랑을 전하고 더불어 안혁주 씨에게 고마움을 전한다.

안 정 범

1. 어린왕자   쌩 떽쮜뻬리
2. 갈매기의 꿈   리처드 바크
3. 탈무드   마빈 토케어
4. 나의 라임오렌지나무   J.M.바스콘셀로스
5. 크눌프, 그 삶의 세 이야기   헤르만 헤세
6. 전원교향악   앙드레 지드
7. 사람은 무엇으로 사는가   톨스토이
8. 아낌없이 주는 나무   쉘 실버스타인
9. 마지막 잎새   O.헨리
10. 마지막 수업   알퐁스 도데
11. 아홉 가지 슬픔에 관한 명상   칼릴 지브란
12. 노인과 바다   어네스트 헤밍웨이
13. 슬픔이여 안녕   프랑소와즈 사강
14. 비밀일기   S.타운젠트
15. 포우 단편집   E.A.포우
16. 독일인의 사랑   막스 뮐러
17. 그리스 로마 신화   토마스 불핀치
18. 데미안   헤르만 헤세
19. 젊은 베르테르의 슬픔   괴테
20. 꽃들에게 희망을   트리나 포올러스
21. 빙점(상)   미우라 아야꼬
22. 빙점(하)   미우라 아야꼬
23. 안네의 일기   안네 프랑크
24. 회색노트   로제 마르탱 뒤 가르
25. 달과 6펜스   서머셋 모옴
26. 작은 아씨들   루이자 M. 올코트
27. 주홍글씨   나다니엘 호오도온
28. 호밀밭의 파수꾼   J.D.샐린저
29. 좁은문   앙드레 지드
30. 동물농장   조지 오웰
31. 이솝우화   이솝
32. 키다리 아저씨   지인 웹스터
33. 꼬마 니꼴라   르네 고시니
34. 싯달타   헤르만 헤세
35. 지와 사랑   헤르만 헤세